危難 上

アラルエン戦記 11

ジョン・フラナガン 作
入江真佐子 訳

岩崎書店

危難《きなん》　上

アルスラーン戦記⑪

献辞

ミユキ・ササキ=フラナガンの思い出に捧ぐ。
母親がどれほど勇敢でやさしい人だったか、コナンが
ずっと覚えていられるように。

"RANGER'S APPRENTICE" series
Vol.9 HALT'S PERIL

First published by Random House Australia Pty Limited, Sidney, Australia.
This edition published by arrangement with Random House Australia.

Japanese translation rights arranged with Random House Australia
through Motovun Co., Ltd.,Tokyo.

目次

主な登場人物

🙞**ウィル**　好奇心旺盛《こうきしんおうせい》な青年。生後まもなく孤児院《こじいん》にあずけられた。レンジャーに弟子《でし》入りし独《ひと》り立ち。

🙞**ホラス**　大柄《おおがら》でたくましい青年。ウィルの孤児院仲間でけんかばかりしていたが親友になる。有能な騎士《きし》。

🙞**アリス**　背が高く、おだやかで落ちついた少女。ウィルの孤児院仲間。外交官として活躍《かつやく》。

🙞**エヴァンリン**　かつてウィルたちに助けられた。じつはアラルエン王国の王女カサンドラ。

🙞**ホールト**　アラルエン王国の上級レンジャー。レドモント領《りょう》が任地《にんち》。ウィルの師匠《ししょう》。

🙞**ギラン**　アラルエン王国のレンジャー。ホールトの元弟子。

🙞**ダンカン王**　アラルエン王国の国王。

🙞**アラルド公**　アラルエン王国レドモント領の領主。

🙞**レディ・ポーリーン**　アラルエン王国の外交官。アリスの師匠。ホールトと結婚《けっこん》。

🙞**テニソン**　ヒベルニアで、人々の支持を集めていたカルト集団「アウトサイダーズ」のリーダー。

アラルエン王国の世界

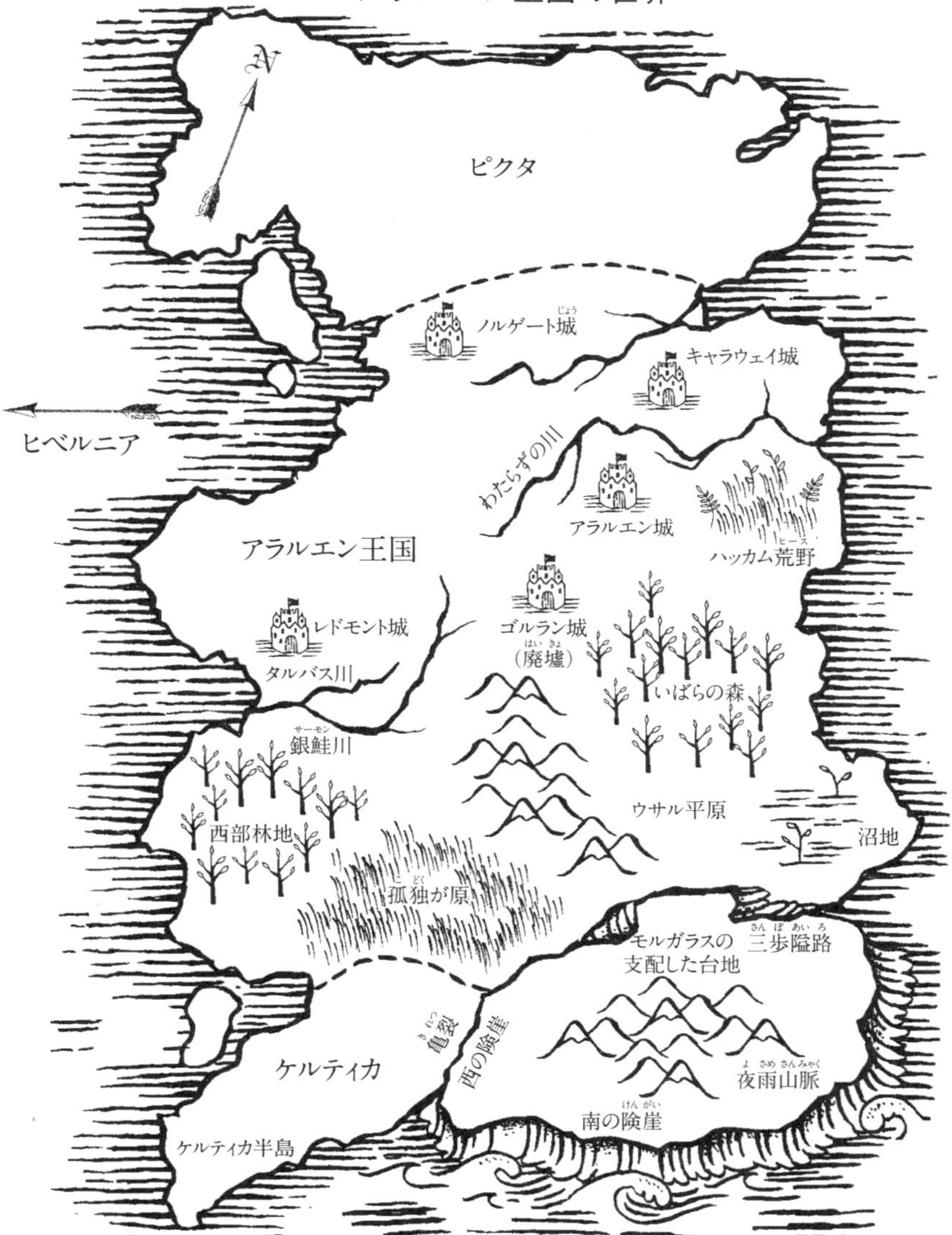

ピクタ
ノルゲート城《じょう》
キャラウェイ城
ヒベルニア
わたらずの川
アラルエン城
アラルエン王国
ハッカム荒野《ヒース》
レドモント城
ゴルラン城
（廃墟《はいきょ》）
タルバス川
いばらの森
銀鮭《サーモン》川
ウサル平原
沼地
西部林地
孤独《こどく》が原
モルガラスの
支配した台地
三歩隘路《さんぽあいろ》
亀裂《きれつ》
西の険崖
ケルティカ
夜雨山脈《よさめさんみゃく》
南の険崖《けんがい》
ケルティカ半島

装画　服部幸平
装丁　中嶋香織

第一部

よそ者

小さな港に湿《しめ》って冷《つめ》たい風《かぜ》が吹《ふ》きつけていた。風は海の潮気《しおけ》と差《さ》しせまっている雨のにおいも運んできた。ひとりで馬の旅をしている男は肩《かた》をすくめた。夏の終わりだったが、この一週間ずっと雨がふりつづいていたような気がする。おそらくこの国では、季節《きせつ》にかかわらずいつも雨がふっているのだろう。

「夏も冬も雨ばかりだ」彼《かれ》は馬に向かって静《しず》かにいった。当然《とうぜん》、馬はなにもいわなかった。

「もちろん、雪がふっているときはべつだけど」と男は話をつづけた。「おそらくそれで冬だってわかるんだろうな」今度は馬は毛足の長いたてがみをふり、耳をぶるぶるとふるわせた。馬がよくする仕草《しぐさ》だ。馬上の男は馬にほほえみかけた。彼らは古くからの友だちだった。

「おまえは無口《むくち》だね、タグ」とウィルはいった。そういってから、たいていの馬はそうだ、と思い出した。そういえばつい最近《さいきん》も、自分の馬に話しかけるという自分のこの習慣《しゅうかん》について考えたのだった。ある夜キャンプのたき火ごしにホールトに聞いて、ウィルはそれがレンジャーのあいだではふつうだということがわかったのだった。

「もちろん馬に話しかけるさ」と白髪《しらが》まじりのレンジャーはいった。「レンジャー馬はたいていの人間よりもよっぽど常識《じょうしき》があるからな。しかも」とホールトは真剣《しんけん》な声でつけくわえた。「我々《われわれ》は馬たちをたよりにしている。彼《かれ》らを信頼《しんらい》しているし、馬のほうでも我々を信頼している。馬に話しかけると我々のあいだの特別《とくべつ》の絆《きずな》が強まるのだ」

ウィルはもう一度空気のにおいをかいだ。潮気《しおけ》と雨のにおいのほかに、いまではあきらかにほかのにおいもしていた。タールのにおいだ。それから新しいロープと干《ほ》した海藻《かいそう》のにおい。だが不思議《ふしぎ》なことにあるにおいが欠《か》けていた。ヒベルニアの東海岸の港ならあって当然《とうぜん》のものが。

魚のにおいがしないのだ。漁網《ぎょもう》を乾《かわ》かすにおいもなかった。

「漁《りょう》をしないのなら、ここでなにをしているというんだ？」とウィルは思った。でこぼこした敷石《しきいし》をゆっくりと歩いていく馬のひづめの音が、せまい道にならぶ建物《たてもの》にこだまする以外《いがい》、馬は何の返事もしなかった。だが、ウィルにはその答えがすでにわかっていた。そのために自分はここに来たのだから。ポート・ケールは密輸《みつゆ》の町だった。

　桟橋《さんばし》へとつづく道々は幅《はば》がせまく曲がりくねっていて、幅が広くまっすぐ延《の》びた町のほかの通りとは対照的《たいしょうてき》だった。道を照《て》らしているのは、ところどころ建物《たてもの》の外につるされているランタンだけだ。建物のほとんどは二階建てで、二階には積荷《つみに》用のドアと、下の荷車から梱《こり》や樽《たる》を運びあげる樽台《たるだい》がついていた。船主たちが密輸する商品を保管《ほかん》しておく倉庫《そうこ》だ、とウィルは思った。

　彼《かれ》はいま桟橋の近くまで来ていた。道の突《つ》きあたりをしめすすき間《ま》に立つと、数隻《すうせき》の小さな船の輪郭《りんかく》が見えた。船は波止場《はとば》につながれて、波間にゆれていた。

「このあたりのはずなんだけどな」といったとき、それが目についた。人の頭の高さのすぐ上くらいまでわらぶきの屋根がかしいでいる、通りの突きあたりの平屋だった。壁《かべ》はかつては白漆喰《しろしっくい》が塗《ぬ》ってあったのだろうが、いまでは汚《よご》れて灰色《はいいろ》になっている。通りに面《めん》した壁にある小さな窓々《まどまど》から黄色い明かりが漏《も》れていて、低《ひく》い入口の上につりさげられた看板《かんばん》が風《かぜ》に吹《ふ》かれてキーキー鳴っていた。看板には海鳥の類《たぐい》が一羽雑《わざつ》に描《えが》かれていた。

「サギのつもりなんだろう」とウィルはいい、ものめずらしそうにあたりを見まわした。ほかの建物《たてもの》はすべて暗く同じような感じだった。一日の仕事はすべて終わったのだろう。一方、このサギ亭《てい》のような居酒屋《いざかや》ははじまったばかりだった。

ウィルは居酒屋の外で馬からおり、そこに立ったままぼんやりとタグの首を軽くたたいた。小柄《こがら》な馬はみすぼらしい様子の居酒屋を見てから、主人に目をくるりとまわして見せた。

〈ほんとうにここに入るつもりなんですか？〉

無口《むくち》な馬のわりには、タグははっきりと自分の意志《いし》を表わすことがあった。ウィルは安心させるようにほほえんだ。

「だいじょうぶだよ。ぼくはもう大人なんだから」

タグはばかにしたように鼻を鳴らした。タグは居酒屋のそばにある馬小屋のほうを見て、自分がそこに置《お》いていかれるとわかった。タグは自分がそばにいて主人を厄介《やっかい》ごとから守ることができなくなると、いつも落ちつかなくなった。ウィルはゆるんだ門扉《もんぴ》を開《あ》けて、タグを馬小屋へと連《つ》れていった。中には一頭の馬と、くたびれて年老《としお》いたラバが一頭つながれていた。ウィルはタグをわざわざつなぐことはしなかった。自分がもどってくるまで、じっとそこにいてくれるとわかっていたからだ。

「あそこで待っていてくれ。あそこなら風《かぜ》が当たらないから」と奥《おく》の壁《かべ》のほうを指していった。タグはもう一度ウィルを見、首をふってからウィルがしめした場所に歩いていった。

〈わたしが必要《ひつよう》になったらいってくださいね。走っていきますから〉

タグがそういった気がした。自分はあまりにも想像力《そうぞうりょく》がありすぎるのだろうか、と一瞬《いっしゅん》考えたが、いや、そうではないと思いなおした。そしてしばらくのあいだ、タグが居《い》酒屋《ざかや》の狭《せま》いドアからとびこんできて、酔《よ》っ払《ぱら》いたちを肩《かた》でふり払いながら主人を助けに来るところを想像して楽《たの》しんだ。その図ににやにやしてから、馬小屋の門扉《もんぴ》が砂利《じゃり》の上を引きずらないようにすこし持ちあげて閉《し》めた。そして居酒屋の入口へと歩いていった。

ウィルは背《せ》が高いとはとてもいえなかった。その彼《かれ》でさえ入口の低《ひく》さにすこしかがまなければならなかった。ドアを開《あ》けたとたん、一気にさまざまなものがおしよせてきた。熱気《ねっき》。汗《あせ》のにおい。煙《けむり》。それからスピルトというかび臭《くさ》いエールのにおいだ。

開いたドアから風が吹《ふ》きこんだので、ランタンの火がチラチラとゆれ、奥の壁にしつらえられた暖炉《だんろ》の炎《ほのお》が突然《とつぜん》息を吹きこまれて燃《も》えあがった。ウィルはどうしようかと、ためらっていた。煙《けむり》と火から出た明るい炎《ほのお》のせいで、外から中をのぞいたときよりもさらに店内の様子が見えにくくなっていた。

「ドアを閉《し》めろ、このばか！」そう怒鳴《どな》られて、ウィルは後ろでドアを閉め、足をふみいれた。とたんに、暖炉《だんろ》の火とランタンの炎が静《しず》かに落ちついた。火と何十というパイプから出る煙が、厚《あつ》いとばりのようになっている。その煙のとばりは低《ひく》いわらぶき屋根に行方をはばまれ、頭の高さのあたりに垂《た》れこめていた。いったいこの煙は消散するチャンスがあるのだろうか、それとも翌日《よくじつ》までこのまま垂れこめ、日を追うごとにどんどん濃《こ》くなっていくのだろうか、とウィルは思った。居酒屋《いざかや》の客のほとんどはウィルを無視《むし》したが、何人かの愛想の悪い顔が、この新参者《しんざんもの》を値《ね》ぶみしてやろうと彼《かれ》のほうに向けられた。

彼らが見たのはくすんだ灰色《はいいろ》と緑色のマントに身を包《つつ》んだ華奢《きゃしゃ》な身体つきの人物で、顔は大きなフードの影《かげ》にかくれていた。彼らに見られているので、ウィルはフードを後ろに払《はら》った。そうして見えた顔はおどろくほど若々《わかわか》しかった。ほとんど少年といってもいいくらいだ。それから男たちは若者《わかもの》のベルトにつけてある重いサックスナイフとその上に重ねてつけられているそれより小さなナイフ、それから左手に持っている大きな長弓に気づいた。背中《せなか》にかついでいる矢筒《やづつ》からは、突《つ》きでている十以上《いじょう》の矢羽の先が見えていた。

このよそ者は見かけは少年のようだが、一人前の男の武器《ぶき》を携行《けいこう》している。しかも、そのことで自意識過剰《じいしきかじょう》になることも、これみよがしに見せびらかす様子もなかった。まるでこれらの武器がすっかり身体になじんでいるようだった。

ウィルは部屋を見まわし、顔をこちらに向けた男たちにうなずいて挨拶《あいさつ》した。そして彼《かれ》の視線《しせん》はすばやく男たちの上を通りすぎた。どうやらこの若者《わかもの》は危険人物《きけんじんぶつ》ではなさそうだ。男たちは新参者《しんざんもの》が危険かどうかを判断《はんだん》することに慣《な》れていた。居酒屋《いざかや》にみなぎっていたかすかな緊張感《きんちょうかん》がゆるみ、男たちはまた酒を飲みだした。部屋をさっと見まわしたウィルは、自分に危害《きがい》が加《くわ》えられることもなさそうだと判断し、部屋をつっきってカウンターのほうにいった。大きなふたつの樽《たる》に、雑《ざつ》に切った重い板を三枚《まい》わたしてカウンターにしてあった。

居酒屋の主人は鼻がとんがり、丸くて張《は》りだした耳をし、生え際《ぎわ》が後退《こうたい》した細身の男で、どこかネズミに似《に》ていた。その主人が汚《きたな》い布《ぬの》でジョッキをいいかげんに拭《ふ》きながらウィルをちらりと見た。その様子を見て、ウィルは片方《かたほう》の眉《まゆ》を上げた。あの布ではジョッキを拭《ふ》いているというより汚《よご》れを移《うつ》しているようなものだ。

「飲み物ですか?」と居酒屋《いざかや》の主人がきいた。そして手にしていたジョッキをカウンターにおいた。よそ者が注文をしたらすぐにそこに注ごうと準備《じゅんび》しているようだ。

「それには入れてほしくない」ウィルはそっけなくいい、親指でジョッキを指した。ネズミ男は肩《かた》をすくめ、ジョッキを脇《わき》に押《お》しやると別《べつ》のものをカウンターの上の棚《たな》から出した。

「お好《す》きに。で、エールですかウィスギアですか?」

ウィスギアとはヒベルニアで飲まれている麦芽《モルト》から造った強い蒸留酒《じょうりゅうしゅ》だということを、ウィルは知っていた。このような居酒屋のウィスギアは、飲むよりさび落としにでも使ったほうがよさそうだった。

「コーヒーをお願《ねが》いしたい」カウンターの端《はし》の火のそばにポットが放りだしてあるのに気づいたので、ウィルがいった。

「エールかウィスギアしかないんですよ。どちらかにしてもらわないと」ネズミ男はさっきよりも横柄《おうへい》になってきた。ウィルはコーヒーポットのほうをしめした。主人は首をふった。

「作ってないんで。あんただけのために新しく作るわけにはいかない」

「だけど、あの人はコーヒーを飲んでいるじゃないか」とウィルがいい、向こう側《がわ》をあごでしめした。

だれのことをいっているのか、と主人は思わずそのほうに目をやった。目がウィルからはなれた瞬間《しゅんかん》、主人は胸倉《むなぐら》を強くつかまれ、きつくしめつけられたのを感じて息がつまりそうになった。と同時にカウンターの上に引きよせられてよろけた。よそ者の目が突然《とつぜん》すぐそばにせまっていた。もはや少年のようには見えなかった。その目は濃《こ》い茶色で、このうす暗い部屋ではほとんど黒といってもよかった。居酒屋《いざかや》の主人はその目に危《き》険《けん》を読みとった。たいへんな危険を。鋼《はがね》のひそやかな音が聞こえたので、主人は自分の胸倉をしっかりとつかんでいる拳《こぶし》ごしにそっと下を見た。すると、そこにはよそ者が彼《かれ》らのあいだのカウンターにおいた、どっしりとしたサックスナイフの刀身《とうしん》が光っていた。

息をつまらせながら主人は助けを求《もと》めてまわりを見まわした。だが、カウンターにはほかにだれもおらず、テーブル席《せき》についている客はだれもここでなにが起こっているか気づいていなかった。

「コ、コーイー……」主人は息をつまらせながらいった。

しめつけていた襟元《えりもと》をすこしゆるめて、よそ者が小さな声でいった。「なんだって？」

「コーヒーを……いれます」主人があえぎながらくり返していった。

よそ者は笑《え》みを浮《う》かべた。感じのいい笑みだったが、暗い目にまではその笑みが届《とど》いていないのが主人にはわかった。

「それはすばらしい。ここで待たせてもらうよ」ウィルは主人の胸倉《むなぐら》をつかんでいた手をはなし、主人がカウンターの向こうにもどることを許《ゆる》した。彼《かれ》はサックスナイフの柄《つか》を手で軽くたたいた。「気が変《か》わることはないだろうな？」

火床《ひどこ》のそばに大きなやかんがあり、火にかけたり遠ざけたりできるようにくるくるまわるアームにかけられていた。居酒屋《いざかや》の主人はやかんを火にかけると、いそがしそうにコーヒーポットの準備《じゅんび》をし、量《はか》ったコーヒーの粉《こな》をその中に入れた。それからわいてきた湯を注いだ。あたりにコーヒーの豊《ゆた》かな香《かお》りがたちこめ、ウィルが入ってきたときに気づいたありがたくないにおいに一瞬《いっしゅん》とってかわった。

主人はポットをウィルの前においてから、カウンターの後ろからマグカップをとりだした。そしてそのカップをずっとおいてある汚《よご》れた布《ぬの》で拭《ふ》いた。ウィルは顔をしかめ、マントの端《はし》でもう一度カップを拭いてから、コーヒーを注いだ。

「もしあれば砂糖《さとう》を入れたいんだが、なければはちみつを」とウィルがいった。

「砂糖ならあります」主人は向きを変《か》えて砂糖の入ったボウルと真鍮《しんちゅう》のスプーンをとった。そしてまたよそ者のほうに向きなおったとき、主人はびっくりした。ふたりのあいだのカウンターの上に重い金貨《きんか》が輝《かがや》いていたのだ。この金貨一枚《まい》でこの居酒屋《いざかや》一晩《ひとばん》の売り上げ以上《いじょう》の価値《かち》があったので、主人はそれに手を伸《の》ばすことをためらった。しかも、例《れい》のサックスナイフがまだカウンターの上、よそ者の手のすぐそばにあった。

「コーヒーは二ペニーですが」と主人は注意深くいった。

ウィルはうなずき、財布《さいふ》の中に手を入れると銅貨《どうか》二枚を選《えら》んでカウンターにおいた。

「それは安いね。おいしいコーヒーだった」と彼《かれ》はどうでもいいようにつけ足した。

居酒屋の主人はうなずき、まだ納得《なっとく》がいかないというようにつばを飲んだ。用心して銅貨二枚をカウンターから片《かた》づけながら、この不思議《ふしぎ》なよそ者がなにか異議《いぎ》を唱《とな》えないかと注意深く見ていた。こんなに若《わか》い者に怖気《おじけ》づいている自分を、主人は一瞬《いっしゅん》はずかしく思った。だがふたたび若者《わかもの》の目と彼が持っている武器《ぶき》を見て、その考えを撤回《てっかい》した。

彼は居酒屋の主人だった。彼が知っている暴力《ぼうりょく》といえばせいぜい酔《よ》いつぶれてほとんど立ちあがれなくなっている客の頭をこん棒《ぼう》でたたく――しかも、ふつうは後ろから――

くらいのものだった。

主人は銅貨《どうか》をポケットに入れると、ためらいがちに大きな金貨《きんか》をちらりと見た。金貨はランタンの光を浴《あ》びてまだ彼《かれ》にウィンクしていた。彼が咳《せき》ばらいをしたので、よそ者は片方《かたほう》の眉《まゆ》を上げた。

「なにか？」

金貨を着服しようなどと思ってはいないことをしめすために、主人は両手を後ろにまわし、頭を金貨のほうに何度か傾《かたむ》けた。

「その……金貨ですが。さっきから思っているんですが……それは……なにかのためなんでしょうか？」

よそ者は笑《え》みを浮《う》かべた。ここでもまた、目は笑《わら》っていなかった。

「ああ、そう。じつはそうなんだ。情報《じょうほう》がほしくてね」

これを聞いて、主人の胃《い》にあったしめつけられるような感じがすっと抜《ぬ》けていった。そういうことなら理解《りかい》できた。ことにこのあたりでは。ポート・ケールでは人はよく情報のために金《かね》を払《はら》う。そして、情報を買った人間はふつうそれを提供《ていきょう》した者に危害《きがい》は加《くわ》えなかった。

「情報《じょうほう》ですか?」とききながら、主人もほほえんだ。「そうですね、ここはまさにそういう場所ですよ。きくのにわたしほどふさわしい人間はいませんよ。で、なにを知りたいんです、旦那《だんな》?」

「ブラック・オマリーが今夜どこにいたかを知りたいんだ」とよそ者はいった。

突然《とつぜん》、先ほどまでの胃《い》がしめつけられるような感じがもどってきた。

2

「オマリー、ですか？　で、なんでやつを捜《さが》してらっしゃるんで？」と居《い》酒屋《ざかや》の主人がきいた。あの黒い目がまた彼《かれ》の目をじっと見つめた。その目が語っていることははっきりしていた。よそ者の手が動いて金貨《きんか》の上をおおった。だが、しばらくのあいだ彼は金貨を持ちあげてカウンターから動かそうとはしなかった。

「ところで」とよそ者は静《しず》かにいった。「この金貨はだれのものだったかな？　ひょっとして、あんたがこれをここにおいたのか？」居酒屋の主人が答える間《ま》もなく、よそ者が話をつづけた。「いや。そうじゃなかったはずだ。わたしがおぼえているかぎりだと、これをここにおいたのはわたしだ。情報《じょうほう》の礼として。そうじゃなかったかな？」

居酒屋の主人は緊張《きんちょう》して咳《せき》ばらいをした。若者《わかもの》の声は冷静《れいせい》で低《ひく》くおさえられていた。

だが、だからといって危険《きけん》な感じが減《へ》るわけではなかった。

「はい。そのとおりで」と主人は答えた。

よそ者は主人の返事を検討《けんとう》しているかのように、何度もうなずいた。「もしまちがっていたら訂正《ていせい》してもらいたいのだが、ふつう笛吹《ふえふき》に金《かね》を払《はら》う者が曲を選《えら》べるんじゃないかな。つまり、この場合は質問《しつもん》できる、ということだ。あんたもそういうふうに思うかな?」

一瞬《いっしゅん》、ウィルは自分が静《しず》かなおどしをかけすぎているのではないか、と思った。が、やがてその考えを却下《きゃっか》した。おそらく情報《じょうほう》を提供《ていきょう》しては両方から金をせしめているような暮《く》らしをしているこんな人物相手の場合、権限《けんげん》のレベルを上げておく必要《ひつよう》があった。そしてこのとがった顔をしたおべっか使いがわかる権限の形は、恐怖《きょうふ》に基《もと》づいたものだけだろう。ここでこの男に権勢《けんせい》をふるっておかないと、この主人は思いついた適当《てきとう》な嘘《うそ》をいうだろう。

「はい、さようで。わたしもそのように思いますです」

ていねいな態度《たいど》に出たな、いいスタートだ、とウィルは思った。ご機嫌《きげん》とりに走りすぎずきちんと尊重《そんちょう》している。ウィルはふたたび笑《え》みを浮《う》かべた。

「だったら、わたしに質問《しつもん》に答えてもらうためにあんたも金貨《きんか》を出したい、というのでなければ、わたしが質問し、あんたが答えるということを守ろうじゃないか」

ウィルの手がもう一度金貨からはなれ、金貨は目のあらいカウンターの上でにぶい輝《かがや》きを見せていた。

「そのブラック・オマリーだが。やつは今晩《こんばん》来《き》ているのか？」

ネズミ男はすでに答えを知っているくせに、店内を見まわした。そしてもう一度咳《せき》ばらいした。この若者《わかもの》がいるだけでなぜこんなにのどがかわくのか、と不思議《ふしぎ》だった。

「おりませんです。まだです。やつはふつうもうすこしおそくに来ます」

「それでは待たせてもらおう」とウィル。店内を見ていた彼《かれ》の目がほかの客たちとは離《はな》れたところにある小さなテーブルで止まった。そのテーブルは目立たない隅《すみ》にあり、店に入ってきた者からも見えなかった。

「あそこで待つことにする。オマリーがやってきても、やつにはわたしのことはなにもいわないように。それからわたしのほうを見てもいけない。ただ、自分の耳を三度引っぱって、やつが来たことをわたしに知らせてくれ。わかったか？」

「はい、わかりましてございます」

「よし。さて……」ウィルが金貨《きんか》とサックスナイフを持ちあげたので、居酒屋《いざかや》の主人は一瞬《いっしゅん》ウィルが金貨を返してくれというのかと思った。だが、ウィルは金貨をカウンターの端《はし》におき、それに慎重《しんちょう》に刃《やいば》をあてるとふたつの半円形に切りわけた。主人の頭にふたつのことが浮《う》かんだ。これほどかんたんに切れるとは、金貨の純度《じゅんど》がすごく高いにちがいない。また、これほど難《なん》なく刃が入っていくとは、ナイフもおどろくほど鋭利《えいり》なはずだ。

ウィルは金貨の半分をカウンターの向こうにおしだした。

「誠意《せいい》の証《あかし》として半分わたしておく。残《のこ》りの半分はわたしが頼《たの》んだ仕事をやってくれたときだ」

主人はしばらくためらっていた。が、やがてごくりと唾《つば》を飲みこむと金貨の半分をとりこんだ。

「待っているあいだになにかめしあがりますか？」ときいた。

ウィルは残りの半分の金貨をベルトの財布《さいふ》に収《おさ》めてから、片手《かたて》の指をこすり合わせた。すこしカウンターの上を触《さわ》っただけなのに脂《あぶら》でねとねとしていた。彼《かれ》は主人の肩《かた》にかかっているよごれた布《ぬの》にもう一度目をやると首をふった。

「いや、いい」

＊

ウィルは座《すわ》ってコーヒーでねばりながら、この店に入ってくるはずの男をずっと待った。

最初《さいしょ》にこのポート・ケールについたときに、ウィルは海岸通りからすこしはなれたところの宿屋《やどや》に部屋をみつけておいた。町では比較的治安《ひかくてきちあん》のいい地区だ。宿屋の主人は無口《むくち》な男で、このような商売の人間が夢中《むちゅう》になりがちなうわさ話には乗《の》らないタイプだった。うわさ話は宿屋の主人にはつきもののはずだが、とウィルは思った。だが、ここの主人はあきらかにそうではないようだった。町の中では治安のいいほうであろうとなかろうと、ここは密輸《みつゆ》やその他違法《いほう》な商売でなりたっている町だということにウィルは気づいた。だから町の人はよそ者には口を閉《と》ざすのだ。

だが、ウィルがしたように、よそ者が金貨《きんか》を差《さ》しだせば話はちがってくる。自分は友人を捜《さが》しているのだ、と彼《かれ》は宿の主人にいった。白髪《しらが》を長髪《ちょうはつ》にした大柄《おおがら》な男で、白い長《なが》衣《ぎぬ》を身に着け二十人ほどの従者《じゅうしゃ》を従《したが》えている。その中には紫色《むらさきいろ》のマントに同じ色のつば広の帽子《ぼうし》をかぶった者ふたりもいるはずだ。そのふたりはおそらく石弓《いしゆみ》を携帯《けいたい》しているだろう、と。

テニソンとジェノベサ人の殺《ころ》し屋の生き残《のこ》りふたりの様子を告《つ》げたときに、宿屋《やどや》の主人の目がきらりと光るのがわかった。やはり、テニソンはここにいたのだ。まだここにいるかもしれない、と思うと、ウィルの動悸《どうき》がすこし速くなった。だが、宿屋の主人の言葉がその希望《きぼう》を打ちくだいた。

「いましたよ。でも、もう行ってしまいました」

テニソンがすでにポート・ケールを後にしているのなら、彼《かれ》のことをきいたこの若者《わかもの》に話しても害《がい》はないだろう、と宿屋の主人は判断《はんだん》したようだった。その知らせを聞いて、ウィルは唇《くちびる》をつぼめ、握《にぎ》った右手の拳《こぶし》の端《はし》から端まで金貨《きんか》を回転させた。これはキャンプファイヤーのそばで数えきれないほどの時間をすごすうちに、彼が完成《かんせい》させた技《わざ》だった。回転するにつれて、最初《さいしょ》はある方向に、つぎはちがう方向にと光を受けてきらきら輝《かがや》く金貨に、主人は思わず目を引きつけられた。

「行ったって、どこへ？」

宿屋《やどや》の主人はウィルに目をもどした。それから頭を港の方向にかたむけた。「海の向こうですよ。どこに向かってかは、知りませんです」

「だれか知っていそうな人の心あたりは?」

主人は肩《かた》をすくめた。「いちばん可能性《かのうせい》が高いのはブラック・オマリーにきいてみることでしょうな。やつなら知っているかもしれませんです。急いでここをはなれたい人がいるときには、やつが便宜《べんぎ》を図ってやることが多いですからね」

「変《か》わった名前だな。なんでそういう名前で呼《よ》ばれるようになったのかな?」

「数年前に海戦があったんですよ。やつの船が襲《おそ》われて。あの……」主人は一瞬《いっしゅん》ためらったが、やがて話をつづけた。「海賊《かいぞく》にね。戦《たたか》いがあって、海賊のひとりがやつの顔を燃《も》えている松明《たいまつ》でなぐったんです。松明の燃えている松脂《まつやに》がやつの肌《はだ》に張《は》りついて、ひどい火傷《やけど》になり顔の左側《ひだりがわ》に黒焦《くろこ》げの跡《あと》が残《のこ》ってしまったんで」

ウィルは考えこむようにうなずいた。もしその戦いに海賊がかかわっているとしたら、賭《か》けてもいいが、その海賊もオマリーと似《に》たりよったりの者にちがいない。だが、そんなことはどうでもいいことだった。

「で、どうやったらそのオマリーをみつけられるかな?」とウィルはたずねた。

「たいてい夜は波止場《はとば》のそばの居酒屋《いざかや》『サギ亭《てい》』に現《あら》われますです」宿屋《やどや》の主人は金貨《きんか》を受けとっていたが、ウィルが出ていこうとするとこうつけ加《くわ》えた。

「あそこは危険《きけん》ですよ。ひとりで行くのはいいとはいえませんです。お客さんはよそ者ですからね。わたしのためにときどき働《はたら》いてくれる大柄《おおがら》な男がふたりいるんですがね。そいつらをお供《とも》につけましょうか。お安くしておきますぜ」

ウィルはふり返り、主人の提案《ていあん》についてすこし考えたが、ゆっくりとほほえみながら首をふっていった。

「自分の面倒《めんどう》は自分で見られるよ」

ranger's apprentice 3

宿屋《やどや》の主人の申し出を断《ことわ》ったのは、傲慢《ごうまん》な気持ちからではなかった。サギ亭《てい》のような場所に、臨時雇《りんじやと》いの、おそらく二流のちんぴらを引き連《つ》れて入っていったりしたら、あそこにたむろしている本物のワルの軽蔑《けいべつ》を買うだけのことだろう。そんなことをすると、自分に自信《じしん》がないことを宣伝《せんでん》しているようなものだ。自分ひとりの技量《ぎりょう》と機転《きてん》に頼《たよ》るほうがいい。

ウィルが入っていったとき、居酒屋《いざかや》には客が半分ほどしかいなかった。店が活気づくにはまだ早すぎたのだ。だが、彼《かれ》が待っているうちにどんどん混《こ》んできた。身体を洗《あら》っていない男たちで混み合うにつれて、部屋の温度が上がってきた。同時に、暑くて煙《けむり》が充満《じゅうまん》した部屋に饐《す》えたにおいも広がっていった。やかましさの度合いもひどくなってきた。みんなが喧騒《けんそう》の中でも聞こえるように大声を張《は》りあげるからだ。

このような状況《じょうきょう》はウィルには好都合《こうつごう》だった。人の数が多くやかましいほど、目立たなくてすむ。新たに人が入ってくるたびに、ウィルは居酒屋《いざかや》の主人のほうをちらりと見た。だが毎回、とがった顔の主人は首をふった。

十一時と夜中の十二時のあいだのこと。ドアが勢《いきお》いよく開《ひら》き、大柄《おおがら》な男が三人入ってきたかと思うと、人混《ひとご》みをおしわけてカウンターのほうに進んできた。主人はすぐに注文も聞かずに三つの大ジョッキにエールを注ぎ入れはじめた。ふたつ目のジョッキにエールを入れてそれをカウンターにおいたとき、主人はうつむいたまま動きを止め、激《はげ》しく耳を三回引っぱった。それからまた最後《さいご》のエールを入れはじめた。

その合図がなかったとしても、ウィルにはこの男が自分のさがしている男だとわかったはずだ。男の左目の下から顎《あご》にまで伸《の》びている大きな黒こげの跡《あと》が、部屋のこちら側《がわ》からでもはっきりと見えたからだ。オマリーとふたりの仲間《なかま》がジョッキを手にして暖炉《だんろ》のそばのテーブルのほうにやってくるまで、ウィルは待っていた。そのテーブルにはすでにふたりの男が座《すわ》っていたので、彼《かれ》らはオマリーたちが近づいてくるのを心配そうな顔で見あげていた。

「ああ、オマリー」とふたりのうちのひとりが気弱な声で口を開いた。「おれたちずっとここに座《すわ》って——」

「どけ」

オマリーが親指を突《つ》きたてていうと、ふたりの男はそれ以上文句《いじょうもんく》もいわずに飲み物を手に立ちあがり、テーブルを三人の密輸人《みつゆにん》にゆずって席《せき》を離《はな》れた。三人は席に落ちつくと、部屋を見まわし知り合い何人かに挨拶《あいさつ》の声をかけた。この新参者《しんざんもの》へのみんなの反応《はんのう》は、親愛《しんあい》の情《じょう》というよりは警戒《けいかい》のようだ、とウィルは気づいた。オマリーはほかの客たちに恐怖《きょうふ》を浸透《しんとう》させているようだった。

オマリーの視線《しせん》が隅《すみ》にひとりで座っているマントを着た人物のところで一瞬《いっしゅん》止まった。彼《かれ》はウィルをしばらくじろじろ見ていたが、やがて目をはなした。それから椅子《いす》をすこし前にずらすと、仲間《なかま》同士でテーブルに身を乗《の》りだし、低《ひく》い声で話しはじめた。

ウィルは席から立ちあがって彼らのほうに近づいていった。カウンターを通りすぎるときに、手をカウンターの表面に這《は》わせ金貨《きんか》の半分をおいた。主人があわててそれを拾いあげた。主人は受けとったという合図も感謝《かんしゃ》もしめさなかったが、ウィルもそんなことは期待《きたい》していなかった。主人にしたところが、自分がこのよそ者にだれがオマリーかを知らせたことを知られたくないだろう。

　ウィルがテーブルに近づいてきたので、オマリーはウィルのことを意識《いしき》しはじめた。それまでふたりの仲間《なかま》になにやら小声で話していたが、その話をやめ、一メートルほど先に立っているほっそりした人物を横目でじろじろ見た。長い沈黙《ちんもく》が流れた。

「オマリー船長ですか？」ついにウィルがたずねた。男は背《せ》はそれほど高くないが、がっちりとした体格《たいかく》だった。ウィルより数センチは高いだろうが、そんなことをいえばたいていの人がそうだった。

　肩《かた》にはしっかりと筋肉《きんにく》がつき、両手は節《ふし》くれだっていた。そのどちらもがこれまでの人生をずっとロープを引っぱったり、積荷《つみに》を船におしあげたり、強風の中でいうことをきかない舵《かじ》を操《あやつ》ったりなどのきびしい労働《ろうどう》をしてきたことを物語っていた。また、その腹《はら》はずっと多量《たりょう》の酒を飲みつづけてきたことをしめしていた。太ってはいたが力にあふれ、敵《てき》としてはあなどれない男だ。黒い髪《かみ》はくしゃくしゃの巻《ま》き毛になって襟元《えりもと》まで垂《た》れ、髭《ひげ》も伸《の》ばしていたが、左頬《ひだりほお》の大きな傷《きず》をかくすつもりだったとしたらその試《こころ》みはうまくいっていなかった。鼻は何度もつぶされ、いまでは原形をとどめていなかった。つぶされた軟骨《なんこつ》と骨《ほね》の塊《かたまり》にすぎない。あの鼻だと息をするのもたいへんなのではないだろうか、とウィルは思った。

彼《かれ》のふたりの仲間《なかま》にはそれほど興味《きょうみ》をかきたてられなかった。太鼓腹《たいこばら》で肩幅《かたはば》が広く、頑強《がんきょう》な体格《たいかく》のふたりは、リーダーよりも大柄《おおがら》で背《せ》も高かった。だがオマリーにはまちがいなく権威《けんい》のオーラがあった。

「オマリー船長ですね?」とウィルはくり返し、笑《え》みを浮《う》かべた。オマリーは顔をしかめた。

「そうではないと思うがな」というと、ふたりの仲間のほうに向きなおった。

「ぼくはそう思いますが」笑みを浮かべたままウィルがいった。

オマリーは座《すわ》りなおし、しばらく目をそらしていたが、やがて向きなおってウィルをじっと見つめた。その目には危険《きけん》な光が宿っていた。

「坊主《ぼうず》」オマリーは相手を見くだし、ばかにするような口調でわざといった。「もう帰ったらどうだ?」

店内の彼らのまわりは静《しず》まり返っていた。客たちがみんなこの不思議《ふしぎ》な対決を見守っていたのだ。若《わか》いよそ者が強力な長弓で武装《ぶそう》しているのはみんなわかっていた。だが、居酒屋《いざかや》というせまい空間では、長弓は有効《ゆうこう》な武器《ぶき》とはいえない。

「情報《じょうほう》を求《もと》めているのです。お金《かね》は支払《しはら》いますよ」とウィルがいった。

彼《かれ》がベルトの財布《さいふ》に触《ふ》れると、かすかに硬貨《こうか》が触れあう音がした。オマリーの目がせばまった。これはおもしろいことになるかもしれない。

「情報《じょうほう》だと？　じゃあ話をしたほうがいいかもしれないな。カルー！」とオマリーは隣《となり》のテーブルに座《すわ》っていた男にかみつくようにいった。「この坊主《ぼうず》のためにおまえの椅子《いす》をここに持ってこい」

カルーと呼《よ》ばれた男が異議《いぎ》を唱《とな》えるはずもなかった。男はあわてて立ちあがるとウィルのほうに椅子をおしだした。うらみがましい表情《ひょうじょう》はウィルのためにとっておき、オマリーにはみじんも見せないよう気をつけていた。

ウィルはありがとうというようにうなずいたが、男からはしかめっ面《つら》が返ってきた。ウィルは椅子を引いてオマリーのテーブルにつけた。

「さて、情報だったな？」とオマリーが口を開《ひら》いた。「で、なにが知りたいんだ？」

「数日前にテニソンという男を案内《あんない》してやったでしょう。彼と二十人ほどの従者《じゅうしゃ》を」

「おれが、か？」オマリーは怒《いか》りに顔をしかめ、もじゃもじゃ眉毛《まゆげ》の眉根《まゆね》を寄《よ》せた。

「おまえはすでにずいぶんな情報を持っているようじゃないか。だれからきいたんだ？」

「この店にいる人じゃないです」とウィル。それから、オマリーからさらに問いただされる前にと先を急いだ。「彼《かれ》をどこに連《つ》れていったのかを知る必要《ひつよう》があるのです」

おどろいた風《ふう》をよそおってオマリーの眉《まゆ》が上がった。

「へえ、知る必要があるか？　おまえに教える必要はない、といったらどうする？　そもそも、おれがそいつをどこかに連れていったとしたら、の話だがな。じつのところ、おれはそんなことをやってない」

ウィルは思わず一瞬激怒《いっしゅんげきど》の表情《ひょうじょう》を見せてしまったが、やがてそれがまちがいだったことに気づいた。彼は平静《へいせい》をとりもどしたが、オマリーが敏感《びんかん》に気づいたのがわかった。

「さっきもいったように、情報《じょうほう》にはお金《かね》を支払《しはら》います」と平静な声になるよう努《つと》めていった。

「また金貨《きんか》を支払うつもりなのか――さっきカウンターを通りすぎたときにライアンにわたしたように？」オマリーは腹立《はらだ》たしげな目を居酒屋《いざかや》の主人のほうに向けた。主人はそれまでこの会話を興味深《きょうみぶか》げに眺《なが》めていたが、この言葉を聞いてびくりとひるんだ。

「その件《けん》についてはあとで話そうな、ライアン」とオマリーはつけ足した。

ウィルはおどろいて唇《くちびる》をすぼめた。彼が金貨の半分をカウンターにおいたとき、オマリーの注意はほかのほうに向いていたはずだったのだ。

「するどいですね」そういった口調にはつい称賛《しょうさん》の色が出てしまったが、多少お世辞《せじ》をいってもいいだろうと思った。だが、オマリーはそれに引っかかるほど単純《たんじゅん》ではなかった。

「おれはなにひとつ見逃《みのが》さないんだよ、坊主《ぼうず》」彼《かれ》の怒《いか》りをこめた視線《しせん》が今度はウィルにもどされた。その目は〈おれにおべんちゃらを使おうなんてするな〉といっていた。

ウィルは椅子《いす》の上でもぞもぞと身体を動かした。この会話の主導権《しゅどうけん》を失《うしな》ってきている、と思った。それからこう修正《しゅうせい》した。いや、最初《さいしょ》から主導権など握《にぎ》ってなかった、と。最初の一言からオマリーが主導していたのだ。これまでウィルがやってきたことといえば、オマリーの言葉に反応《はんのう》しただけだ。彼はふたたび試《こころ》みた。

「あの、はい。こちらは情報《じょうほう》を提供《ていきょう》してもらえれば金貨《きんか》を支払《しはら》うつもりでいます」

「おれはすでに支払ってもらっているんだ」とオマリーがいった。すくなくとも今度はテニソンと彼の従者《じゅうしゃ》たちをどこかにやらなかったなどというふりはしなかった。

「じゃああなたは二回払ってもらえるわけです。いい商売じゃないですか」とウィルは理性的《りせいてき》にいった。

「そうかな？　おまえに商売のことをすこし教えてやろう。まず初《はじ》めにおまえがそこに提《さ》げている財布《さいふ》を奪《うば》うために、おまえの喉《のど》を掻《か》き切ることなんておれはなんとも思っちゃいない。それに、おまえがいっているそのテニソンとかいうやつのことには特《とく》に何の関心《かんしん》もない。機会《きかい》があればやつを殺《ころ》して船から放りだしてやってもよかったくらいだ。そうしてもだれも気づきゃしない。だが、やつの仲間《なかま》のあの紫《むらさき》のマントを着たやつらが、ずっとおれを監視《かんし》していやがった。おまえにこんなことを話すのは、信頼《しんらい》などおれにとっちゃ何の意味もないということをいうためさ。まったくな」

「それでは……」とウィルが話しかけたが、密輸人《みつゆにん》は荒《あら》っぽい仕草《しぐさ》でさえぎった。

「だがな、商売とはこういうことだ、坊主《ぼうず》。おれはあの男をクロンメルから出すために金《かね》を受けとった。こういうことがおれがかかわっている商売だ。いまおれがもし別《べつ》の者から金を受けとって、そいつをどこに連《つ》れていったかを話したとしたら、そしてここにいるみんながそれを見ていたとしたら、おれの商売は、あとどれくらいつづくと思う？ みんながおれのところにやってくる理由はただひとつ。おれの口がかたいからなんだ」

オマリーは口を閉《と》じた。ウィルはぎこちなく座《すわ》っていた。理《り》にかなう答えがなにも浮《う》かばなかった。

「おれは正直さなんて信《しん》じちゃいない」とオマリーが話をつづけた。「信用《しんよう》もな。忠誠《ちゅうせい》も。信《しん》じているのは利益《りえき》、それだけだ。そして利益とは必要《ひつよう》なときに口を閉《と》じていることを知ってるということなんだ」何の警告《けいこく》もなしに、オマリーは店内を見わたした。それまで興味深《きょうみぶか》げにこちらを見ていた目があわててそらされた。

「ここにいるほかのみんなも、このことは知っておいたほうがいいぞ」と彼《かれ》は声を大きくしていった。

ウィルは負けたというふうに両手を広げた。この状況《じょうきょう》を逆転《ぎゃくてん》できる方法《ほうほう》は思いつかなかった。ここにホールトがいてくれたらいいのに、と唐突《とうとつ》に思った。ホールトならどうすればいいかわかっているだろう。そう思うにつけても、自分のふがいなさを痛感《つうかん》した。

「そうですか、じゃあぼくは行きます」ウィルは立ちかけた。

「ちょっと待った！」オマリーの手がふたりのあいだのテーブルをぴしゃりとたたいた。

「まだおれに払《はら》ってもらってないぞ」

ウィルは信じられないというふうに声を出して笑《わら》った。「あなたに支払《しはら》う？　あなたはぼくの質問《しつもん》に答えなかったじゃないですか」

「答えたとも。おまえが求《もと》めていた答えとはちがっていたがな。さあ、払ってもらおうか」

ウィルは店内を見まわした。そこにいる全員がこのやりとりを見守っていて、ほとんどの者がにやにや笑《わら》っていた。オマリーは恐《おそ》れられ、嫌《きら》われてはいたが、ウィルはよそ者だったので、彼《かれ》らはウィルが窮地《きゅうち》に立たされるのを見て楽《たの》しんでいたのだ。オマリーはこの対決を自分の評判《ひょうばん》を高めるために利用《りよう》したのだ、とウィルは気づいた。彼は金《かね》にはたいして興味《きょうみ》はなく、むしろ居酒屋《いざかや》にいるみんなに自分こそがお山の大将なのだということを見せびらかす機会《きかい》のほうに興味があったのだ。怒《いか》りをかくそうと努《つと》めながら、ウィルは財布《さいふ》に手を入れてもう一枚《まい》の金貨《きんか》を出した。高くついたのに、それに見合うにも引き出すことはできなかった、と彼は思った。金貨をテーブルにおいた。オマリーはそれを手にとると、本物かどうか歯でかんでみて、それから邪悪《じゃあく》な笑《え》みを浮《う》かべた。

「おまえと商売ができてよかったよ、坊主《ぼうず》。さあ、とっとと出ていきやがれ」

ウィルはおさえこんだ怒りで顔がまっ赤になっているのがわかった。彼は唐突《とうとつ》に立ち上がった。その勢《いきお》いで椅子《いす》がひっくり返った。店内のどこからか忍《しの》び笑いが聞こえてきた。彼は踵《きびす》を返すと人ごみをかきわけ、ドアへと進んでいった。

ウィルの背中《せなか》でドアがバンと閉《し》まると、オマリーは身を乗《の》りだし、ふたりの連《つ》れに静《しず》かにいった。「デニス、ナイオールズ。あの財布を持ってこい」

ふたりの頑丈《がんじょう》な男は立ちあがると、ウィルにつづいてドアに向かった。彼《かれ》らがなにをするつもりなのかがわかって、居酒屋《いざかや》の客たちは彼らのために道をあけた。中にはいやそうにそれを見ている者もいた。彼らは自分たちであの若者《わかもの》を追いかけようと計画していたのだ。

デニスとナイオールズはきりっと冷《つめ》たい夜気の中に出て、あのよそ者がどちらへ行ったか見ようとせまい通りの両方向を見た。彼らはとまどった。通りからはせまい路地がいくつも出ている。あの若者がそのどこかにかくれているかもしれない。

「とにかく行って……」

ナイオールズの言葉は最後《さいご》までつづかなかった。ふたりのあいだの空気がいやなヒュッという音で切りさかれたと思うと、なにかがナイオールズの鼻先をかすめてドア枠《わく》に刺《さ》さった。ふたりの男はショックを受けてとびのき、それから木枠《きわく》につき刺さってぶるぶるふるえている矢《や》の灰色《はいいろ》の軸《じく》を信《しん》じられない面持《おももち》で見つめた。

通りのどこかから声が聞こえてきた。

「一歩でも動いてみろ。次の矢はおまえの心臓《しんぞう》を射貫《いぬ》くぞ」その後、わずかな間《ま》があったかと思うと、敵意《てきい》をこめた声がつづいた。「それくらい怒《おこ》っているんだ」

「どこだ？」デニスがささやいた。

「路地のひとつにちがいない」とナイオールズ。ぶるぶるふるえている矢《や》の脅威《きょうい》はたいへんなものだった。だが、空手でオマリーのもとにもどる危険《きけん》についてもふたりともよくわかっていた。

何の警告《けいこく》もなくふたりのあいだにまたヒュッ、ピシッという音がした。ただ今回はナイオールズの手が反射的《はんしゃてき》に右耳にいった。矢が彼《かれ》の耳をかすったのだ。彼の頬《ほお》に熱《あつ》い血がしたたり落ちた。突然《とつぜん》、オマリーに立ち向かうほうがましに思えてきた。

「ここからはなれよう！」ナイオールズがいうと、ふたりはぶつかり合うようにしてドアに身体をおしこみ、ドアをばたんと閉《し》めた。

通りのかなり向こうの路地から黒っぽい人影《ひとかげ》が現《あら》われた。だれかがもう一度もどってくるまでには数分ある、とウィルは読んだ。彼は居酒屋《いざかや》まで軽やかに駆《か》けもどると、刺《さ》さった矢をとりもどし、それからタグを馬小屋から出した。そして鞍《くら》にとびのると疾走《しっそう》していった。小柄《こがら》な馬のひづめの音が石畳《いしだたみ》の道に響《ひび》き、その音が通りぞいの建物《たてもの》にこだましていた。

今回の接触《せっしょく》は満足《まんぞく》すべきものとはいえなかった。

4

ホールトとホラスは小高い丘《おか》の頂上《ちょうじょう》に来ると馬を止めた。彼《かれ》らの眼下《がんか》一キロもいかないところにポート・ケールの町が広がっていた。丘の頂上には白く塗《ぬ》られた家々《いえいえ》が寄《よ》りそうように建《た》っている。丘の斜面《しゃめん》は港のところまでゆるやかに延《の》びていた。港は人工の防波堤《ぼうはてい》が海の中にまで突《つ》きだしており、そこからL字形《じがた》に右に折《お》れていた。この防波堤の内側《うちがわ》は小さな船団《せんだん》を係留《けいりゅう》する避難所《ひなんじょ》になっている。馬上のふたりがいるところからは、船は乱立《らんりつ》するマストの林のようにしか見えず、個別《こべつ》の船として見分けることはできなかった。

丘に建っている家々はペンキを塗ったばかりできちんと手入れがされているように見えた。空《そら》をおおっている雲のあいだからもれているにぶい日差《ひざ》しの中でさえ、家々は輝《かがや》いて見えた。丘を下り埠頭《ふとう》に近づくにつれて、建物《たてもの》はより実用的なものになっていき、色使いも鈍《にぶ》い灰色《はいいろ》が主流になっていった。活気のある港はどこもこうだ、とホールトは思った。上品ぶった人たちは丘《おか》の上の清潔《せいけつ》な家に住み、下層《かそう》の者たちは港の近くに集まってくるのだ。

それでも、賭《か》けてもいいが、丘の上の清潔な家々《いえいえ》も悪党《あくとう》や悪徳商売人《あくとくしょうばいにん》たちの分け前にあずかっているはずだ、とホールトは思った。丘の上に住んでいる人たちはほかの人たちより正直なのではなく、ただうまく成功《せいこう》しただけのことなのだった。

「あれはぼくたちの知っているだれかじゃないですか?」とホラスがいって、数百メートル先の道端《みちばた》に両ひざを抱《だ》いて座《すわ》っているマント姿《すがた》の人物を指さした。その人物のそばでは、小柄《こがら》な毛足の長い馬が道のわきにある排水路《はいすいろ》の縁《ふち》に生えている草《くさ》を食《は》んでいる。

「そうだな。彼《かれ》はウィルを一緒《いっしょ》に連《つ》れてきたようだな」とホールトが答えた。

ホラスは年配の仲間《なかま》にすばやく目をやった。ホールトのこの皮肉《ひにく》っぽい言葉を聞いて、ホラスは気分が高揚《こうよう》するのを感じた。たいした冗談《じょうだん》ではなかったが、これは彼らがダン・キルティにあるホールトの弟の墓《はか》を出て以来初《いらいはじ》めてホールトが発《はっ》したその種《しゅ》の言葉だった。ホールトは決しておしゃべりな仲間ではなかったが、ここ数日はいつにもまして無口《むくち》だった。そうなるのももっともだ、とホラスは思っていた。なんといっても双子《ふたご》の弟を亡《な》くしたのだから。ホールトはようやく落ちこみから回復《かいふく》しだしたようだ。差《さ》しせまった行動の見通しと関係《かんけい》があるのかもしれない、とホラスは思った。

「なんだか大金でも失《な》くしたみたいに見えますね」といってから、必要《ひつよう》もないのにこうつけ足した。「ウィルのことですけど」

ホールトは鞍《くら》の上からふり返ってホラスを見ると、片方《かたほう》の眉《まゆ》を上げた。

「ホラス、きみから見たらわたしはいいかげんもうろくしているように見えるかもしれんが、ここまであきらかなことをわざわざ説明《せつめい》してもらう必要はないよ。きみがタグのことをいっているなどと、思うわけないだろう」

「すみません、ホールト」だが、ホラスの口元が思わずほころんだ。まず冗談《じょうだん》、今度は辛辣《しんらつ》な切り返しときた。弟の死以来《いらい》ホールトのまわりに立ちこめていた陰気《いんき》な沈黙《ちんもく》よりずっといい。

「なにがあったのか見にいこう」とホールトがいった。彼《かれ》は愛馬《あいば》にどんな動きや合図もしなかったようにホラスには見えたが、アベラールはただちに足早《あしばや》に駆《か》けだした。ホラスも踵《かかと》をキッカーの脇腹《わきばら》に触《ふ》れると、キッカーはすぐにそれに応《こた》えてアベラールに追いつき、彼の横に並《なら》んだ。

ふたりが近づいてきたので、ウィルは立ちあがりズボンのよごれを払《はら》った。タグはアベラールとキッカーにいなないて挨拶《あいさつ》し、彼《かれ》らのほうでも挨拶を返した。

「ホールト、ホラス」ふたりが自分のそばで馬を止めたので、ウィルは挨拶をした。

「今日来てくれればいいんだけど、と思っていました」

「おまえがフィングル・ベイで残《のこ》した伝言《でんごん》を受けとったから、今朝早く出発したのだ」とホールト。

フィングル・ベイはテニソンが当初目指していた目的地《もくてきち》だった。ポート・ケールから数キロ南にある貿易《ぼうえき》と漁業で栄えている港だ。そこの船主や船長の大半は正直な者たちだった。だがポート・ケールは、先にテニソンが、のちにウィルもわかったように、もっといかがわしい連中《れんちゅう》のたまり場だった。

「うまくいったか?」とホラスがきいた。ホラスとホールトがダン・キルティで後始末《あとしまつ》をしているあいだに、ウィルはテニソンの跡《あと》を追い、彼がどこに向かったかを見つけだすことになっていたのだ。ウィルは肩《かた》をすくめた。

「ある程度《ていど》はね。残念《ざんねん》ながら、いい知らせと悪い知らせがあります。テニソンはあなたが思っていたとおり、この国を出てますよ、ホールト」

ホールトはうなずいた。そう予想していたのだ。「どこへ行ったんだ?」

ウィルは足をもぞもぞと動かした。ホールトは思わず笑《え》みを浮《う》かべた。元弟子《もとでし》は彼《かれ》から課《か》された課題《かだい》に失敗《しっぱい》することが大きらいなのだ。

「それが悪い知らせのほうなんです。わかりませんでした。だれが連《つ》れていったかはわかりました。ブラック・オマリーと呼《よ》ばれている密輸人《みつゆにん》です。でも、やつはなにも教えてくれないんです。すみません、ホールト」とウィルがいった。彼の恩師《おんし》は肩《かた》をすくめた。

「おまえはできるだけのことはやった。それはわかっている。こういうところの船乗《ふなの》りは口が堅《かた》いので有名だ。わたしがそいつと話してみよう。どこでそいつを見つけられる——その、オマリーとかいう変《か》わった名前のやつは?」

「埠頭《ふとう》のそばの居酒屋《いざかや》です。ほとんど夜はそこにいますよ」

「じゃあ、今夜やつと話してみるか」とホールト。

ウィルは肩をすくめた。「やってみることはできますけど。でも、なかなか手ごわいですよ。やつからなにかを引きだすことができるかどうか。やつは金《かね》に興味《きょうみ》がないんですよ。お金はぼくもやってみましたが」

「そうか、やつもわたしには心を開《ひら》いてくれるんじゃないかな」とホールトは気楽そうにいった。だが、その目が一瞬《いっしゅん》ぎらりと光ったことにホラスは気づいた。ホラスの思ったとおりだった。なにかすべきことがあるという見通しが、ホールトの魂《たましい》をふたたび目ざめさせたのだ。ホールトにはいまや返すべき借《か》りがあった。これはブラック・オマリーとやらいう人物にとってはいい兆《きざ》しではなさそうだな、とホラスは考えていた。

しかし、ウィルはまだホールトを疑《うたが》わしそうに見ていた。「そう思いますか？」

ホールトは彼《かれ》に笑《え》みを向けた。「みんなわたしと話すのが大好《だいす》きだ。わたしは会話の達人《たつじん》だし、人柄《ひとがら》もすばらしいからな。ホラスに聞いてみろ。ダン・キルティからの道中ずっとわたしの話に耳をかたむけっぱなしだったよな？」

ホラスはそのとおりというようにうなずいた。「ずっとしゃべりっぱなしだったよ。ホールトがおしゃべりの矛先《ほこさき》をほかの人に向けてくれるなんて、うれしいよ」

ウィルは憎々《にくにく》しげな目でふたりをにらみつけた。彼はホールトに失敗《しっぱい》を認《みと》めるのがいやでたまらなかった。すべては冗談《じょうだん》なのに、このふたりの仲間《なかま》は彼にはその冗談も通じないと思っているように思えたのだ。なにかいい返してやろうと考えたが、なにも浮《う》かんでこなかった。ついにウィルはタグの鞍《くら》にとびのると、彼らと一緒《いっしょ》に道を進みはじめた。

「町のましなほうの地区の宿屋《やどや》に部屋をとってあります。とても清潔《せいけつ》ですよ。それに値《ね》段《だん》も妥当《だとう》です」とウィルはふたりにいった。これにホラスが反応《はんのう》した。

「料理《りょうり》はどうだい？」

＊

三人は路地の突《つ》きあたりから数メートルほどのところの物陰《ものかげ》にかくれて立っていた。その位置《いち》からはサギ亭《てい》の入口がはっきりと見え、向こうから見られることなく店に出入りする客を見ることができた。これまでのところオマリーと彼《かれ》のふたりの仲間《なかま》の姿《すがた》はなかった。

ウィルは足をもぞもぞ動かした。もう真夜中近い。

「おそいな――やつらが来るとしたら、だけど。昨夜はもうとっくに来ていたのに」と小声でいった。

「昨夜がいつもより早かったのかもしれないぜ」とホラス。

ホールトはなにもいわなかった。

「中で待ったらどうなんです、ホールト?」とホラスがきいた。その夜は寒く、冷《つめ》たい湿気《しっけ》がブーツの底《そこ》から足へとはい上がってくるのがわかった。ふくらはぎが痛《いた》みだしていた。冷たくてぬれた石畳《いしだたみ》。立つには最悪《さいあく》の場所だ、とホラスは思った。血をめぐらせるために足踏《あしぶ》みをしたかったが、そんなことをしたらすぐにホールトからしかられるのはわかっていた。

「やつらをおどろかせたいのだよ」とホールトはいった。「やつらが店に入って、我々《われわれ》が待っているのを見たら、おどろかせることにはならないだろ。やつらが席《せき》につくまで待って、それからすばやく店に入る。やつらに反応《はんのう》するチャンスをあまり与《あた》える前に、つかまえたいのだ。それに、もし我々が中でやつらを待っていたら、だれかが抜《ぬ》けだしてやつらに教えるという可能性《かのうせい》もある」

ホラスはうなずいた。すべて理《り》にかなっている。彼自身《かれじしん》は緻密《ちみつ》なことが苦手だったが、ほかの者の緻密さを認識《にんしき》することはできた。

「それから、ホラス」とホールトが口を開《ひら》いた。

「はい?」

「わたしが合図を送ったら、やつのふたりの子分の面倒《めんどう》をみてもらいたいのだが」ホラスはにやっと笑《わら》った。ホールトはこの件《けん》に関《かん》してはホラスに緻密《ちみつ》さを期待《きたい》していないようだった。

「いいですよ、ホールト」そういってから、ふと頭によぎった思いを口にした。「その合図ってどういうのですか？」

ホールトはちらりと彼《かれ》を見た。「おそらく、『ホラス』とかなんとかいうつもりだ」

ホラスは首を片方《かたほう》にかたむけた。

「ホラス……それから？」

「それだけだ。ただホラス、と」とホールト。

ホラスはしばらく考えていたが、やがて、なるほどというようにうなずいた。

「いい考えです、ホールト。簡潔《かんけつ》にするというわけですね。そういうふうにしろとロドニー卿《きょう》もいっていますよ」

「ぼくにしてほしいことは、とくになにかありますか？」とウィルがきいた。

「見ていて学べ」とホールトが彼にいった。

ウィルは苦笑《にがわら》いを浮《う》かべた。彼は自分がオマリーにしゃべらせることができなかった落ちこみから回復《かいふく》していた。いまではホールトがこの件《けん》をどうあつかうのか見たくてたまらなかった。ホールトならなんとかしてこの件をさばける、と彼《かれ》は何の疑《うたが》いも持っていなかった。

「いつものこと、ですね?」とウィル。

ウィルの気分が変《か》わったのを感じて、ホールトは彼に目をやった。先ほどまでの失望《しつぼう》が熱心《ねっしん》さに変わっていた。

「すべてを知っていると思うのはばか者だけだ。おまえはばか者じゃない」とホールトはいった。

ウィルがなにかいおうとする前に、ホールトはせまい通りのほうを指ししめした。

「お友達《ともだち》がいらしたようだ」

オマリーとふたりの手下は埠頭《ふとう》のほうから通りを歩いてきていた。アラルエンの三人は彼らが居酒屋《いざかや》に入るのを見ていた。ふたりの大柄《おおがら》な男がわきに立って、まず親分を先に入れた。ドアが開《ひら》いたとき、中の喧騒《けんそう》が一瞬《いっしゅん》聞こえ、光が通りにもれた。それから彼らの後ろでドアがふたたび閉《し》まると、騒音《そうおん》も光も断《た》ちきられた。

ホラスが前に進もうとしたが、ホールトが彼の腕《うで》に手をあててそれを止めた。

「しばらく待て。やつらは飲み物を手に入れて、それからやつらのお気に入りのテーブルに座《すわ》っている者を追いはらうはずだ。そのテーブルは、ドアからどっちにいったところだ、ウィル?」ウィルは顔をしかめながら、店の見取り図を思いえがいた。ホールトにはすでに答えはわかっていた。午後の早い時間にウィルにきいていたのだ。だがホールトはウィルの頭をなにかでいっぱいにしておきたかったのだ。

「中に入って、二歩半ほど進んだ右側《みぎがわ》。ドアからは三メートルほど行った暖炉《だんろ》のそばです。ドアの枠《わく》に頭をぶつけないよう気をつけてくれ、ホラス」とウィルはつけ足していった。

影《かげ》の中でホラスがうなずいているのを感じた。ホールトは店内の光景《こうけい》を思いえがきながら、目を閉じて《と》タイミングを計って立っていた。ウィルは動きだしたくてそわそわしていた。ホールトの低《ひく》い声がきこえた。

「落ちつけ。急ぐことはない」

ウィルは数回深呼吸《すうかいしんこきゅう》をして、はやる気持ちをしずめようとした。

「中に入ったらどうするか、わかってるな?」ホールトがウィルにきいた。その日の午後、宿屋《やどや》でふたりに説明《せつめい》はしてあった。だが、念《ねん》を入れておくにこしたことはない。

ウィルはごくりと数回つばを飲んだ。「ドアの内側《うちがわ》にとどまって、店内に目を光らせます」

「ドアに近づきすぎないってことを忘《わす》れるなよ。もし、だれかが不意《ふい》に入ってきたらぶちのめされてしまうからな」とホールト。だが、そんなことを思い出させる必要《ひつよう》などなかった。ホールトはその日の午後に、もし酒を飲みたくてたまらないやつが中に入ろうとドアをぐいと押《お》して、ウィルが突然《とつぜん》倒《たお》れたら、どれほどぶざまなことになるかをわざわざ図解《ずかい》してしめしておいたからだ。

「わかりました」とウィル。口がすこし乾《かわ》いてきた。

「ホラス、わかってるな?」

「あなたと一緒《いっしょ》にいます。あなたが座《すわ》っても、立ったままで。ふたりのいじめっ子を見《み》張《は》っていて、『ホラス』っていわれたら、やつらをぶちのめす」

「簡潔《かんけつ》でよろしい。わたしでもそこまで簡潔にはいえない」ホールトはもうしばらく待ってから、影《かげ》からふみだした。

彼《かれ》らは通りをわたり、ホールトが店のドアを勢《いきお》いよく開《あ》けた。ウィルは熱気《ねっき》と騒音《そうおん》と光の波《なみ》をもう一度受けてから、ホールトの後から店内に入り、脇《わき》に移動《いどう》した。後ろでにぶい物音がして、ホラスが「くそっ」と毒《どく》づいたのが聞こえた。ドアのところで頭をかがめるのを忘《わす》れたのだ。

暖炉《だんろ》を後ろにしたオマリーが顔を上げて新参者《しんざんもの》を見た。彼《かれ》はウィルに気づいた。そのことが彼の気をしばらくそらせてしまった。おかげでホールトがつかつかと店を横切り、テーブルのスツールを引いて彼と向かい合って座《すわ》ったことに反応《はんのう》するのがおそくなってしまった。

「こんばんは。わたしはホールトという者だ。ちょっと話をさせてもらおうと思ってね」とその髭面《ひげづら》のよそ者はいった。

5

ナイオールズとデニスが即座《そくざ》に立ちあがった。だがオマリーは片手《かたて》を上げて、ふたりがそれ以上《いじょう》の行動に出るのを止めた。

「まだいい。落ちつけ」

ふたりは椅子《いす》に座《すわ》りなおしはせず、オマリーの後ろに立って彼《かれ》と暖炉《だんろ》とのあいだに立ちはだかった。オマリーは最初《さいしょ》のおどろきから立ちなおり、自分の正面に座った男をしげしげと見た。

小柄《こがら》な男だった。それに髪《かみ》は白髪《しらが》のほうが多い。見たところふつうならそれほど気にするような相手ではない。だがオマリーは長年潜在的《ながねんせんざいてき》な敵《てき》を見きわめてきたので、ものごとの肉体的な要素《ようそ》の向こうを見ることを知っていた。この男の目はするどい。それに自信《じしん》がみなぎっている。彼はライオンの巣《す》につかつかと入ってきて、ライオンのリーダーを見つけ、そのしっぽを引っぱったのだ。そして今は彼の真正面に座り、すずしい顔をしている。何の心配もなく、落ちつきはらって。こいつはばかかひじょうに危険《きけん》かのどちらかだ。しかも、この男はばかには見えなかった。

オマリーはこの男の仲間《なかま》をちらりと見た。長身で肩幅《かたはば》が広く、運動選手《うんどうせんしゅ》のような外見だ。だがその顔は若《わか》く、ほとんど少年といってもいいくらいだった。この若者《わかもの》には小柄《こがら》な男のほうにある落ちついた自信《じしん》のような雰囲気《ふんいき》はなかった。その目は絶《た》えずオマリーとふたりの子分の間で動いている。おしはかって、判断《はんだん》しているのだ。オマリーは若者のほうは無視《むし》することにした。恐《おそ》れることはなにもない。それはこれまで大勢《おおぜい》の人間がホラスを前にして犯《おか》したまちがい、生涯後悔《しょうがいこうかい》することになるまちがいだった。

オマリーが次に戸口のほうを見ると、昨夜彼《かれ》に近づいてきた若者の姿《すがた》が見えた。若者はドアからすこしはなれたところに立っていた。手には長弓を持ち、矢《や》が弦《つる》につがえられていた。だが、弓《ゆみ》はいまのところ下げられていて、だれもおどしてはいなかった。弓の位置《いち》は瞬時《しゅんじ》に変《か》わることができる、とオマリーは思った。デニスとナイオールズは若者の弓の技術《ぎじゅつ》はたいへんなものだといっていた。若者の矢であやうく頭から削《そ》がれそうになったナイオールズの耳には、いまもしっかりと包帯《ほうたい》が巻《ま》かれていた。

この――オマリーは新参者《しんざんもの》が名乗《なの》った名前は何だったか、とさぐっていて、やがて思い出した――ホールトとやらも同じ弓《ゆみ》を持っていた。そしてまだら模様《もよう》でフードつきの同じようなマントを身に着けていることにも気がついた。同じ武器《ぶき》、同じマント。彼《かれ》らにはなにか公職《こうしょく》についているようなところがあった。どうも気に入らない、とオマリーは決断《けつだん》した。公職についている者とは一切関係《かんけい》を持たないことにしている。

「王の家臣《かしん》なのか？」と彼はホールトにきいた。

ホールトは肩《かた》をすくめた。「この国の王ではない」この言葉にオマリーがばかにしたように唇《くちびる》をゆがめたのを見て、ホールトは亡《な》き弟がここまで王家の信用《しんよう》をおとしめたことへの怒《いか》りを抑《おさ》えこんだ。彼の顔にも目にも何の感情《かんじょう》も表われていなかった。

「わたしはアラルエン人だ」とホールトはつづけた。

オマリーは両の眉《まゆ》を上げた。「で、そう聞いて我々《われわれ》は恐《おそ》れ入ったという態度《たいど》をすべきだというのかね？」と皮肉《ひにく》っぽくたずねた。

ホールトはしばらく答えなかった。じっと相手の視線《しせん》を受けとめながら、その男を値《ね》ぶみしていた。

「そうしたいならそうすればいい。わたしにはどうでもいいことだ。わたしがそういったのは、おまえの密輸活動《みつゆかつどう》に何の興味《きょうみ》もないといっておきたかったからだ」

この言葉は相手の痛《いた》いところをついた。オマリーは自分の仕事を大っぴらにはしたくなかったのだ。オマリーは顔をしかめた。

「言葉に気をつけろ！　ここにやってきて、我々《われわれ》のことを密輸人《みつゆにん》だなんだと難癖《なんくせ》をつけるようなやつはただじゃおかんぞ」

ホールトはちっともこたえていないというふうに肩《かた》をすくめた。「わたしは『だなんだ』などとはいっていない。ただおまえが密輸人だということなどどうでもいい、といっただけだ。ある情報《じょうほう》がほしい、それだけだ。わたしが知りたいことを教えてくれ。そうしたらこれ以上《いじょう》じゃまはしない」

オマリーはホールトに警告《けいこく》をあたえるためにテーブルに身を乗《の》りだしていたが、今度は腹《はら》を立てて椅子《いす》に座《すわ》りなおした。

「おれがあの坊主《ぼうず》に話さないのに」とオマリーはドアのそばに黙《だま》って立っている人物に親指をつきたてていった。「やつのじいさんになら話すだろうと、どうして思うんだ？」

ホールトは片方《かたほう》の眉《まゆ》を上げた。「それはあんまりじゃないか。おじさん、のほうが事実に近いと思うが」だが、オマリーのほうはもうたくさんと心に決めたようだ。

「出ていけ」ときっぱりと命令《めいれい》した。「おまえとのやりとりはこれで終わりだ」

ホールトは首をふり、黒い瞳《ひとみ》でじっとオマリーの目を見つめた。

「そっちはそうかもしれんが、こちらはまだ終わっていない」

その言葉にはおどしと挑発《ちょうはつ》がこめられていた。そしてその口調にはわずかに軽蔑《けいべつ》の色もあった。オマリーにとってはがまんの限界《げんかい》だった。

「ナイオールズ。デニス。このばか者を表にたたきだせ。そして、ドアのところにいる、やつのお友達《ともだち》がすこしでも弓《ゆみ》を上げたら、やつののどをかっ切ってやれ」

ふたりの手下はテーブルをまわりこんでホールトに近づこうとした。ナイオールズは彼《かれ》の右に、デニスは左に。ホールトは彼らがすぐ近くに来るまで待って、ひと言いった。

「ホラス……」

ホールトは若《わか》き戦士《せんし》がどういうふうにこの問題を解決《かいけつ》するか、それを見るのが楽《たの》しみだった。ホラスはまずデニスのあごにストレートを直撃《ちょくげき》した。痛烈《つうれつ》な一撃《いちげき》だったが、ノックアウト・パンチではなかった。単《たん》にホラスに動く余地《よち》と時間をあたえるためになされたものだったのだ。デニスが後ろによろけ、ナイオールズが反応《はんのう》するより早くホラスはくるりと向きを変《か》えて、今度はナイオールズのあごに左フックをお見舞《みま》いした。ナイオールズの目がどんよりしてひざが折《お》れ、じゃがいもの袋《ふくろ》かなにかのようにどさりと床《ゆか》に倒《たお》れた。

だが、今度はデニスが立ちなおり、ホラスめがけて右手を大きくふりまわしてきた。ホラスはひょいとかがんでそれを避《さ》け、相手のあばらに左手で二発打ちこんでから、デニスのあごに焼《や》けつくようなアッパーカットをお見舞《みま》いした。

そのアッパーカットにはホラスの両足、上半身、肩《かた》と腕《うで》のすべての力がこめられていた。それがあごにたたきこまれたので、とたんにデニスの脳天《のうてん》に電撃《でんげき》が走り、目の奥《おく》に火花がとびちった。このすさまじい打撃力《だげきりょく》に、デニスの足は実際《じっさい》に床から数センチ浮《う》きあがった。そして彼《かれ》もまたその場で、おがくずをまき散《ち》らした木の床にくずおれた。

一連《いちれん》の動きすべてに四秒もかからなかった。オマリーは自分のふたりの用心棒《ようじんぼう》がこれほどまでにやすやすと、しかも自分が恐《おそ》れるに足りないと無視《むし》していた若者《わかもの》によって片《かた》づけられてしまったことにおどろいて目をむいた。そして立ちあがりかけた。しかし、襟元《えりもと》をぐいとつかまれて、テーブルごしに席《せき》に引きもどされた。同時にオマリーはなにかするどいものを――ひじょうにするどいものを――のど元に感じた。

「いったたろ。こちらはまだ終わっていない、と。だから座《すわ》れ」

ホールトの声は低《ひく》かったが抗《こう》しがたかった。さらに抗しがたかったのは、オマリーののど元に、いまではさらに強く押《お》しつけられている鋭利《えいり》なサックスナイフだった。オマリーはホールトがナイフを鞘《さや》から抜《ぬ》いたところを見ていなかった。この白髪《しらが》交じりの髭《ひげ》面《づら》の男は驚《おどろ》くほどの速度で動くことができるにちがいない――ちょうど男の若い仲間《わかなかま》がやったように、という考えが彼《かれ》の頭によぎった。

オマリーは相手の目を見た。手前には自分ののど元におしつけられている残忍《ざんにん》な鋼《はがね》の像《ぞう》がぼんやり見えている。

「じいさんといったことは見逃《みのが》してやろう。それからおまえが手下の乱暴者《らんぼうもの》にわたしを襲《おそ》わせようとしたことについても、大目にみてやる。だが、これから質問《しつもん》をひとつする。一度しかいわん。それに答えなかったら、おまえを殺《ころ》す。ここで、すぐにだ。ウィル！」ホールトは急にウィルに声をかけた。「食器棚《しょっきだな》のそばにいるその大柄《おおがら》な男がもう一歩でもわたしに近づいたら、そいつに矢《や》を放て」

「すでに見張《みは》っていますよ、ホールト」とウィルが答え、ホールトがいった方向に矢を上げた。自分は見られていないと思っていたそのがっしりとした体つきの船員が、突然両《とつぜんりょう》手《て》を上げた。店にいる大多数の客と同じく、彼も昨夜ナイオールズとデニスの間に放たれた二本の矢のことを聞いていたのだ。最初《さいしょ》、男はここでオマリーに手を貸《か》しておくのは得策《とくさく》だと考えていた。だが、自分の身に矢《や》を受けるほどの価値《かち》があるはずもなかった。

ウィルが矢でしめしたので、男は長いベンチに腰《こし》をおろした。輝《かがや》いている矢じりを見ただけで心配になったのだ。それより気になったのは、あの髭面《ひげづら》の男が自分のほうを一度も、ちらりとも見なかったということだ。

「さて、どこまで話していたかな？」とホールトがいった。

オマリーは答えようと口を開《ひら》いたが、すぐにまた閉《と》じた。これは新しい経験《けいけん》だった。オマリーは自分のほうが話をすすめ、他人を自分に従《したが》わせることに慣《な》れていた。彼《かれ》はサギ亭《てい》の常連客《じょうれんきゃく》に好《す》かれているなどとは思っていなかった。だが、自分が恐《おそ》れられていることはわかっていたし、むしろそのほうが好都合《こうつごう》だった。というか、そうだと思っていた。混雑《こんざつ》した居酒屋《いざかや》にいる客たちが彼以上《かれいじょう》に彼らに恐怖《きょうふ》を植えつける人物を見ている今、オマリーは完全《かんぜん》に無力《むりょく》な立場に追いやられていた。もし彼が好かれていれば、彼のために仲《なか》をとりなしてくれる者もいたかもしれない。だが、ナイオールズとデニスがいなければ、自分でなんとかしなければならないことがオマリーにはわかっていた。

ホールトは彼の顔をしばらく見つめながら、オマリーの頭によぎった思いを読んでいた。相手の目に疑《うたが》いと不安《ふあん》がほの見えたので、自分のほうが優勢《ゆうせい》にあることがわかった。

オマリーと対峙《たいじ》したときのウィルの話から、オマリーはみんなからきらわれている人物だとホールトは思った。そしてホールトはこの一点にかけたのだが、いまやそれが正しかったことがわかった。

「数日前、おまえはテニソンという男とその従者《じゅうしゃ》のグループをこの国の外に連《つ》れていった。そのことはおぼえているか？」

オマリーは何の意思表示《いしひょうじ》もしなかった。彼《かれ》の目はホールトの目に釘《くぎ》づけになっている。ホールトはその目におさえきれない怒《いか》りを見た。今の自分の無力《むりょく》さから来る怒りだ。

「おぼえていることを願《ねが》うよ。おまえの命がそれにかかっているかもしれんのだからね。さあ、わたしがいったことを思い出してもらおうか。この質問《しつもん》は一度しかしない。死にたくなかったら、答えるんだ。わかったか？」とホールトがいった。

それでもオマリーからは何の反応《はんのう》もなかった。ホールトは大きく息を吸《す》いこむと、それから言葉をつづけた。

「テニソンをどこに連れていった？」

ほとんど手に触《ふ》れられるほどの沈黙《ちんもく》が流れた。店じゅうの人間がオマリーがなにをいうのか見ようと、かたずをのんで身を乗《の》りだしていた。オマリーは何度かつばを飲んだが、その行為《こうい》のためにサックスナイフの先が彼《かれ》ののどのやわらかい肉に食いこんだ。やがて、口がかわきしゃがれた声で彼が答えた。

「おまえにおれは殺《ころ》せない」

それを聞いて、ホールトの左の眉《まゆ》がぴくりと上がり、口元が不思議《ふしぎ》な笑《え》みにゆがんだ。

「そうかな? なぜそう思う?」

「おれを殺したら、おまえの知りたいことは決してわからないからだ」とオマリーがいった。

ホールトは短い笑《わら》い声をあげた。「冗談《じょうだん》だろ」

オマリーの額《ひたい》にしわが寄《よ》った。彼としては唯一《ゆいいつ》の切り札《ふだ》を使ったのに、このよそ者はそれをさげすむようにあつかった。やつははったりをかましているのだ、とオマリーは心を決めた。そう思うと失《な》くしかけていた自信《じしん》がもう一度よみがえりはじめた。

「はったりはやめろ。おまえはそのテニソンとやらがどこに行ったかを知りたいのだろう。それも知りたくてたまらないはずだ。でなかったら、ここに今夜もどってきたりしないだろうからな。だったらそのナイフをおれののどからはなせ。そうしたら話すことを考えてもいい。もっとも、それ相当のものは支払《しはら》ってもらうがな」オマリーは最後《さいご》の言葉を思いついたようにつけ足した。自分のほうに主導権《しゅどうけん》があるのだから、それを使わない手はないと思ったのだ。

ホールトはしばらくなにもいわなかった。それからテーブルごしに身を乗《の》りだした。ナイフの先はオマリーののど元におしつけたままだ。

「わたしのためにしてもらいたいことがあるのだがね、オマリー。わたしの目をじっと見て、おまえが殺《ころ》せないようなサインがすこしでも見えるかどうかいってくれるか」

オマリーはいわれたとおりにした。ホールトの目は見ていてぞっとするようなものだと認《みと》めざるをえなかった。そこにはあわれみや弱さをしめすものなどみじんもなかった。この男ならまたたく間《ま》に自分を殺すことができるだろう、とわかった。

ホールトはオマリーに生きていてもらわなければならない、という事実を除《のぞ》いては。このことがオマリーの勝利《しょうり》をより甘美《かんび》なものにしていた。この白髪《しらが》交じりの髭面《ひげづら》の男はまたたく間におれを殺すだろう。今すぐにでもおれを殺したいと思っているだろう。だが、そうはできないのだ。

そう思うと、オマリーの顔が思わずほころんだ。

「たしかに、おまえならやるだろう」とのんきにいった。「だが、おまえにはできない。

そうだろ?」

　この男相手にギャンブルをするととんでもないことになる、とオマリーは思った。はったりを暴《あば》かれた今、感じているはずのいらいらや不安《ふあん》の兆候《ちょうこう》が男の目にはまったく表われていないのだ。

「おさらいをしてみようか?」とホールトがやさしい声でいった。「わたしにおまえは殺《ころ》せない、とおまえはいう。そうしたらおまえが知っていることをみつけだすことができないから、と。だが、同時に、おまえはそこにいるウィルには情報《じょうほう》はもらさない、といった……」

「ああ、だが、それは交渉次第《こうしょうしだい》ということで」とオマリーはいいかけたが、ホールトが割《わ》って入った。

「だったらわたしがおまえを殺しても、わたしはなにも失《うしな》わないということになるんじゃないか? だが、おまえが引きおこした厄介《やっかい》ごとのなんらかの償《つぐな》いにはなる。全体として、わたしとしてはおまえを殺したいと思っている。おまえはうっとうしいやつだ、オマリー。じつをいうと、そのことを考えたらおまえがいいたくないのがうれしいくらいだ。そうすればおまえのみじめな命を始末《しまつ》するのは義務《ぎむ》だと感じられるからな」

「いや、ちょっと待て」オマリーがとりもどしたと思っていた自信《じしん》もどこかにいってしまった。相手を追いつめすぎたことにオマリーは気づいた。重いナイフの先が彼《かれ》ののど元をはなれたと思うと、今度は鼻先につきつけられた。

「だめだ！　そっちがわたしの話を聞くのだ！」とホールト。話し方は静《しず》かだったが、その声は鞭《むち》のようにするどかった。「店中を見わたしてわたしにいってくれ。この中におまえに何らかの忠誠《ちゅうせい》や友情《ゆうじょう》を感じている者がいるかどうかを。もしわたしがおまえののどをかき切ったら、一瞬《いっしゅん》でも抗議《こうぎ》の声をあげる者がだれかいるか？」

オマリーは思わずこちらを見ている面々《めんめん》にすばやく目を走らせた。助けてやろうといううきざしは見えなかった。

「さあ、答えろ。おまえが死んだら、この店におまえがテニソンをどこに連《つ》れていったかを知っている者はいない、その情報《じょうほう》を喜《よろこ》んで提供《ていきょう》してくれる者はいないのはたしかなのか？」

自分は負けたとオマリーが思ったのはこのときだった。店内には彼があの白い長衣《ながぎぬ》を着た男をどこに連れていったかを知っている人間がたしかにいたのだ。それは秘密《ひみつ》でもなんでもなかった。そして、沈黙《ちんもく》を強いるオマリーがいなかったら、彼らは我先《われさき》にと駆《か》けよってこのきびしい顔をした男に彼《かれ》が知りたがっていることを教えるだろう。

「クレイスキル・リバーだ」とささやくような声でいった。

ナイフがゆらめいた。「何だと?」とホールトがきいた。

オマリーは肩《かた》を落としてうつむいた。「クレイスキル・リバー。ピクタの、リンキース岬《みさき》の下だ。我々《われわれ》が貨物を配送する待ち合わせ場所のひとつだ」

ホールトは一瞬《いっしゅん》相手《あいて》が信《しん》じられなくて顔をしかめた。「どうしてテニソンがピクタに行きたがるのだ?」

オマリーは肩をすくめた。「やつはそこに行きたかったわけじゃない。ここから出たかったのだ。あの場所はおれが行くところだったから、そこまでやつを連《つ》れていったというわけだ」

ホールトはゆっくりとうなずいた。

「おまえをそこに連れていくこともできるぜ」とオマリーは希望《きぼう》をこめていった。

ホールトはばかにしたように笑《わら》った。「ほう、そりゃあできるだろうよ。わたしはおまえのことなんかこれっぽっちも信用《しんよう》していない。さあ、とっとと消えされ!」

ホールトは相手の胸《むな》ぐらをつかんでいた手をはなし、男をつきとばした。バランスをくずしたオマリーがなんとか立ちなおろうとしたとき、ホールトが彼《かれ》を止めた。

「いや。もうひとつあった。おまえの財布《さいふ》をテーブルの上で空《から》にしてもらおうか」

「財布を?」

ホールトはなにもいわなかったが、両方の眉《まゆ》がひそめられて一本につながった。サックスナイフがまだ彼の右手にあることにオマリーは気づいた。彼はあわてて財布をとりだすと、その中身をテーブルにぶちまけた。ホールトは人差《ひとさ》し指で小銭《こぜに》をはじき、金貨《きんか》一枚《まい》をより分けた。そしてそれをかかげた。

「これはおまえのだな、ウィル?」

「そのようです」とウィルがうれしそうにいった。オマリーにはずかしめられた後だっただけに、彼は今夜の対決を楽《たの》しんでいた。

「次はもっと気をつけろよ」ホールトはウィルにいった。それからオマリーのほうに向きなおった。その顔にはきびしさがもどり、目は暗く相手を威嚇《いかく》していた。「とっととここから出ていけ」

ようやく解放《かいほう》されたオマリーは立ち上がった。彼は店内を見まわしたが、自分を見ている者たちの顔には軽蔑《けいべつ》しかなかった。それから彼はいわれたとおり出ていった。

第二部

一羽《わ》ガラスの隘路《あいろ》

rangers apprentice 6

「髭《ひげ》のお仲間《なかま》は機嫌《きげん》が悪そうだな」

船長はウィルをひじでつつき、スズメ号の舳先《へさき》にうずくまっている人物のほうを指してにやにや笑《わら》った。その人物は舷側板《げんそくいた》にもたれ、マントのフードを深くかぶっていた。

底冷えのするどんより曇《くも》った日で、南東から風《かぜ》が吹《ふ》きつけ、不安定《ふあんてい》で予《よ》測《そく》もできないうねりが北からつきあげてくる。風は波頭を吹きとばし、船が荒《あ》れた灰色《はいいろ》の海の波間の谷にたたきつけられるとしぶきがあがった。

「だいじょうぶですよ」とウィルはいった。だが船長は船酔《ふなよ》いしている人間がいると思うとことのほか楽《たの》しいようだった。おそらく一種《いっしゅ》の優越感《ゆうえつかん》を覚《おぼ》えるのだろう、とウィルは思った。

「まちがいない」と船長は楽しそうにいった。「陸《りく》でああいう強そうで無口《むくち》なタイプは、船が足下《あしもと》ですこしでも動こうものなら、青い顔をして泣《な》きさけぶ赤ん坊《ぼう》みたいになるんだ」

じつをいえばスズメ号は船長がいう以上《いじょう》にゆれていた。船は襲《おそ》ってくる風《かぜ》と波《なみ》に落ちこみ、突《つ》きあげられ、激《はげ》しくゆれていた。

「あの岩《いわ》はだいじょうぶですか?」ホラスが海から突きでている一連《いちれん》の岩を指さしていた。その上を大波がくだけちっている。船の左舷《さげん》数《すう》百メートル先のところで、風は船を斜《なな》めにその岩のほうに進めていた。

船長は、波の動きに合わせて消えてはまた現《あら》われるその一連の岩を眺《なが》めた。

「あれは柵状岩礁《パリセード・リーフ》だ」船長はそういって、目をすこしせばめ、距離《きょり》と角度を見積《みつ》もりながら、最後《さいご》にチェックしたときから状況《じょうきょう》が変《か》わっていないことを確認《かくにん》した。最後といってもほんの数分前のことだったが。

「すこし近づいていっているように思えます。それってよくないんでしょう?」とホラスがいった。

「近くには行くが、だいじょうぶ、うまく切り抜《ぬ》けるよ」と船長は答えた。「あんたたちのような陸《りく》の人間は、パリセード・リーフを見るといつも神経質《しんけいしつ》になりすぎるんだよ」

「べつに神経質《しんけいしつ》になんかなってませんよ」とホラスはいった。が、そのこわばった口調が彼《かれ》の言葉を裏切《うらぎ》っていた。「ほんとうにだいじょうぶかどうかただ船長に確認《かくにん》してほしかっただけです」

「そうか、お若《わか》いの、だからちゃんとオールを外に出しているだろ。帆《ほ》は強力だが、風《かぜ》の力でどんどん岩礁《がんしょう》のほうに流されていく。オールを出しておくと、風に逆《さか》らって船を動かすことができる。十分な余裕《よゆう》をもってバックリフトを捕《つか》まえられるようにな」

「バックリフト？　それって何ですか？」とウィルがきいた。

「ほら、一列になった岩礁の端《はし》が岬《みさき》の端に向かっているのが見えるか？」船長は指をさしながらいった。ウィルはうなずいた。岩礁だとわかる一連《いちれん》の荒波《あらなみ》が見えた。たしかに北西にある大きな岬——リンキース岬——の足下《あしもと》にぶつかっていた。

「それから風がおれの肩《かた》ごしにこっちに吹《ふ》いていて、我々《われわれ》を岩礁のほうに流しているのがわかるか？」

ふたたびウィルはうなずいた。

「よし。オールが岩礁を避《さ》けて東のほうに行くようにしてくれる。やがて、岬に近づくと風《かぜ》が岬《みさき》に当たって、我々《われわれ》に吹《ふ》き返してくる。それがバックリフトだ。実際《じっさい》、風はそこで反転して、我々が岩礁《がんしょう》から遠ざかるように吹きつけてくる。そこからは数キロ進めばいいだけだ。湾《わん》を河口《かこう》までな。そこのところはオールで漕《こ》がなくてはならない。バックリフトは数百メートルしかつづかないからな。それでも岩礁を避《さ》けるにはじゅうぶんなんだよ」

「おもしろい」とウィルは考え深げにいいながら、状況《じょうきょう》を検討《けんとう》し自分でも距離《きょり》と角度を測《はか》っていた。船長に指摘《してき》されて、スズメ号は岬の下を通過《つうか》するところでうまく岩礁の端《はし》を通りぬけるだろうということがわかった。船長は繊細《せんさい》さには欠《か》けるかもしれないが、自分の仕事には精通《せいつう》しているようだった。

「前に行って髭《ひげ》のお仲間《なかま》に岩礁のことを教えてやるよ」と船長はにやにやしながらいった。「おもしろいだろうからな。賭《か》けてもいいが、やつは岩礁にはまだ気づいていないと思うぞ」船長は自分の考えに声をあげて笑《わら》った。「心配そうな顔をしなくちゃな、これでどうだ？」

そういって彼《かれ》は眉《まゆ》をひそめ、爪《つめ》をかむふりをして心配そうな顔をして見せた。ウィルは船長を冷《つめ》たい目で見た。

「してもいいですけどね」と賛成《さんせい》してから、こうつけ足した。「この船の一等航海士は優秀《ゆうしゅう》な船乗《ふなの》りですか？」

「もちろんだとも。そうじゃなかったら、一緒《いっしょ》に乗っとらんよ。なぜそんなことをきくんだ？」と船長。

「ホールトがあなたを船から放りなげたら、彼《かれ》に船を操《あやつ》ってもらわなければなりませんからね」とウィルはおだやかにいった。船長は笑《わら》いだしたが、やがてウィルの顔の表情《ひょうじょう》を見て不安《ふあん》そうに笑うのをやめた。

「ホールトは船酔《ふなよ》いするとものすごく短気になるんです。とくに人にからかわれたときなんかにはね」とウィル。

「い、いや、とりわけ人にからかわれたときにはね」とホラスもつけ足した。

船長は急に自信《じしん》がなくなったように見えた。「ほんの冗談《じょうだん》だよ」

ウィルは首をふった。「彼を笑ったスカンディア人もそうでしたよ」それからホラスをちらりと見た。「ホールトが彼になにをしたか覚《おぼ》えてるかい？」

ホラスはまじめな顔をしてうなずいた。「あれはひどかった」

船長はふたりの顔を順《じゅん》に見た。彼は何年にもわたってスカンディア人と取引があった。

たいていの船乗《ふなの》りがそうだ。だが、スカンディア人をやっつけたという人物に会ったことはなかった。

「なにをしたんだ？　その、あんたのお仲間《なかま》が、っていう意味だが」と船長はきいた。

「スカンディア人の兜《かぶと》の中に吐《は》いたんですよ」とウィル。

「それも大量《たいりょう》にね」とホラスがつけ加《くわ》えた。

その光景《こうけい》を思い描《えが》こうとして、船長は口をあんぐり開《あ》けた。そのときホールトが借《か》りた兜をかぶっていたことも、次のスカンディアのオベリャール、巨漢《きょかん》のエラクの保護下《ほごか》にあったことも、ウィルとホラスはわざわざ説明《せつめい》しなかった。だから船長は船首《せんしゅ》にいるあの小柄《こがら》な白髪《しらが》交じりの髭《ひげ》の男が、巨漢のスカンディア人の頭から兜を奪《うば》いとりその中に吐いた——ふつうなら自殺行為《じさつこうい》にも等しい行動だ——と思いこんだ。

「で、そのスカンディア人は？　どうした？」

ウィルは肩《かた》をすくめた。「あやまりましたよ。ほかになにができるっていうんです？」

船長はウィルからホールトへ、それからまたウィルへと視線《しせん》を移《うつ》した。若者《わかもの》の顔は真《しん》剣《けん》で、船長をだましているようなそぶりなどまったくなかった。船長は何度も唾《つば》を飲みこみ、それから仮《かり》に自分がだまされているとしても、船に酔《よ》っているホールトをそっとしておいてやるほうがいいかもしれない、と心に決めた。

「船だ！」

マストの上の見張《みは》り人が叫《さけ》んだ。反射的《はんしゃてき》に三人全員が見張りのほうを見あげた。彼《かれ》は彼らの後方、南西の方角に腕《うで》を伸《の》ばして指ししめしていた。三人もその腕が指すほうを向いた。海上には低《ひく》く霧《きり》が立ちこめていたが、よく見ているとそこから黒い形がはっきりと浮《う》かび上がってきた。

「どこの船だかわかるか？」と船長が叫んだ。

見張りは目に入る日差《ひざ》しをおおい、こちらにやってくる船をもっとくわしく見た。

「わきにオールが六本……それからメインセールは四角。すごい速度でこちらに向かってきます。我々《われわれ》のほうにヘッドリーチもしています！」

見知らぬ船は追い風《かぜ》に乗《の》っているだけはなく、力強くオールでも漕《こ》いでいた。ヘッドリーチとは、スズメ号より先にある一点を目指すことができて彼らより先にそこに着く、という意味だ。彼らがその船を避《さ》けることはもうできなかった。

「どこの船だかわかるか？」と船長がくり返しいった。一瞬《いっしゅん》ためらいがあった。

「鉤爪号《かぎづめごう》だと思います。ブラック・オマリーの船です！」と見張りが叫んだ。ウィルとホラスは心配そうに目配せをした。

「やっぱりホールトのいったとおりだ」とウィルはいった。

*

居酒屋《いざかや》でオマリーと対決した翌朝《よくあさ》、ホールトはふたりの仲間《なかま》を早く起こした。

「着替《きが》えろ。フィングル・ベイにもどるぞ」とてきぱきといった。

「朝食は？」ホラスが不満《ふまん》そうにきいたが、答えはわかっていた。

「道中で食べる」

「道中で食べるのって嫌《きら》いですよ。消化に悪いし」とホラスがぶつぶついった。そうはいっても、ホラスも経験《けいけん》を積《つ》んだ軍人《ぐんじん》だった。すばやく着替えると、荷物《にもつ》をまとめ剣《けん》を留《と》めつけた。すこしおくれてウィルも準備《じゅんび》を整《ととの》えた。ホールトはふたりを見わたし、すべて装備《そうび》が整っているかチェックした。

「行こう」そういうと、先頭に立って階段《かいだん》を降《お》りた。宿屋《やどや》の主人に宿賃《やどちん》を払《はら》い、馬小屋に向かった。彼《かれ》らが入ってくると馬たちはいないて挨拶《あいさつ》をした。

「ホールト」道路に出てからウィルがきいた。「どうしてフィングル・ベイなんです？」

「船がいるからだ」とホールト。

ウィルは自分たちが発《た》ってきたばかりの町を肩越《かたご》しにふり返った。彼《かれ》らはほとんど丘《おか》の頂上《ちょうじょう》にいたので、林立するマストがはっきりと見えた。

「船ならここにもありますよ」とウィルが指摘《してき》すると、ホールトはウィルを横目で見た。

「あるよ。だが、オマリーもここにいる。やつは我々《われわれ》がどこに行くつもりかをすでに知っている。わたしはやつにいつ、いつ我々がそちらに向かうかを知られたくないんだ」

「やつが我々を阻止《そし》しようとする、と考えているんですね」とホラスがきいた。

ホールトはうなずいた。「そうするに決まっている。かならずそうするはずだ。だが我々がいつ発ったかわからなければ、やつを撒《ま》くこともできるかもしれない。それにフィングル・ベイの船長たちは、密輸業者《みつゆぎょうしゃ》と泥棒《どろぼう》ばかりのここに比《くら》べれば多少は正直だ」

「ほんのすこしだけですよね？」ウィルが笑《わら》いをかみ殺《ころ》しながらきいた。ホールトが一般的《いっぱんてき》に船長たちのことをよく思っていないことを――おそらく彼が海の旅をきらっているせいもあるのだろうが――知っていたからだ。

「船長にすごく正直なやつなどいない」ホールトは不機嫌《ふきげん》に答えた。

フィングル・ベイで彼《かれ》らはスズメ号の持ち主《ぬし》と契約《けいやく》を交わした。船幅《せんぷく》が広い商船で、彼らと馬が乗《の》るにじゅうぶんな広さだった。彼らの目的地《もくてきち》を聞いた船長は顔をしかめた。

「クレイスキル・リバーだって？　密輸業者《みつゆぎょうしゃ》の巣窟《そうくつ》だぞ。もっとも上陸《じょうりく》するにはいい場所だが。密輸業者たちがしょっちゅうあそこを使うのもおそらくその理由からだろうがな。あそこに行くというのなら余分《よぶん》に料金《りょうきん》を支払《しはら》ってもらいたい」

「わかった」とホールトがいった。船長が引きうけることになる危険《きけん》のことを考えれば、余分に料金を払《はら》うのは妥当《だとう》だと感じたのだ。だが、船長が思っているほどの額《がく》ではなかった。結局《けっきょく》、彼らはある料金に落ちつき、ホールトが声を出して数えながら支払った。それから彼は彼らの正面にあるテーブルに積《つ》みあげられた金額《きんがく》に、さらに金貨《きんか》を三枚足《まいた》した。

船長はそれを見て目を光らせた。「これは何だ？」

ホールトはその金《かね》を彼のほうにおしやった。「これは口を閉《と》じていてもらう分だ。暗くなってから出発したいが、我々《われわれ》がどこに向かったかを人に知られたくないのだ」

船長は肩《かた》をすくめた。

「唇《くちびる》にチャックしたよ」彼《かれ》はそういってから、身体の向きを変《か》えると、船倉に樽《たる》を積《つ》みこんでいた乗組員たち数人に口ぎたなく指示《しじ》をがなりたてた。

ウィルがにやっとしていった。「くちびるにチャックしたわりにはえらい騒《さわ》ぎですね」

＊

それが今、目的地《もくてきち》まであと数キロというところまできて、オマリーに見つかってしまったのだ。

オマリーの船は彼らの船よりも速くて身軽だった。彼らを捕《つか》まえるために派遣《はけん》された国王の船から逃《に》げられるように設計《せっけい》されていたからだ。しかも乗組員もスズメ号よりも多かった。ウィルには乗組員の頭が舷側《げんそく》にならんでいるのが見えたし、ときどき武器《ぶき》が光るのも見えた。持ちあがっている船首《せんしゅ》には、舵柄《かじづか》をつかみ鉤爪号《かぎづめごう》の進路を維持《いじ》しているオマリー自身《じしん》の姿《すがた》も見える。

「やつらから逃げきることはできないようだな」

すぐ後ろでホールトの声がしたのでウィルはびっくりした。ふり向くとホールトが先ほどまでいた船首《せんしゅ》の場所から移動《いどう》し、自分たちを追ってくる船を熱心《ねっしん》に見ていた。青い顔をしてはいたが、いまでは自分をコントロールできているようだ。

何年も前、ハラスホルムまでの長い旅のときに、ウィルはエラクの副官《ふくかん》だったスヴェンガルと船酔《ふなよ》いについて話したことを思い出した。

「船酔いから心をそらせるなにかが必要《ひつよう》なんだ」とたくましいスカンディア人はウィルにいったものだ。「なにか集中するものがあると、船に酔っているひまなんてないからな」と。

どうやら彼《かれ》のいうとおりだったようだ。ホールトの注意は彼らの後方にいる密輸業者《みつゆぎょうしゃ》の船に引きつけられていて、不安定《ふあんてい》な胃《い》のことは忘《わす》れているようだった。

ホールトの質問《しつもん》に船長は首をふった。「ああ。やつらから逃《に》げきることはできない。あっちのほうが我々《われわれ》より速いし、おれより風上につっこんでいける。我々は座礁《ざしょう》させられるか、それとも……」もうひとつの選択肢《せんたくし》はいやなものらしく、船長は言葉を切った。

「それとも何なんです？」とホラスがきいた。彼は剣《けん》を鞘《さや》から抜《ぬ》きかけていた。彼も鉤爪号《かぎづめごう》に武装《ぶそう》した男たちの姿《すがた》を見ていたのだ。

「それとも、こちらにぶつかってくるか。やつの船の船首は強化されている。うわさではやつはこういうふうにして一度ならず船を沈《しず》めたことがあるらしい」そういって船長はホールトをにらみつけた。「オマリーが追いかけてくると聞いていれば、決してあんたたちを船には乗《の》せなかったよ」

ホールトの青い顔がわずかにほころんだ。

「だからいわなかったのだ。で、どうするつもりだ？」

船長は絶望《ぜつぼう》したように肩《かた》をすくめた。「おれになにができる？　やつから逃《に》げきることはできないし、戦《たたか》いで打ち負かすこともできない。あんたをやつに引きわたすことさえできない。やつは目撃者《もくげきしゃ》を残《のこ》してはおかないからな。ただここに立って、やつに船を沈められるのを待つしかなさそうだ」

ホールトは片方《かたほう》の眉《まゆ》を上げた。

「それよりすこしはましなことができると思うがな。とにかくやつをもうすこし近づけさせよう」

船長は肩をすくめた。「やつがもうすこし近づくのを止めることはできんからな」そういってから、つけ加《くわ》えた。「近づけて、あんたはなにをするつもりなんだね？」

ホールトは左肩《ひだりかた》にかけていた長弓を外し、同時に右肩にあった矢筒《やづつ》をすこし上げて矢を一本選《えら》んだ。その動きを見て、ウィルも自分の弓《ゆみ》を下ろした。

「矢《や》を一本か二本放ったくらいであの船を止めることはできんぞ」と船長はいった。

ホールトは船長をおもしろそうに眺《なが》めた。「どうするつもりなのか、とわたしはあんたにたずねた。オマリーが我々《われわれ》にぶつかってきて、船を沈《しず》め、我々をおぼれさせるあいだ、どうやらあんたはただここに立ったままで満足《まんぞく》なようだな」

船長は居心地悪《いごこちわる》そうにもぞもぞした。「なんとか岸につけるかもしれん。空《から》の樽《たる》や垂木《たるき》を放り投げてそれにつかまることはできる。そうやって浜まで辿《たど》り着くことができるかもしれん」

「それどころか、岩礁《がんしょう》の中におし流されてしまうだろうよ」とホールトがいった。が、彼《かれ》は船長を見ていなかった。彼は船の手すりにさらに近づくと、弓の弦《つる》に矢をつがえた。目は鉤爪号《かぎづめごう》の舵柄《かじづか》にいる人物に釘《くぎ》づけになっている。オマリーは両脚《りょうあし》を開《ひら》いてふんばり、木製《もくせい》の舵棒《かじぼう》をしっかりとつかみ、帆《ほ》に吹《ふ》きつける風《かぜ》の勢《いきお》いとオールが漕《こ》ぐ力に抗《こう》して船首《せんしゅ》が風上に向くようにがんばっていた。船全体がかろうじて微妙《びみょう》なバランスを保《たも》つ状態《じょうたい》にあった。風とオールと舵柄が相反する力の三角形を作り、その結果《けっか》、船は現在前《げんざいまえ》へ進んでいるのだった。その要素《ようそ》のひとつでも崩《くず》れたら、残《のこ》りの力が増《ま》して混乱《こんらん》が生じることがホールトにはわかっていた。

ホールトは距離《きょり》と自分の足下《あしもと》の船の動きを測《はか》った。不思議《ふしぎ》なことに、正確《せいかく》に矢《や》を射《い》ることに集中していると、船の動きが原因《げんいん》の吐《は》き気はいつのまにか消えていた。彼《かれ》は顔をしかめた。鉤爪号《かぎづめごう》も上がったり下がったりしている。矢を射る場合にそのことも計算に入れなければならない。ホールトはウィルが弓《ゆみ》の準備《じゅんび》をしてそばにきていることを感じた。

「よし。合図を送ったら、一緒《いっしょ》に矢を放つからな」と彼はいった。

「いっただろ」と船長が叫《さけ》んだ。「矢を二本くらい放ったって、あの船を止めることはできん、と。今のままにしておけば、我々《われわれ》にもすこしはチャンスがあるのだ。オマリーを怒《おこ》らせたら、やつがこの場を去る前にかならず我々は全員殺《ぜんいんころ》されるぞ」

「わたしが見るところ」とホールトはいった。「やつがこの場を去ることはないだろう。よし、ウィル、いまだ！」

まるで目に見えない力でつながっているかのように、ふたりのレンジャーは弓を上げ、引きしぼると、ねらいを定めて矢を放った。二本の矢がそれぞれはるか向こうへ飛《と》んでいった。

7

二本の矢《や》は、一本がすこし先導《せんどう》する形で弧《こ》を描《えが》きながら灰色《はいいろ》の空《そら》に飛《と》んでいった。ホラスはそれを見ていたが、雲にまぎれて見失《みうしな》ってしまった。彼《かれ》はホールトとウィルが次に射《い》るのに備《そな》えてすでに新しい矢をつがえていることに気づいていた。

鉤爪号《かぎづめごう》の舵柄《かじづか》にいるがっしりした人物に目をずっと向けていたホラスは、やがて二本の矢が飛びこんできたときに一瞬《いっしゅん》動《うご》きがあったのをとらえた。どっちの矢がオマリーに当たったのかはわからなかった。ホールトのほうが優秀《ゆうしゅう》な射手《しゃしゅ》だということをホラスは知っていたが、ウィルもそれに劣《おと》らぬ技術《ぎじゅつ》を持っている。

一本の矢は舵から一メートルも離《はな》れていない舷側《げんそく》に突《つ》きささってぶるぶる揺《ゆ》れていた。もう一本はオマリーの左の上腕《じょうわん》の筋肉《きんにく》——彼らから見えるほうの側《がわ》だ——に痛々《いたいた》しく刺《さ》さっていた。

風《かぜ》と海の音にかき消されて、オマリーの苦痛《くつう》の叫《さけ》びはホラスの耳にはとどかなかった。だがオマリーがよろめき、舵柄《かじづか》から手をはなして傷《きず》ついた左腕《ひだりうで》をおさえるのが見えた。

鉤爪号《かぎづめごう》への影響《えいきょう》は瞬時《しゅんじ》に現《あら》われた。それも壊滅的《かいめつてき》な影響が。風圧《ふうあつ》をおさえこんでいた舵《かじ》の圧力《あつりょく》から解《と》き放たれて、船は突然風《とつぜんかぜ》に躍《おど》らされた。船尾《せんび》から風が吹《ふ》きあげてくると、四角い帆《ほ》が大きくはらみ、調律《ちょうりつ》でしめすぎたために切れたハープの弦《げん》のようにロープが断《た》ちきれてしまった。船が急にかたむいたためにオマリーは甲板《かんぱん》に投げ出された。同時にオールを漕《こ》いでいた乗組員数人も、漕ぎそこなって漕ぎ用のベンチの上にひっくりかえった。オールが一本、船からはなれていった。残《のこ》ったオールもほかのオールとこんがらがってしまい、結果《けっか》ひどい混乱《こんらん》におちいった。

ホールトが観察《かんさつ》していた力の正確《せいかく》なバランスは完全《かんぜん》にくずれてしまった。鉤爪号は荒々《あらあら》しく風下《かざしも》のほうにゆれ、すでにスズメ号の船尾を通りすぎて、くるったようにパリセード・リーフの逆巻《さかま》く波《なみ》のほうに進んでいた。

乗組員のひとりがのたうつ甲板をよろめきながら横切り、コントロールを失《うしな》って激《はげ》しく動いている舵柄のほうに向かっていた。

「やつを止めろ、ウィル」とホールトがきびきびといった。ふたりは甲板《かんぱん》の反対側《はんたいがわ》に移《い》動《どう》した。そちらのほうがコントロールを失《うしな》ったオマリーの船がよく見えたのだ。ふたたびふたりは矢《や》を放った。今回は両方の矢とも目標《もくひょう》にあたり、男は前につんのめったかと思うと、船がかたむいたときに排水口《はいすいこう》に転がり落ちた。

スズメ号の船長は口を開《あ》けて見ていた。

「あんなふうに矢を射《い》ることができるやつなんていないよ」と小声でいった。彼《かれ》の横にいたホラスは思わず冷《つめ》たい笑《え》みを浮《う》かべた。

「あのふたりはできるのさ」

鉤爪号《かぎづめごう》の船上では、乗組員たちが自分たちの船が岩礁《がんしょう》に乗《の》りあげるのを防《ふせ》ぐには手おくれだと気づいていた。本能的《ほんのうてき》にすこしでも最初《さいしょ》に衝突《しょうとつ》する場所から逃《のが》れようとして彼らは先を争《あらそ》って船尾《せんび》のほうに走っていった。荒々《あらあら》しく翻弄《ほんろう》されている彼らの船が、逆巻《さかま》く波《なみ》の下にかくれていた最初の岩《いわ》にぶつかった。きしむような衝突音《しょうとつおん》がして、一瞬《いっしゅん》その動きを推《お》し量《はか》っているかのように船がぶるぶるゆれた。突然《とつぜん》の衝撃《しょうげき》にマストがかたむき、やがて甲板から一メートルほどのところでぽきんと折《お》れた。マストはもつれあったロープやキャンバス地、とびちった木材《もくざい》などの上に倒《たお》れ、それらの下にからみとられていた何人かの乗組員を下敷《したじ》きにした。片方《かたほう》に余分《よぶん》な重さがかかったために船が風下《かざしも》にかたむき、そのせいで船は束《つか》の間最初《まさいしょ》の岩礁《がんしょう》に乗《の》りあげたところから浮《う》き上がったかのように思えた。船はおしあげられ、さらに重なり合った岩礁の中へとつっこみ、海から姿《すがた》を見せたべつの黒い大きな岩《いわ》の塊《かたまり》に激《はげ》しくぶつかった。乗り上げた船体の上に大波《おおなみ》がたたきつけ、甲板《かんぱん》にいた何人かが流された。ホールトとウィルは弓《ゆみ》を下げていた。ホールトは船長のほうに身体を向けた。

「彼《かれ》らを助けるためになにかするべきだ」と彼はいった。

船長は恐《おそ》ろしそうに首を振《ふ》って「わしの船をあんなところに進めることはできんよ！」と抵抗《ていこう》した。

「そんなことをしろとはいっていない。だが、甲板から樽《たる》をいくつか投げてやるくらいはできるんじゃないか。やつらにもチャンスを与《あた》えてやることができるかもしれん」ホールトは難破《なんぱ》した船のほうを冷《つめ》たくふり返った。「やつらならそんなことはしないだろうがな」

ホラスはきびしい顔をしてうなずいた。つい先ほどまであんなに速く機敏《きびん》に海上を動いていた鉤爪号《かぎづめごう》が、ばらばらに破壊《はかい》されてしまった姿は、じつにひどいものだった。だが、その船上にいた男たちが自分と仲間《なかま》、そしてスズメ号の乗組員たちをまさに同じ運命に追いやろうとしていたことがホラスにはわかっていた。船長のかけ声に、スズメ号の乗組員の何人かがオールからはなれ、手すりごしに空《から》の酒樽《さかだる》を放り投げはじめたのを見て、ホラスは彼《かれ》らを手伝《てつだ》いにいった。すぐに一列になってぷかぷかと浮《う》いた酒樽が、沈《しず》みゆく船のほうに流れていった。

船長が目に恐怖《きょうふ》の色をたたえてホールトのほうを向いていった。

「船員たちをオールを漕《こ》ぐようにもどさなきゃならん。そうでないと、我々《われわれ》も岩礁《がんしょう》に乗《の》り上げてしまう」

ホールトはうなずいた。「やつらのためにできることはすべてやった。さあ、ここから出よう」

船員たちはあわててベンチにもどり、ふたたびオールで漕ぎはじめた。スズメ号は恐《おそ》ろしい岩礁からゆっくりと向きを変《か》えはじめた。だが、きわどい進み方だった。とがった岩《いわ》のひとつが船首《せんしゅ》のほんの数メートル先をかすめた。この岩は彼らが通りすぎたときには防波堤《ぼうはてい》にかくれて見えなかったのだが、航跡《こうせき》の中に数分おくれて出現《しゅつげん》したのだった。その姿《すがた》を見てホラスはおののいた。自分たちがどうしてあれにぶつからずにすんだのかホラスにはわからなかった。そして彼《かれ》の心の目にはスズメ号が突然《とつぜん》あの岩《いわ》にぶつかり、風《かぜ》に吹《ふ》きつけられて岩にはりついたまま振《ふ》り回され、その衝撃《しょうげき》でマストが折《お》れ、灰色《はいいろ》の波《なみ》が甲板《かんぱん》に叩《たた》きつけられ、みんながあらゆる方向に放りだされる姿《すがた》がありありと見えた。彼がそのイメージをふり払《はら》っているうちに、船は徐々《じょじょ》に安全な海域《かいいき》へと近づいていた。やがてホラスは不思議《ふしぎ》な感覚《かんかく》をおぼえた。右頬《みぎほお》に感じていた風が弱くなったと思ったら止《や》んだ。そして左からの強い風が一度、二度と吹き、やがて落ちついたそよ風になった。

バックリフトだ！

「船首《せんしゅ》をまわせ！」船長が叫《さけ》ぶと乗組員はオールからはなれ、ハリヤード（訳注：帆《ほ》や旗《はた》を上下させるロープ）のほうに走っていった。大きな四角い帆が重々しく動きはじめ、やがて大きな音を響《ひび》かせて反対側《はんたいがわ》にふれた。まるで船そのものがたったいま直面していた危険《きけん》に気づいていたかのように、スズメ号は岩礁《がんしょう》から大きく進路を変《か》えた。

＊

彼らは船を広い河口《かこう》の南側《みなみがわ》の土手につけ、徐々に止まれるように船首を砂地《すなち》にめりこませた。三頭の馬を甲板《かんぱん》からつり上げるためのつりひもを装備《そうび》しているあいだに、船長はホールトに立ちむかった。

「きちんといってくれないと」と船長は責《せ》めるようにいった。「オマリーが敵《てき》だといってくれないと」

おどろいたことに、ホールトはただうなずいただけだった。

「あんたのいうとおりだ。だが、もしそういっていたら、あんたは決して我々《われわれ》を乗《の》せてくれなかっただろ。わたしはここに来なければならなかったのだ」

船長は首をふり、さらになにかいおうとした。が、このふたりの弓使いがあの密輸船《みつゆせん》に向けて船上から矢《や》を放ったときの人間ばなれした技《わざ》を思い出して、ためらった。おそらくこういう男たちに憤《いきどお》りを見せすぎないほうがいいだろう、と彼《かれ》は思った。ホールトは船長の顔に葛藤《かっとう》を見て、やさしく彼の腕《うで》にふれた。船長の気持ちもわかったし、自分が船長と彼の乗組員を利用《りよう》し、彼らを危険《きけん》に追いやったことを認《みと》めざるをえなかったのだ。

「もっと金《かね》を支払《しはら》うよ」とホールトはすまなそうにいった。「だが、金貨《きんか》はすべておいてきている」彼はしばらく考えていたが、やがてこういった。「ペンと紙を持ってきてくれ」

　船長はしばらくためらっていたが、ホールトがうなずいて彼《かれ》をうながしたので、船尾《せんび》にある船室に姿《すがた》を消した。数分後、彼は端《はし》がぎざぎざになった上質皮紙《じょうしつひし》と羽《はね》ペン、そして角製《つのせい》のインク壺《つぼ》を持って姿を現《あら》わした。彼にはホールトがなにをするつもりかまったくわからず、顔にもその気持ちが出ていた。

　ホールトは筆記用具を受けとり、紙を置《お》く場所はないかとあたりを見まわしていたが、前甲板《まえかんばん》にある巻《ま》きあげ機《き》に目が留《と》まった。そこまで歩いていく彼に、船長は興味津々《きょうみしんしん》でついていった。ホールトは平らで傷《きず》だらけの木製《もくせい》の表面に紙を広げた。インク壺の上は乾《かわ》いたインクでつまっていたので、それをとりのぞくまでしばらく時間がかかった。

「あんたの名前は?」とホールトが突然《とつぜん》きいた。そうきかれて船長はおどろいた。

「キールティ。アーデル・キールティだが」

　ホールトはしばらく考えていたが、やがてすばやく書きとめた。彼は上質皮紙に数行なにかを書きつけ、自分が書いたものから目をはなし、首をすこしかしげて読んでいたが、やがて満足《まんぞく》そうにうなずいた。彼は飾《かざ》り文字で署名《しょめい》をし、インクが乾くように紙をひらひらとふった。それからその紙を船長に手わたしたが、船長はそれを見て肩《かた》をすくめた。
「字を読むのは得意《とくい》じゃないんだ」。
ホールトはうなずいた。キールティがペンと紙を捜《さが》すのにあんなに時間がかかったこ
とや、インク壺《つぼ》の状態《じょうたい》からもなるほどと思われた。ホールトは紙をとりもどすと声に出
して読みあげた。
「キールティ船長およびスズメ号の乗組員は、悪名高《あくみょうたか》き海賊船《かいぞくせん》にして密輸船《みつゆせん》鉤爪号《かぎづめごう》をピ
クタ沖《おき》で捕獲《ほかく》、沈没《ちんぼつ》させる際《さい》に貢献《こうけん》をした。よって彼《かれ》らに王家の財源《ざいげん》から適切《てきせつ》な報酬《ほうしゅう》を
あたえることを要請《ようせい》する。署名《しょめい》、アラルエン王国のレンジャー、ホールト」ホールトは
目を上げると、こうつけ足した。「これはショーン国王に宛《あ》てたものだ。これを国王に
わたせば、よきに計らってくれるはずだ」
ホールトが手紙を手わたすと、船長はばかにしたように鼻を鳴らした。「ショーン国
王だって？　そんな名前聞いたこともない。クロンメルの国王はフェリスだ」
「フェリスは死んだんだ」とホラスが割《わ》って入った。ホールトに弟の死のことを話させ
てつらい思いをさせたくなかったのだ。「我々《われわれ》はフェリスを殺《ころ》した男たちを追っている
のだ。フェリスの甥《おい》のショーンが王位《おうい》を継《つ》いだんだ」

船長はホラスのほうに向きなおった。彼《かれ》は国王の死という知らせを聞いてすこしおどろいていた。フィングル・ベイは首都から遠くはなれた地だったからだ。船長はホールトが書いた文字を疑《うたが》わしそうに見た。

「そうだとしても、この新しい国王がどうしてあんたのいうことなど気にかけなきゃいけないんだ?」

「彼はわたしの甥《おい》だからだ」とホールト。彼が燃《も》えるような黒い瞳《ひとみ》でキールティの目を見つめたので、本能的《ほんのうてき》に船長はホールトがほんとうのことをいっているとわかった。そのとき、さらなる思いが彼の頭によぎった。

「しかし、あんたはいったじゃないか……彼はフェリスの甥だと? ということは、つまり、あんたは……」自分の考えていることが正しいのかどうかわからなくなり、なにかを見逃《みのが》しているのかもしれないと思って、船長は言葉を切った。

「つまり、わたしはこのきたない船から一刻《いっこく》も早くおりて、旅をつづけたいということだ」とホールトがきびきびいった。あたりに目をやると、彼らが使っていた寝台部屋《しんだいべや》からウィルが荷物《にもつ》と鞍《くら》を運んでいるのが見えた。ホールトはありがとうとうなずき、船首《せんしゅ》のほうに移動《いどう》した。三人の乗客が二メートル下の砂地《すなち》までたやすくおりられるように、船員たちが梯子《はしご》をかけていてくれた。ホールトは舷側板《げんそくいた》を軽やかにまたいで、先ほどの紙を手にして風《かぜ》にはためかせながら立っているキールティのほうをふり返った。

「その紙を失《な》くすなよ」と警告《けいこく》した。

聞いたすべてのことをまとめようとして口をぽかんと開《あ》けていたキールティは、ぼんやりとうなずいた。「わかった」

ホールトはふたりの仲間《なかま》のほうを見た。「行くぞ」そういってから、砂地《すなち》まで軽やかに梯子を駆《か》けおりていった。ふたたび足の下にしっかりとした大地を感じることができてうれしかった。

8

彼《かれ》らは背《せ》の低《ひく》い茂《しげ》みや地面をおおう背の高い草《くさ》などが点在《てんざい》する中をくねくねとつづく荒《あ》れた道を、内陸部《ないりくぶ》へと進んでいった。風《かぜ》が絶《た》えず強く吹《ふ》きつけていた。海からはなれたところで泣《な》き声のような叫《さけ》びをあげ、目の前の草をなぎ倒《たお》している。ウィルはあたりを見まわした。木は一本も見えない。草原を吹き抜《ぬ》けるヒューヒューいう風の音に、一瞬《いっしゅん》、弟子《でし》としての最《さい》初《しょ》の年にギランとホールトと一緒《いっしょ》にカルカラ退治《たいじ》にいったとき、「孤独《こどく》が原」で過《す》ごした恐《おそ》ろしい夜に引きもどされた気がした。

ウィルは心の中で肩《かた》をすくめ、訂正《ていせい》した。カルカラが自分たちを退治しようとしていたとき、というほうがより正確《せいかく》だった。

「木が見えたらいいのにな」先ほどのウィルの考えを読みとったかのように、ホラスがいった。

ホールトがふり返ってホラスを見た。「ここでは木は育《そだ》たない。風《かぜ》が海からの塩《しお》を運んでくるので、枯《か》れてしまうのだ。木が見えるようになるには、もっと内陸《ないりく》に入らなければ」

その言葉はウィルを悩《なや》ませていたことを思い起こさせた。

「ホールト、ぼくたち、どこに向かっているんです？　なにか考えがあるんですか？」

ホールトは肩《かた》をすくめた。「テニソンがクレイスキル・リバーに上陸《じょうりく》したことはわかっている。そしてここはあの上陸地点からつづいている唯一《ゆいいつ》の道だ。だから、論理的《ろんりてき》に考えれば、やつはこっちに来たにちがいない」

「べつの道が出てきたらどうします？」とウィルがきいた。ホールトはごくわずかに笑《え》みを浮《う》かべた。

「そのときにはまたべつの論理的推理《すいり》をしなきゃならんだろうな」

「やつらが通った跡《あと》かなにかを見つけることはできないんですか？」とホラスがきいた。

「あなたたちレンジャーはそういうことが得意《とくい》だと思っていたんですけど」

「得意だとも」ホールトが気安くいった。「だが、我々《われわれ》とて絶対《ぜったい》まちがいをしないというわけではない」その言葉を発《はっ》したとたんに、ホールトは後悔《こうかい》した。ホラスの顔におどろくふりをした表情《ひょうじょう》が浮《う》かんだのだ。

「えー、あなたがそんなことを認《みと》めるなんて初《はじ》めて聞きましたよ」ホラスがホールトににやっと笑《わら》いかけたので、ホールトは顔をしかめた。

「きみがもっと若《わか》くて、多少とも年長者を尊敬《そんけい》していたころがなつかしいよ」

実際《じっさい》、この道を人が通った形跡《けいせき》はあった。だがそれがテニソン一行が残《のこ》したものなのか、ほかの人のものなのかを知る方法《ほうほう》はホールトとウィルにはないのだった。なんといっても、ここは密輸業者《みつゆぎょうしゃ》たちに人気《にんき》の待ち合わせ場所からつづく道だったのだから。だから当然《とうぜん》スコッティたちも、密輸業者と取引するために商品を運んできて、代わりに密輸業者が陸《りく》に持ちこんだ酒樽《さかだる》や羊毛《ようもう》の梱《こり》などを持ち帰るのにここを頻繁《ひんぱん》に使っているはずだ。羊毛はピクタのこのあたりでは貴重品《きちょうひん》だった。気候《きこう》が寒く湿気《しっけ》が多すぎて羊《ひつじ》の飼育《しいく》には適《てき》していないからだ。牛のほうが丈夫《じょうぶ》でここの気候により適応《てきおう》できた。それでスコッティはやわらかい羊毛と引きかえに牛の皮や角《つの》で商売していた。

そんなわけで、彼《かれ》らは馬を進めた。ほかの方向に行くことを選《えら》ばなければならないような分かれ道にも出会わなかったので、しばらくのあいだはこの道をたどることで満足《まんぞく》していた。

午後おそくに出発したのだが、間もなく夜という頃《ころ》になって分かれ道が現《あら》われた。ひとつは彼《かれ》らが取ってきた方向――つまり東側《ひがしがわ》――にずっとつづく道。もうひとつは南側《みなみがわ》に向かっていた。両方の道とも同じくらいよく使われているように思われた。

「どちらの道を行くかは明日決めよう」とホールトはいい、背《せ》の高い草《くさ》と茂《しげ》みを通りぬけてふたりを道から外れたところに導《みちび》いた。彼らは背の高さよりすこし高いくらいの木がしげりブラックベリーの藪《やぶ》がある後ろ側に、まあまあのキャンプ地をみつけた。三頭の馬にしばらく同心円状《どうしんえんじょう》に背の高い草を踏《ふ》みたおさせ、それから鞍《くら》を外して馬たちに水を与《あた》えた。それから自分たちも落ちついた。馬たちはそのまわりで草を食《は》んでいる。キッカーはもう二頭のレンジャー馬と旅をするのに慣《な》れてきていたので、ホラスはキッカーの脚《あし》をゆるくしばる必要《ひつよう》はなかった。二頭の仲間《なかま》の近くにとどまっていたからだ。

ホラスは馬たちが草を食む音を聞きながらあたりを見まわし、顔をしかめた。「焚《た》き木をどこでみつけたらいいんだろう」

ホールトはかすかに笑《え》みを浮《う》かべて彼を見た。「見まわしてもしようがない。このあたりにはそんなものはないからな。いずれにしても火をおこすことはできない。いったん暗くなると、小さな火でも何キロも先から見える。だれが見ているかわからんからな」

ホラスはため息をついた。また冷《つめ》たい食事か。しかも、それを飲み下すのに冷たい水しかないのだ。彼《かれ》もふたりのレンジャーと同じくらいコーヒー好《ず》きになっていた。

「楽《たの》しいことがあるようになったら教えてくださいよ」と彼はいった。

*

夜に弱い雨がふり、彼らはぬれた毛布《もうふ》の下で目をさました。ホールトは起きあがり、手足を伸《の》ばすと筋肉《きんにく》の痛《いた》みにうめき声をあげた。

「わたしはこういうことにはほんとうに年をとりすぎたよ」と彼はいった。それから貧《ひん》弱《じゃく》なヒースや背《せ》の高い草《くさ》が生い茂《しげ》っている低《ひく》い地平線を見まわし、だれも自分たちのほうを見ていないことをたしかめた。ホールトはブラックベリーの茂みをしめしながらウィルにいった。「今朝は火を使ってもだいじょうぶだろう。あの茂みから乾《かわ》いた枝《えだ》を切ってこられるかどうか見てきてくれ」

ウィルはうなずいた。一日のはじめに熱《あつ》い飲み物が飲めると思うとうれしかった。彼はもつれあったブラックベリーの茂《しげ》みの中に這《は》って行き、とげのある枝《えだ》に引っかかれて小声で毒《どく》づいた。

「いばらに気をつけろよ」とホールト。

「わかりきったことをわざわざありがとうございます」とウィル。そういいながらも、彼《かれ》はサックスナイフで仕事にかかり、細く乾《かわ》いた茎《くき》の束《たば》を切りとった。ホールトのいうとおりだった。厚《あつ》くからみあった茂みのおかげで雨が下のほうの茎まではしみていなかった。ウィルはかなりの量《りょう》の茎の束を持って、自分が切り開《ひら》いたトンネルから出てきた。この小枝《こえだ》だとそれほど長いあいだは燃《も》えないだろうが、煙《けむり》もほとんど出ないだろう。

「コーヒーをわかすくらいにはじゅうぶんのはずです」とウィル。ホールトはうなずいた。彼らはまたもや冷《つめ》たい朝食を食べた。かたいパンとドライフルーツ、乾燥肉《かんそうにく》だ。それでも熱《あつ》くてあまいコーヒーとともに食べれば、ずっと気分がよかった。

しばらくして、彼らは座《すわ》って二杯目《はいめ》のコーヒーを楽《たの》しんでいた。

「ホールト、ちょっときいてもいいですか?」とウィルがいった。

年配の恩師《おんし》の口がこの質問《しつもん》へのいつもの答えをしようと動きかけたのを見て、ウィルはホールトがしゃべる前にあわてて口を開いた。

「はい、わかってます。もうききましたよね。でも、それとはちがうことをききたいんです。いいですか?」

いおうとしていたことをウィルに先をこされて多少むっとしたホールトは、いいから先をいえ、というふうな身ぶりをした。

「テニソンはどこに向かっていると思ってるんですか?」

「そうだな」とわざとしばらく間《ま》をおいてからホールトは答えた。「いまならチャンスがあるわけだから、南を目ざしているのだろうな。アラルエンへもどるってことだ」

「何でそんなことがわかるんですか?」とホラスがきいた。彼《かれ》はどんな答えが返ってくるか興味《きょうみ》があった。彼はいつもふたりのレンジャーの状況《じょうきょう》を読み、問題への正しい答えを見出す能力《のうりょく》に感心していた。ときにはまるで目に見えない案内人《あんないにん》でもいるのだろうか、と思うほどだった。

「ただそうじゃないかな、と思うだけだ」とホールトがいった。

ホラスはすこしがっかりした。くわしい状況分析《じょうきょうぶんせき》が聞けると期待《きたい》していたのだ。ホールトの顔にごくかすかな笑《え》みが浮《う》かんだ。ホラスが誇張《こちょう》されたレンジャーの技量《ぎりょう》と能力を楽《たの》しんでいるところがあると気づいていたのだ。

「そうとしかできないこともあるのだよ」どこかあやまるような口調でホールトはいった。それから、考えの流れを説明《せつめい》したほうがいいかもしれない、と心を決めた。彼《かれ》は後ろにおいてあったサドルバッグに手を伸《の》ばし、革製《かわせい》の地図ケースをとりだした。そしてアラルエンとピクタの国境《こっきょう》にあるこの国の北半分の地図を自分の前に広げた。ふたりの若者《わかもの》はホールトの両側《りょうがわ》に移動《いどう》した。

「我々《われわれ》はこのあたりにいるのだと思う」といいながら、ホールトは海岸線から数センチ入った地点を人差《ひとさ》し指でさした。ウィルとホラスはリンキース岬《みさき》という表記と、クレイスキル・リバーを見た。この川は彼らが辿《たど》ってきた比較的《ひかくてき》まっすぐ東に延《の》びている道から、くねくねと曲がりながら北東に延びていた。ホラスはもっと間近《まぢか》に見ようと身体を乗《の》りだした。

「ぼくたちがいる道はどこなんですか?」と彼はきいた。ホールトは我慢強《がまんづよ》く彼を見た。

「こういう地図にはすべての小道や獣道《けものみち》は書かないものなのだよ」そういわれて、ホラスは下唇《したくちびる》を突《つ》きだし肩《かた》をすくめた。この動作から、彼がそういうものもきちんと書いておくべきだ、と思っているのがわかった。ホールトは彼を無視《むし》することに決めた。

「テニソンはおそらく南に向かいたいのだろう。そして道にあるこの分岐点《ぶんきてん》が、そうするための最初《さいしょ》の機会《きかい》だ」

ウィルは考えこむように頭を掻《か》いた。「なんで南なんです？　昨夜もそういってましたけど。なんでそんなに確信《かくしん》が持てるんですか？」

「確信を持っているわけじゃない」とホールトがいった。「だが、論理的《ろんりてき》に仮定《かてい》すればそうなる」

ホラスがばかにしたように鼻を鳴らした。「推測《すいそく》のかっこいい言い方ですね」

ホールトは彼《かれ》をにらみつけたが、ホラスはホールトと目を合わせないように気をつけていた。ホールトは首をふると話をつづけた。

「テニソンはとくにピクタに来たかったわけではない。オマリーがそういっていただろ、おぼえているか？」とホールト。

ホラスの顔にわかったという表情《ひょうじょう》が浮《う》かびはじめた。レンジャーは絶対《ぜったい》にまちがいを犯《おか》さないという彼の信頼《しんらい》がゆっくりともどってきた。

「そうでした。あなたがオマリーにきいたら、テニソンはとにかくヒベルニアから出たがっていた、とやつはいってました」

「そのとおり。ピクタはオマリーが行く予定の場所だったのだ。だからやつはテニソンをクレイスキル・リバーでおろした。さて、賭《か》けてもいいが、アウトサイダーたちはこれまでのところピクタにはまったく影響《えいきょう》をおよぼしていない……」

「どうしてそういえるんですか？」ウィルはその理由を知りたかった。

「スコッティは新しい宗教《しゅうきょう》というものにあまり寛大《かんだい》ではないのだよ」とホールトはいった。「しかも、この地での不寛容《ふかんよう》とはアラルエンよりも多少暴力的《たしょうぼうりょくてき》だ。この国で新しい宗教をはじめてみろ。親指にひもをかけてつるしあげられてしまう。とくに、改宗《かいしゅう》の対《たい》価《か》として黄金《おうごん》を出せなどといった日にはな」

「じつに悪くないやり方ですね」とホラス。

ホールトはしらけた顔でホラスを見た。「そのとおり。それに反してアラルエンの遠《えん》隔地《かくち》にはところどころこの宗教の影響を受けたところがある、と考えるのは理《り》にかなっている。やつらが潜入《せんにゅう》したのがセルジーだけだったというほうが、むしろおどろくよ」

セルジーはホールトが最初《さいしょ》にアウトサイダーの活動を発見したアラルエンの西海岸にある孤立《こりつ》した漁村だった。

「仮《かり》にそういうつもりじゃなかったとしても、やつにはほかの選択《せんたく》はありませんよね？ぼくたちが追ってきているのを知っているわけだから、ヒベルニアにはとどまれないし、ピクタにもとどまることはできない……」

「……そんなことしたら、親指をしばりあげられてつるされてしまう」とホラスがにやにやして口をはさんだ。彼《かれ》はでっぷりしていて尊大《そんだい》なテニソンが親指をしばりあげられてつるされているイメージが気に入っていた。

「だからアラルエンに向かったというのが論理的《ろんりてき》な選択《せんたく》だというわけだ」とホールトが結論《けつろん》づけ、地図をふたたび軽くたたいて、彼がもともと指ししめしていた場所の南をしめした。「ここが山を抜《ぬ》けてアラルエンへもどるいちばん近い道だ。一羽《わ》ガラスの隘路《あいろ》という」

アラルエンとピクタの国境《こっきょう》はけわしい山脈《さんみゃく》になっていた。とりわけ高い山々《やまやま》というわけではなかったが、険《けわ》しくて人を寄《よ》せつけず、そこを通りぬける最《もっと》も簡単《かんたん》な方法《ほうほう》は連綿《れんめん》とつづく山中の隘路を通っていくことだった。

「一羽ガラスの隘路?」とホラスがくり返した。「どうして一羽ガラスなんです?」

「一羽ガラスは悲しみ」ウィルが思わず古い言い伝《つた》えを口にした。

ホールトがうなずいた。「そのとおりだ。あの隘路はずっと昔の戦場《せんじょう》の跡《あと》だ。スコッティの軍隊《ぐんたい》があそこの隘路で待ちぶせにあって、一網打尽《いちもうだじん》にされてしまった。そのとき以来《いらい》、あそこには鳥一羽住《わ》めないという伝説《でんせつ》があるんだ。孤独《こどく》なカラス一羽をべつにしてな。そのカラスは毎年その戦《たたか》いがあった日に姿《すがた》を現《あら》わす。その鳴き声はスコッティの未亡人《みぼうじん》たちが夫《おっと》をしのんですすり泣《な》く声のようだ、というのだ」

「その戦いがあったのは何年前のことですか?」とホラスがきいた。ホールトは肩《かた》をすくめ、地図を丸めるとケースにしまった。

「さあな、三、四百年前くらいじゃないか」とどうでもいいように答えた。

「じゃあ、カラスってどれくらい生きるんです?」と、ホラスが眉間《みけん》にしわを寄《よ》せながらまたきいた。彼《かれ》が何をいうつもりなのかがわかって、ホールトは目をくるりとまわして天を仰《あお》いだ。

「ホラス……」ウィルが割《わ》って入ろうとしたが、その機先《きせん》を制《せい》するようにホラスが片《かた》手《て》を上げた。

「つまり、ここでカラスが繁殖《はんしょく》しているとは思えないのに、そのカラスはもとのカラスのひいひいひいひいひいひい孫《まご》くらいでしょ? でもカラス一羽だったたんでしょ。結局《けっきょく》のところ、カラス一羽だとひいひいひいひいひい孫を持つことはできないんじゃないですか?」

「伝説だよ、ホラス」とホールトがわざとゆっくりいった。「文字通りとるもんじゃない」

「それでも」とホラスはしつこくいった。「どうしてもっと分別《ふんべつ》ある名前にしなかったんですか？　たとえば戦場隘路《せんじょうあいろ》とか、待ちぶせの隘路とか？」

　ホールトはしげしげとホラスを見た。彼《かれ》はホラスのことを弟のように愛《あい》していた。いや、ウィルについで二番目の息子《むすこ》のように思っていた。剣《けん》を持ったときの彼の技量《ぎりょう》や戦《たたか》いでの彼の勇気《ゆうき》を称賛《しょうさん》していた。でもときどき、ほんのときたまだが、この若《わか》き戦士《せんし》の頭を手ごろな木にぶつけてやりたくてたまらなくなることがあった。

「きみにはドラマとか象徴《しょうちょう》のセンスというものはないのか？」とホールトはきいた。

「はあ？」とホラスが答えた。よく意味がわからなかったようだ。ホールトは手ごろな木がないかとあたりを見まわした。ホラスにとっては運のいいことに、そういう木は見あたらなかった。

ranger's apprentice 9

自称《じしょう》アルセイアス神の預言者《よげんしゃ》、テニソンは自分の前に置《お》かれていた皿《さら》を見て顔をしかめた。筋《すじ》だらけの塩漬《しおづ》け牛肉の小さな一切れとしなびたニンジンとカブがすこしという貧弱《ひんじゃく》な皿を見ても、気分はいっこうに上がらない。テニソンは身体的《しんたいてき》な快適《かいてき》さをおおいに楽《たの》しむ人間だった。それが、いまは寒くて居心地《いごこち》も悪かった。しかも最悪《さいあく》なのは空腹《くうふく》だということだ。

彼《かれ》は自分たち一行をピクタの荒涼《こうりょう》とした西海岸の浜に置いていったあのヒベルニアの密輸業者《みつゆぎょうしゃ》のことを思った。彼はアウトサイダーズに法外な料《りょう》金《きん》を要求《ようきゅう》し、何度も交渉《こうしょう》した後に彼らが南へ向けて旅をするあいだの必需品《ひつじゅひん》の供給《きょうきゅう》にしぶしぶ同意したのだった。いざ上陸《じょうりく》というときになると、彼らはほしくもなかった船底《ふなぞこ》の荷物《にもつ》のように船から乱暴《らんぼう》におろされ、その後から浜に数個《すうこ》の袋《ふくろ》が放り投げられた。

その袋に入っていた食糧《しょくりょう》のすくなくとも三分の一は傷《いた》んでいて食べられないとわかっ

たころには、オマリーの船は逆巻《さかま》く波《なみ》の上をカモメのようにすべってすでにずっと沖《おき》のほうにいっていた。自分がテニソンたちから巻《ま》きあげた金貨《きんか》を数えながら、オマリーが笑《わら》っているところを思い描《えが》いて、浜でどうすることもできないままテニソンは怒《いか》りくるった。

最初《さいしょ》テニソンはわずかしかない食糧《しょくりょう》の大部分は自分の分だと主張《しゅちょう》したい誘惑《ゆうわく》にかられたが、なんとか思いとどまった。彼《かれ》の従者《じゅうしゃ》への支配力《しはいりょく》は弱まっていた。従者のだれもアルセイアスの哀《あわ》れな信者ではなかった。彼らはテニソン・グループの中核《ちゅうかく》をなすメンバーで、仲間《なかま》の犯罪者《はんざいしゃ》であり、アウトサイダーズというカルトは単純《たんじゅん》な田舎者《いなかもの》から金《かね》を巻きあげる方便でしかないことを知っていた。彼らがテニソンをリーダーだと見ていたのは、彼がだまされやすい農夫《のうふ》や村人たちに金を出すよう説得《せっとく》する術《じゅつ》に長《た》けているからだけだった。だが、いまこの瞬間《しゅんかん》、近くには農夫も村人もいなかったので、彼らと白い長衣《ながぎぬ》を着た大柄《おおがら》な白髪頭《しらがあたま》の男とのあいだに大した差《さ》は感じられなかった。彼はリーダーかもしれないが、いまは彼らに何の利益《りえき》も還元《かんげん》してくれていない。だから、テニソンといえども残《のこ》りの者たち以上《いじょう》の値打《ねう》ちはないのだった。

じつをいえば、従者たちがテニソンを必要《ひつよう》としているのと同じく、テニソンのほうでも彼《かれ》らを必要《ひつよう》としていた。彼らがテニソンの気まぐれにこびる数百人もの改宗者《かいしゅうしゃ》にとりまかれていたときには、事情《じじょう》はちがっていた。あのときは彼らはみんな贅沢《ぜいたく》な生活をしていたし、テニソンが最上位にいた。だがいまは？　いまは彼としてもあるものを残《のこ》りの者たちと分かち合わなければならなかったのだ。

足音が聞こえてきたので、テニソンは顔を上げたが、その顔にはまだ不機嫌《ふきげん》な表情《ひょうじょう》が浮《う》かんでいた。まだ彼に雇《やと》われているふたりのジェノベサ人の殺し屋《ころ》の格上《かくうえ》のほう、バカーリが数歩手前で止まった。彼はテニソンのひざの上にある食べ物の皿《さら》を見て皮肉《ひにく》っぽく笑《え》みを浮かべた。

「ごちそうというわけにはいきませんな、尊師《そんし》」

怒《いか》りにテニソンの顔がくもった。彼はジェノベサ人を必要としていたが、彼らがきらいだった。ジェノベサ人は傲慢《ごうまん》で自己中心的《じこちゅうしんてき》だった。テニソンが彼らに任務《にんむ》を遂行《すいこう》するよう命令《めいれい》すると、彼らはまるで願《ねが》いを聞いてやっているといわんばかりに恩《おん》きせがましく仕事をするのだった。自分を守るために彼らにはじゅうぶんな報酬《ほうしゅう》を払《はら》っているのだから、彼らのほうももうすこしちがった態度《たいど》をしてくれてもよさそうなものだ、とテニソンは思っていた。だが、そんなことを彼らに期待《きたい》しても無駄《むだ》なのだろう。

「なにか見つけたのか?」とテニソンはきいた。

殺《ころ》し屋は肩《かた》をすくめた。「三キロほどいったところに小さな農家があります。そこには動物がいるので、すくなくとも肉にはありつけます」

テニソンはふたりのジェノベサ人にこのあたりを偵察《ていさつ》してくるように送りだしたのだった。残《のこ》っているごくわずかな食糧《しょくりょう》はほとんど食べられないようなものだったので、食糧をみつけなければならなかったのだ。新鮮《しんせん》な肉が手に入ると聞いて、テニソンの気持ちは高揚《こうよう》した。

「野菜《やさい》は? 小麦粉《こむぎこ》は? 穀物《こくもつ》はどうだ?」と彼《かれ》はきいた。バカーリはふたたび肩をすくめた。カチンとくる動作だ、とテニソンは思った。相手を軽蔑《けいべつ》していることがありありと伝《つた》わってくる。

「おそらく。なかなか裕福《ゆうふく》そうに見えましたから」とバカーリはいった。

テニソンの目が狭《せば》まった。裕福そうということは人数も多いのかもしれない。「何人いるんだ?」

バカーリは素《そ》っ気なく答えた。「見たかぎりではふたりです。かんたんに扱《あつか》えますよ」

「すばらしい!」テニソンは熱意《ねつい》が蘇《よみがえ》ってきて元気よく立ちあがった。彼は皿《さら》に盛《も》られているまずそうな食べ物を見ると、それを道のわきのヒースの茂《しげ》みに放りなげた。「ロルフ!」一番の部下《ぶか》を呼《よ》びつけた。「みんなに移動《いどう》の準備《じゅんび》をさせろ! ジェノベサ人が食糧《しょくりょう》を見つけてきたぞ!」

一行は移動の準備をし始めた。食糧と聞いてみんなが活気づいた。ここ数日間つづいていた不機嫌《ふきげん》な顔や腹立《はらだ》たしいつぶやきは消え去った。満腹《まんぷく》になれるという見込《みこ》みがあるだけで、人の士気《しき》がここまであがるとはおどろくべきことだ、とテニソンは思った。

*

そこはすぐそばに家畜小屋《かちくごや》のある、手入れの行き届《とど》いたわらぶき屋根《やね》の家だった。煙突《えんとつ》からは煙《けむり》がのんびりと立ちのぼっている。耕《たがや》された畑には緑の野菜《やさい》が見える。ケールかキャベツだ、とテニソンは思った。彼《かれ》らが近づいていくと、家畜小屋から綱《つな》につないだ黒い牝牛《めうし》をしたがえて男が姿《すがた》を現《あら》わした。男はこの地方の典型的《てんけいてき》な服装《ふくそう》をしていた。上半身をチェック柄《がら》の長い布《ぬの》でおおい、腰《こし》にはずっしりしたキルト(訳注:スコットランド高地などで男性《だんせい》が着用する短いスカート)を巻《ま》きつけている。最初《さいしょ》、男は彼らに気づかなかったが、やがてその場で立ち止まった。牛は頭を下げて丈《たけ》の長い草《くさ》を食《は》みはじめた。テニソンは平和の象徴《しょうちょう》のように片手《かたて》を上げ、スコッティの農夫《のうふ》のほうに進みつづけた。ロルフとその他の従者《じゅうしゃ》たちが彼《かれ》の両脇《りょうわき》に一列に広がった。バカーリともうひとりのジェノベサ人マリシは、テニソンの一歩後ろにとどまった。ふたりとも石弓《いしゆみ》を肩《かた》から降《お》ろし、控《ひか》えめに身体の脇《わき》に持ちかえた。

農夫は向きを変《か》えて家のほうに呼《よ》びかけた。しばらくすると、女性《じょせい》が玄関《げんかん》から現《あら》われ、夫《おっと》のそばにやってくると、自分たちの家をこのよそ者たちから守ろうと立ちはだかった。

「わたしたちは危害《きがい》を加《くわ》えに来たのではありません」とテニソンは声をかけた。

農夫はここの地方の言葉で応《こた》えた。テニソンにはその言葉はまったくわからなかったが、意味はあきらかだった。出ていけ、といっているのだ。男はかがみこむと革《かわ》でしばったレギンスの右足からなにかを抜《ぬ》きとった。彼が身体をまっすぐにしたので、テニソンたちにも男の手に長くて黒い刀身《とうしん》を持つ刀《かたな》が握《にぎ》られているのがわかった。テニソンは相手を安心させるような笑《え》みを浮《う》かべて、なおも前に進んでいった。

「食糧《しょくりょう》が必要《ひつよう》なのです。たっぷりと料金《りょうきん》はお支払《しはら》いします」とテニソンはいった。

彼に金《かね》を支払うつもりなどなかったし、この農夫に自分がしゃべっている共通語を理《り》解《かい》できるのかなど考えてもいなかった。文明からはるか離《はな》れたこの地にいる農夫《のうふ》にはおそらく理解《りかい》できなかっただろう。重要《じゅうよう》なのはやさしくなだめるような口調だった。

だが、農夫は納得《なっとく》しなかった。彼《かれ》は身体の向きを変《か》えると牝牛《めうし》を乱暴《らんぼう》におし、家畜《かちく》小屋《や》へおしもどそうとした。黒い牛はおどろいて頭を上げ、重々しく向きを変えはじめた。

「こいつを殺《ころ》せ」テニソンは静《しず》かな声でいった。

ほぼ瞬時《しゅんじ》に、ピッ、シュッという二本の石弓《いしゆみ》を引く音と二本の石弓の矢《や》が放たれる音がしたかと思うと、その矢が男の背中《せなか》に刺《さ》さった。男は両手を上げ、息がつまったような叫《さけ》び声をあげると、顔を下にして草地に倒《たお》れた。妻《つま》が悲鳴《ひめい》をあげて夫《おっと》のそばにひざまずき、夫に話しかけながら起こそうとした。だが、テニソンには男の倒れ方から、地面に倒れたときに死んだことがわかっていた。しばらくして妻にもそのことがわかったようだった。妻は立ちあがり、あきらかに彼らへの罵声《ばせい》の言葉とわかる叫びをあげながら、彼らに背《せ》を向けて走りだした。彼女《かのじょ》が三歩《ぽ》ほどいったとき、すでに矢をつがえていたバカーリがふたたび矢を放ち、彼女は夫から数メートル離れたところにうつぶせに倒れた。

叫び声と血の金属《きんぞく》っぽいにおいに動揺《どうよう》した牛は、不安《ふあん》げに立ったまま頭をゆらゆらと揺《ゆ》らして、近づいてくるよそ者たちを気弱に威嚇《いかく》した。

ノランという、テニソンの側近《そっきん》のひとりである大柄《おおがら》な男が、前に進みでて牛の引き綱《づな》をとり、牛を落ちつかせた。牛は何だろうという顔で彼《かれ》を見たが、そのときノランはナイフを出して牛ののどをかき切った。血がふき出し、牛はよろよろと二、三歩《ぽ》進んだかと思うと脚《あし》がくずおれ、草地にどさりと倒《たお》れた。

アウトサイダーたちが倒れた牛をとりかこむようにして立ち、満足《まんぞく》げに牛をながめた。これでしばらくのあいだじゅうぶんな食肉があるだろう。

「きれいにして、さばけ」とテニソンがノランにいった。テニソンの仲間《なかま》に入る前、この男は肉屋として働《はたら》いていたのだった。ノランは満足そうにうなずいた。

「手伝《てつだ》ってくれ」ノランはそばにいた三人の男たちにいった。皮をはいで解体《かいたい》するあいだ、彼らに牛をしっかりとおさえていてもらう必要《ひつよう》があったのだ。テニソンはノランに仕事をまかせ、農家の中に入っていった。戸口は低《ひく》く、入るために頭をかがめなければならなかった。ざっと見たところ、じゃがいも、カブ、玉ねぎがあることがわかった。部下《ぶか》がそれらを集めているあいだに、彼はほかの部下ふたりを畑で育《そだ》っているキャベツをとりにやった。テニソンはきちんと片付《かたづ》いた小さな家を見まわした。気分を変《か》えるために、屋根のあるここで一晩《ひとばん》すごしたい誘惑《ゆうわく》にかられた。だが、この農夫《のうふ》には近所に友人がいるかもしれない。食糧《しょくりょう》だけかき集めて旅をつづけたほうが安全だろう。

彼《かれ》が家から出ると、べつの部下《ぶか》に会った。

「家畜小屋《かちくごや》にまだ二頭《とう》家畜《かちく》がいます。それもいりますかね?」とその部下はきいた。

テニソンはためらった。彼らにはいまやじゅうぶんな肉があったし、家から持ちだしたじゃがいもと玉ねぎもある。これ以上《いじょう》運ぶとなると、進むのがおそくなるだけだろう。彼はノランがすでに解体《かいたい》をはじめているほうをちらりと見た。彼は皮をはいでそれを草地の上に広げていた。そして内臓《ないぞう》を出し、体内をきれいにしてから関節《かんせつ》のところで肉を切り分け、先ほどおいた皮の上に肉を重ねておいていっていた。

「いや、ここを立ち去るときに家畜小屋に火をつけろ。家もだ」ほんとうは家畜小屋や家に火をつける理由などない、とテニソンは思った。だが、火をつけないでおく理由もまたないのだった。そして理不尽《りふじん》な破壊行為《はかいこうい》は彼の元気を長つづきさせてくれるはずだ。

部下はうなずいた。が、テニソンの意図がよくわからなくてためらった。

「牛はどうします?」ときいた。テニソンは肩《かた》をすくめた。自分たちが使えないのであれば、牛たちをだれか他の者のためにおいておく理由はなかった。

「小屋に入れたまま燃《も》やしてしまえ」

rangers apprentice 10

ホールト、ウィル、ホラスがとった道は南のすこし東よりに向かっており、海岸線は西の方角だった。そんなわけで、旅がつづくにつれて、彼《かれ》らはどんどん海から遠ざかっていった。絶《た》えず吹《ふ》いていた塩《しお》をふくんだ風《かぜ》はいつしかやみ、木々の姿《すがた》がふたたび見えはじめた。

土地そのものは荒涼《こうりょう》とした丘陵地《きゅうりょうち》で、大部分がハリエニシダやヒースでおおわれていた。ウィルやホラスがなれ親しんでいるアラルエン南部のようなやさしい緑の美しさはなかった。だが、野生のままの、無骨《ぶこつ》で手入れをしていないここ独特《どくとく》の美しさはあった。どんどん姿を見せはじめた木々までもが、まるで最悪《さいあく》の環境《かんきょう》に挑《いど》んでいるかのように、砂《すな》の多い大地に根を広く張《は》り、筋骨《きんこつ》たくましい腕《うで》のように太くがんじょうな枝《えだ》を張っていた。

一キロほど進んだころ、ホールトが低《ひく》いうなり声を出した。そして鞍《くら》からとびおりると道から外れたところになにかを調べにいった。ホールトの後ろに一列でつづいていたウィルとホラスも、馬からおりてホールトの肩《かた》ごしにのぞきこんだ。ホールトは道のわきに生えているがんじょうなヒースの枝《えだ》に引っかかった布《ぬの》の小さな切れはしを調べていた。

「これからなにがわかる？　ウィル？」

「布ですね」とウィルはいったが、ホールトに鋭《するど》い目で睨《にら》まれて、自分はわかりきったことをいった、恩師《おんし》はそれ以上《いじょう》のことを聞きたがっているのだと気づいた。ウィルは手を伸《の》ばしてその小さな布きれに触《ふ》れ、手触《てざわ》りをたしかめてから親指と人差《ひとさ》し指でつまんですり合わせた。なめらかな麻《あさ》で、おそらくシャツだ、と思った。

「スコッティが着ているざらざらした格子柄《こうしがら》の布とはまったくちがいますね」とウィルは考えこむようにいった。いまになって、どうしてスコッティがあの分厚《ぶあつ》くてざらざらした布地《ぬのじ》を身にまとうのかその理由がわかった。その生地《きじ》より軽やかなものだったら彼《かれ》らの故郷《こきょう》のヒースやハリエニシダが何週間かでぼろぼろに引きさいてしまうだろう。

「よくいった」ホールトは満足《まんぞく》げにいった。

道のわきにしゃがみこんでいるふたりの仲間《なかま》を見ながら、ホラスは笑《え》みを浮《う》かべた。

どういうわけか、ホールトはウィルに教えるのをやめない。ウィルはいつまでたっても彼《かれ》の弟子《でし》なのだろう。また、ウィルのほうでも、自分でも気がつかないままにずっとそうあつかってほしいと思っている。そうホラスは気づいていた。

「で、ほかになにか頭に浮《う》かんだことは？」とホールトがきいた。

ウィルはあたりを見まわして、自分たちが通ってきた砂地《すなち》の道を調べ、ここ数日間にこの道を通った人々《ひとびと》の跡《あと》を見た。だが雨と風《かぜ》のせいで、その人々が一緒《いっしょ》に旅をしていたのか、いくつかの別々《べつべつ》のグループだったのかを推測《すいそく》することはできなかった。

「どうしてこの服を着ていた人物はちゃんとした道を歩かなかったんでしょう。ちゃんとした道があるのに、どうして藪《やぶ》をかき分けて進んでいったんでしょう？」

ホールトはなにもいわなかったが、ウィルのほうに身を乗《の》りだして、はげますようにうなずいている身ぶりが、ウィルが正しい思考をしていると語っていた。ウィルはもう一度道のほうに目をやり、足跡《あしあと》が重なり合っているのを見た。

「この道はせまい」と彼はようやく口を開《ひら》いた。「ふたりならんで通るのがやっとです。この服を着ていた人物は」と彼は小さな布《ぬの》きれを指しながらいった。「大勢《おおぜい》の人間に道からおしだされたんでしょうね。一瞬《いっしゅん》止まったときに、わきにおしやられたのかもしれない」

「つまり、我々《われわれ》は大人数の旅人の跡《あと》を追っているというわけだ。そうだな、十二人以上《いじょう》はいるのではないかな」とホールトがいった。

「宿の主人はテニソンは十二人ほどの従者《じゅうしゃ》を連《つ》れていたといってました」とウィル。

ホールトはうなずいた。「そのとおり。我々はやつらより一日か二日おくれているというところかな」

ふたりはまっすぐ立ちあがった。ホラスはすごい、というふうに首をふった。

「この小さな布《ぬの》きれひとつからそういうことすべてがわかる、ってことですか?」

ホールトは彼《かれ》を皮肉《ひにく》っぽい目で見やった。ホラスから「推測《すいそく》のかっこいい言い方ですね」と前日にいわれたことをまだすこし根に持っていたのだ。ホールトは批判《ひはん》されたことを忘《わす》れないのだ。

「いや。ただ推測しているだけだよ。ただ科学的に聞こえるようにしたかったというだけさ」

ホラスからの何らかの返事を誘《さそ》いこむように、ホールトはしばらく黙《だま》っていた。が、賢明《けんめい》にもホラスはなにもいわないことを選《えら》んだ。ついにホールトは自分たちの前の道を身ぶりでしめした。

「さあ、行こう」

*

風《かぜ》が前夜の雨雲を吹《ふ》きとばし、彼《かれ》らの頭上にはすばらしい青空が広がっていた。もっとも気温はきりっと冷《ひ》えこんでいたが。あたりに茂《しげ》るヒースの色は、こげ茶からくすんだ紫《むらさき》とさまざまだった。明るい日差《ひざ》しの下で様々《さまざま》な色が揺《ゆ》らめいているようだった。ウィルがたまたま次の布《ぬの》きれをみつけた。ほとんど糸くずのようなもので、べつの枝《えだ》に引っかかっていた。今回は道のほうに張《は》りだしてきている枝だ。この布きれは紫色のヒースの色と溶《と》けこんでいたので、見逃《みのが》してもおかしくないところだった。

布の色も紫だったのだ。

ウィルは自分の後ろから来ているホラスに止まるように合図を送った。それから鞍《くら》から身を乗《の》りだすと、その藪《やぶ》から糸くずを引っぱった。

「ホールト」と声をかけた。

ホールトはアベラールを止めてから鞍《くら》の上でふり返った。彼《かれ》は目をせばめてウィルの指先にある紫色《むらさきいろ》の糸くずを見たが、やがてゆっくりと笑《え》みを浮《う》かべた。「で、紫を着る人物といえばだれかな？」

「ジェノベサ人です」とウィル。

ホールトは深く息を吸《す》いこんだ。「ということは、我々《われわれ》は正しい道を来ているようだな」

そのことはこの後《あと》数キロ先で確認《かくにん》された。彼らはまずにおいに気づいた。風《かぜ》が強すぎるために、煙《けむり》はただ空《そら》にたなびいているわけにはいかず、立ちのぼるとすぐに風で吹《ふ》きとばされてしまっていた。だが、木材《もくざい》やわらぶきの屋根や、それからなにかほかのものが焼《や》けこげるにおいが彼らのところまで運ばれてきた。

「煙だ」とウィルがいい、馬を止めると風の方向に顔を向けて、もっとはっきりとそのにおいを捕《とら》えようとした。かすかになにかほかのもののにおいがした。ヒベルニアをはるか南のほうまでテニソンの襲撃部隊《しゅうげきぶたい》の跡《あと》をつけていっていたときに、前にもかいだことのあるなにか。そう、肉が焼けるにおいだった。

やがてホールトとホラスもそのにおいを確認した。ウィルはホールトと目配せをし、ホールトもまたその不吉《ふきつ》なにおいに気づいたことを知った。「行こう」とホールトはいい、アベラールをうながして駆《か》け足にさせた。すでに手おくれだとわかってはいたが。

　道から数百メートル離《はな》れたところにある空《あ》き地に、小作人の家が建《た》っていた。それがいまでは黒ずんだ廃墟《はいきょ》となり、焼《や》けつくされて一日たってからもまだ煙《けむり》がくすぶっていた。わらぶき屋根《やね》の一部だけが無傷《むきず》で残《のこ》っていた。だがその部分を支《ささ》えていた柱《はしら》はくずれ落ち、黒焦《くろこ》げになった壁《かべ》の名残《なごり》のところから斜《なな》めにつきだしていた。

「わらぶきの屋根がぬれたんだな。だから完全《かんぜん》には燃《も》えなかったのだ」とホールトがいった。

　彼《かれ》らは家の数メートル手前で馬を止めた。そこには生きているものはだれもいなかった。丈《たけ》の高い草《くさ》の中にうつぶせに倒《たお》れている男と女の死体があった。

　家の向こう側《がわ》にもうひとつ建物《たてもの》があった。家畜小屋《かちくごや》だ、とウィルは思った。そこも燃えて灰《はい》になっていた。壁はまったく残っていなかったが、家と同じようにぬれたわらぶき屋根の一部が焼け残り、焼けた残骸《ざんがい》の上にくずれ落ちていた。ウィルがタグを家畜小屋のほうに進めようとすると、タグは神経質《しんけいしつ》そうにわきによけた。ここでは焼けた肉のにおいがずっと強くなっていたので、拒否反応《きょひはんのう》をしめしたのだ。灰《はい》の中から二頭の大きな黒焦《くろこ》げの死体が見えた。牛だ、とウィルは思った。

「落ちついて、タグ」とウィルは声をかけた。タグはまるで自分の神経《しんけい》が勝手に反応してしまったことをあやまっているかのように、ばつが悪そうに頭をふりあげ、それから落ちついた。ウィルが鞍《くら》からとびおりると、タグの胸《むね》から警告《けいこく》するような低《ひく》いざわざわした音が聞こえた。

「だいじょうぶだよ。だれがこんなことをしたにしても、とっくにどこかに行ってるよ」とウィルはタグにいった。

まもなくだれのしわざかがあきらかになった。ウィルは小作人の遺体《いたい》のそばにひざをつき、からみあっていた格子柄《こうしがら》の布《ぬの》を片側《かたがわ》に寄《よ》せた。男が倒《たお》れたときに布が団子《だんご》のようになってしまったのだ。粗《あら》い毛織物《けおりもの》が折《お》り重なっていたためにかくされていたが、男を殺《ころ》した手段《しゅだん》がわかった。二本の石弓《いしゆみ》の矢《や》が一センチとはなれずに男の背中《せなか》に深く刺《さ》さっていた。血はほとんどでていない。すくなくとも一本の矢が男の心臓《しんぞう》を直撃《ちょくげき》し、ほぼ即《そく》死《し》だったにちがいない。不幸中のさいわいだった、とウィルは思った。顔を上げると、ホールトとホラスがまだ馬に乗《の》ったまま彼《かれ》を見ていた。

「石弓《いしゆみ》です」とウィル。

「スコッティの武器《ぶき》ではないな」とホールトがいった。

ウィルは首をふった。「いいえ。こういう矢《や》を前に見たことがあります。ジェノベサ人のものです。ここにテニソンが来たんです」

ホラスは悲劇《ひげき》のあった場所を見渡《みわた》した。悲しみと嫌悪感《けんおかん》がまざり合ったような表情《ひょうじょう》をしている。ピクタは名目上はアラルエンの敵《てき》ではあったが、ここの人たちは兵士《へいし》でも襲撃者《げきしゃ》でもない。彼《かれ》らはただの農夫《のうふ》にすぎず、一生懸命働《いっしょうけんめいはたら》きこの荒《あ》れた北の大地でなんとか暮《く》らしていけるようにと日々の仕事をしていただけなのだ。

「どうして？　どうしてこの人たちを殺《ころ》さなきゃいけないんだ？」

まだ若《わか》いけれど、ホラスはこれまでの人生で戦《たたか》いを何度か経験《けいけん》し、戦争《せんそう》に理屈《りくつ》などないことはわかっていた。だがすくなくとも戦争では、自分の運命は自分の手が握《にぎ》っていることを兵士は知っていた。殺すか殺されるかなのだ。自分の身を守るチャンスはあった。これは罪《つみ》のない、武器を持たぬ市民《しみん》の容赦《ようしゃ》ない殺戮《さつりく》だった。

ホールトはべつの死骸《しがい》を指ししめした。遠くはなれた場所でなかば丈《たけ》の高い草《くさ》にかくれていた。あたりにはハエが群《む》れをなしてたかり、死骸の上ではカラスが一羽《わ》くちばしで肉を引きちぎっていた。小作人の牛のもう一頭のなれの果《は》てだった。だがこの牛は、食肉をとるために殺《ころ》され、解体《かいたい》されていた。

「やつらは食糧《しょくりょう》がほしかったのだ。だからとったのだ。小作人に反対されて、小作人と妻《つま》を殺し、家と家畜《かちくごや》小屋に火をつけたというわけだ」とホールトがいった。

「でも、どうして？　やつらのほうが小作人よりもずっと力があったはずでしょ？　どうして殺すんです？」

ホールトは肩《かた》をすくめた。「やつらはまだ国境《こっきょう》まで行かなきゃならん。自分たちに対して警鐘《けいしょう》を鳴らすおそれのある人間を残《のこ》しておきたくなかったのだろう」といってから、あたりを見まわしたがほかに住人がいるような気配《けはい》はなかった。「きっと数キロメートル以内《いない》に五、六人の同じような小作がいるはずだ。おそらく集落や村もあるだろう。テニソンはそういう住民《じゅうみん》が徒党《ととう》を組んで自分を追ってくるという危険《きけん》を冒《おか》したくなかったのだろう」

「やつは人殺《ひとごろ》しのブタですよ」ホールトの推理《すいり》を聞きながら、ホラスが静《しず》かにいった。

ホールトは嫌悪《けんお》に小さく鼻を鳴らしていった。

「今ごろ気づいたのか？」

ホールトは用心深く地平線のほうに目をやっていった。「ここを後にしなければ」だが、ホラスはすでに鞍《くら》からとびおりていた。

「この人たちをこのまま放ってはおけませんよ、ホールト。そんなこと、やっちゃいけないことです」とホラスが静《しず》かにいった。

そして、自分のキャンプ装備《そうび》に入っている短いシャベルの留《と》め金《がね》を外しはじめた。ホールトは鞍の上から身を乗《の》りだした。

「ホラス、きみはこの人たちのスコッティの友人たちが姿《すがた》を現《あら》わしても、ここにいたいのか？　彼《かれ》らはこちらの説明《せつめい》なんて聞こうとしないと思うがね」

だが、ホラスはすでに地面を見わたして、穴《あな》を掘《ほ》るために地面がやわらかい場所を探《さが》していた。

「この人たちを埋葬《まいそう》しなければ。ここに放っておいて腐《くさ》らせるなんてことできませんよ。

もしこの人たちに近所の友達《ともだち》がいるとしたら、ぼくたちがわざわざこうしてくれたことに感謝《かんしゃ》してくれるでしょうよ」

「きみはスコッティの推理力《すいりりょく》を過大評価《かだいひょうか》していると思うがね」とホールトがいった。だが、ホラスの気持ちを変《か》えられないこともわかっていた。ウィルも馬からおりて、自分のシャベルを手にした。彼《かれ》はホールトを見上げた。

「ホールト、ぼくたちがこの人たちを埋《う》めなければ、もっと多くのカラスがやってきますよ。そうなれば、余計《よけい》に彼らの友人たちの注意を引くことになるんじゃないですか？」ともっともなことをいった。

「あれはどうする？」ホールトが解体《かいたい》された牛の死骸《しがい》を指してきいた。ウィルは肩《かた》をすくめた。

「家畜小屋《かちくごや》の灰《はい》の中まで引っぱっていけばいいですよ。そして焼《や》けのこった屋根の一部を上からかぶせておけばいい」

ホールトはため息をついて、議論《ぎろん》をあきらめた。ある意味ではホラスのいうとおりだ。そうするのがまっとうだろうし、それが自分たちをテニソンのような人間とはちがうものにしているのだ。その上、ウィルのいうことももっともだった。自分は年をとって、多少冷血で実利的《じつりてき》になりすぎてしまったのかもしれない、とホールトは思った。彼《かれ》は鞍《くら》からとびおりると、自分もシャベルを手にして穴《あな》を掘《ほ》りはじめた。

「わたしは自分のやり方にこだわりすぎて、正しいことができなくなっているところがある。きみは悪い影響《えいきょう》をあたえるやつだな、ホラス」

彼らはふたつの遺体《いたい》をそれぞれが身につけていた分厚《ぶあつ》い格子柄《こうしがら》の布《ぬの》でくるみ、浅《あさ》く掘った墓《はか》にならべて横たえた。ウィルとホラスがその上から土をかけているあいだに、ホールトはアベラールの鞍にロープをつなぎ、解体《かいたい》された後の牛の死骸《しがい》を家畜小屋《かちくごや》の焼《や》け跡《あと》に引きずっていった。それから半ば焼けたわらぶき屋根《やね》の残骸《ざんがい》で死骸をおおった。ほかの二頭の家畜はひどく焼けこげていたので、死骸にたかる動物たちを引きよせるものはなにも残《のこ》っていなかった。

ホラスは最後《さいご》の土をかけてシャベルでならすと、まっすぐに立ち、腰《こし》をさすった。

「このシャベルは短すぎるんだ」といってから、仲間《なかま》たちのほうをちらりと見た。「墓の前でなにかいったほうがいいのかな?」と不安《ふあん》そうにきいた。

「いったところで、この人たちにはわからんよ」ホールトが答えて、待っている馬たちのほうに親指を向けた。「さあ、行こう。いまのままでもテニソンにずいぶん逃《に》げる時間を与《あた》えてしまっている」

ホールトのいうとおりだと気づいて、ホラスはうなずいた。その上、名前さえ知らない人たちにお別《わか》れの言葉をいうなんてきまり悪い、とも思った。

ホールトはふたりの仲間《なかま》が馬に乗《の》るまで待った。「ペースをあげよう」そういって、アベラールをふたたび南に向けた。「だいぶ時間をとりもどさなければならんぞ」

彼《かれ》らはその日の午後じゅう馬たちに一定の駆《か》け足をさせた。もちろんタグとアベラールは必要《ひつよう》とあればこのようなペースを何日でもつづけることができた。キッカーにはそのような持久力《じきゅうりょく》はなかったが、歩幅《ほはば》が広いのでたいした苦労《くろう》をしなくとも同じ成果《せいか》をあげることができた。風向きが変《か》わって、午前に晴れわたっていた空《そら》には西から雲がわき起こってきた。ホールトは空気のにおいをかいだ。

「今夜は雨かもしれんな。それまでに隘路《あいろ》に入ったほうがいいだろう」

「どうしてですか?」とウィルが知りたがった。

「洞窟《どうくつ》だよ」とホールトが簡潔《かんけつ》にいった。「隘路の壁《かべ》にはずらっと洞窟がならんでいる。暖《あたた》かくて気持ちのいい乾燥《かんそう》した洞窟で夜をすごしたいものだ。このピクタ特有《とくゆう》の雨に降《ふ》られて野宿するよりな」

彼《かれ》らは日暮《ひぐれ》ぎりぎりに一羽《わ》ガラスの隘路《あいろ》に着いた。最初《さいしょ》、ウィルとホラスはその場所とわからなかった。やがて入口から数メートル行き、隘路が急に直角に左に曲がってい て、反対側《はんたいがわ》の岩《いわ》の壁《かべ》が入口をふさいでいるような形になっているのを見て、そうとわかった。彼らは用心しながら進んでいった。馬のひづめの音が上にそびえる岩壁《がんぺき》に響《ひび》いていた。最初の五十メートルほどは隘路はせまく、高い山のあいだをくねくねとつづいていた。だが、やがて徐々《じょじょ》に広がっていき、隘路の底部分の幅《はば》が三十から四十メートルにまでなった。地面は依然隆起《いぜんりゅうき》していて表面はでこぼこしている。隘路の内側《うちがわ》は影《かげ》が濃《こ》く、進んでいくのは足場が不安定《ふあんてい》だった。キッカーが何度かつまずいたのでホールトが片手《かたて》を上げた。

「今夜はここでキャンプすることにしよう。こんな状態《じょうたい》では馬たちが脚《あし》を折《お》るかもしれん。そんなことになったらたいへんだからな」といった。

ウィルは濃い影になった岩壁のあたりを見回した。「暖《あたた》かくて乾《かわ》いた洞窟《どうくつ》なんて見あたりませんけど」

ホールトは不快《ふかい》そうに舌《した》を鳴らした。「地図にはこのあたりにあると書いてあったんだがな」そういってから指をさした。「あそこの崖《がけ》が張《は》りだした部分がいいだろう」

大きな平たい岩《いわ》が隘路《あいろ》の壁《かべ》からつきでていて、その下が雨露《あめつゆ》をしのぐシェルターのようになっていた。その下に立ってもじゅうぶんな高さがあった。洞窟《どうくつ》がないのだから、これでも目的《もくてき》にはかなうだろう、とウィルは思った。

「すくなくとも雨にぬれるのは防《ふせ》げますね」といった。

彼《かれ》らはキャンプを設営《せつえい》した。ウィルとホラスが前のキャンプ地からたき木を持ってきていたので、火をおこす危険《きけん》を冒《おか》してもいいだろう、とホールトは決断《けつだん》した。みんな寒くて元気がなくなっていたので、このままではささいなことでいさかいになりかねなかったからだ。火と温かい料理《りょうり》と熱《あつ》いコーヒーがあれば、元気を回復《かいふく》するのに大いに役立つはずだった。だれかから見られる危険もすこしはあったが、くねくねと曲がっている隘路がかなりうまくかくしてくれるだろう。しかもこれまでのところだれかが追ってきている気配《けはい》は見られなかった。また、どんな追っ手にとっても、暗い中を隘路のでこぼことして岩のつきでている坂道を移動《いどう》するのは危険なはずだ。それを静《しず》かにこなすなどほとんど不可能《ふかのう》だった。全体的に考えて、ここは利益《りえき》のほうが危険を上まわるだろう、とホールトは考えた。

彼らは火を砂《すな》でおおってから、早々《はやばや》と毛布《もうふ》とマントにくるまって横になった。しばらくのあいだ料理《りょうり》や湯をわかすために火を使うのはいいが、眠《ねむ》っているあいだも火を燃《も》やしっぱなしにして彼《かれ》らの存在《そんざい》を知らせるとなると話はべつだったからだ。最初《さいしょ》の見張《みは》りは自分がするとホラスが申しでたので、ウィルとホールトはありがたく受けいれた。

＊

ホラスに肩《かた》に手をかけられて、ウィルはぐっすりとねむっていたところを起こされた。一瞬《いっしゅん》自分《じぶん》はどこにいるんだろう、毛布《もうふ》の下の尻《しり》のあたりにどうして小石があたって痛《いた》いんだろう、と思った。が、やがて思い出した。

「ぼくの番か?」とウィルはもごもごいった。ホラスが彼の上にかがみこんで、黙《だま》ってというようにくちびるに人差《ひとさ》し指をあてた。

「聞いて」とホラスがささやき、隘路《あいろ》の先のほうに顔を向けた。ウィルははなをすすり、あくびをしながら毛布の中で起きあがり、片《かた》ひじで身体を支《ささ》えた。

長い、かすれたような叫《さけ》び声が隘路の先のほうで響《ひび》きわたり、それが次々と岩壁《がんぺき》にこだまするので、最初の声が終わってからも残響《ざんきょう》が長いあいだつづいた。その音を聞いて鳥肌《とりはだ》が立ったのをウィルは感じた。悲しみに満《み》ちた、かすれた苦痛《くつう》の叫《さけ》び声だった。

「いったい何なんだ?」とウィルはささやいた。

ホラスは首をふった。それからふたたび身体を乗《の》りだすと、わずかに首をかたむけて聞き耳を立てた。

「これで三回目だ。最初《さいしょ》の二回はあまりに静《しず》かだったので、ほんとうに聞いたのかどうかよくわからなかったんだ。でもいまのはもっと近くから聞こえた」

また叫び声がした。が、今度はべつの方角からだった。さっきのは隘路《あいろ》の先のほうからだった、とウィルは思った。今度のはあきらかに自分たちの後ろ側《がわ》から、つまり彼《かれ》らがやってきた方角からだった。

突然《とつぜん》、その音がなにかがわかった。

「カラスだよ。『二羽《わ》ガラスの隘路』のカラスだよ」

「だけどいまのはあっちからだったぞ」とホラスがいい、隘路の手前のほうを指さしてから、不安《ふあん》そうにまた最初の声を聞いた方角に身体を向けた。「二羽いるにちがいない」

「それとも一羽が飛《と》びまわっているのか」とウィル。

「そう思うか?」とホラスがきいた。彼はどんな敵《てき》にもひるむことなく立ちむかう。だが、まっ暗な山間の割《わ》れ目に座《すわ》って、あの悲しげな声を聞いていると神経《しんけい》がぴりぴりしてきていた。

ホールトがかぶっていた何重にも重ねた毛布《もうふ》のほうから、苦しそうな声が聞こえてきた。「わたしもカラスたちがこのあたりを飛《と》びまわっている音はきいた。おまえたち、頼《たの》むから黙《だま》って、わたしをねむらせてくれんかね？」

「すみません、ホールト」ホラスがばつが悪そうにいった。そしてウィルの肩《かた》をたたいた。「おまえも寝《ね》にいっていいよ。交代までまだ一時間ほどあるから」

ウィルはふたたび横になった。第三の方角からまた鳴き声がした。

「そうだ。これはぜったいにカラス一羽《わ》だ。ちがう場所を飛びまわっているんだ。そうにちがいない。そういうことなんだ。だいじょうぶだ」とホラスはひとり言をいった。

「ふたたび警告《けいこく》はせんぞ」とホールトのくぐもった声がした。ホラスはあやまろうと口を開《ひら》きかけたが、そうしないほうが賢明《けんめい》だと考えなおしてそのまま黙っていた。

＊

カラスは一晩《ひとばん》じゅう悲しげなかすれ声で鳴きつづけていた。ウィルはホラスから見はりを引きつぎ、それから夜明けの数時間前にホールトに交代した。まわりの岩壁《がんぺき》の高い縁《ふち》に最初《さいしょ》の光が見えはじめたころ、カラスは徐々《じょじょ》に静《しず》かになっていった。

「あいつがいってしまったいまになると、いなくてさびしいくらいだよ」朝食用におこした火を消しながら、ホラスがいった。

「昨夜の感じとはずいぶんちがうじゃないか」とウィルがにやにやしながらいった。そして目を大きく見開《みひら》いて、おどけて怖《こわ》そうに両手をふった。「ああああ、ウィル！　助けて！　大きくて悪いカラスがおれをさらいにくる」

ホラスはすこしはずかしそうに首をふった。「そうだな、たしかにちょっとドキッとさせられたな。だけど、びっくりしたってだけのことだよ」

「ぼくがここにいてきみを守ってやれてよかったよ」とウィルはすこし上から目線でいった。

荷物《にもつ》をまとめながら彼《かれ》らの様子を見ていたホールトは、自分の元弟子《もとでし》がちょっといい気になりすぎていると思った。「あのな」と彼は静かにいった。「おまえが最初にカラスの鳴き声を聞いた直後に、ウィル、じつは不思議《ふしぎ》な音も聞こえたのだよ」

なんだろうというふうにウィルはホールトのほうを見た。「ほんとですか？　ぼくは気がつきませんでしたけど。何の音だと思います？」

「はっきりとはわからんが」とホールトは考えこむようにいった。「わたしが思うに、あれはおまえの髪《かみ》の毛が恐怖《きょうふ》に逆立《さかだ》った音だったんじゃないかな」

ホラスが吹《ふ》きだし、ホールトもちらりと笑《え》みを浮《う》かべた。ウィルは向きを変《か》えて自分の荷物《にもつ》をまとめだしたが、頰《ほお》が赤らむのを感じていた。

「ああ、なるほどね。おもしろいですね、ホールト、じつにおもしろい」ウィルはそういいながらも、どうして自分の髪の毛がまさにそうなったことをホールトは知っていたのだろう、と思っていた。

彼《かれ》らはまだわずかに上り坂になっている隘路《あいろ》を進みつづけた。しばらくすると隘路は平らになり、やがて徐々《じょじょ》に下り坂になっていった。キャンプ地を去ってから一時間ほどしたころ、ホールトは隘路の東の岩壁《がんぺき》のそばに作られた小さくててっぺんが平らになっている石塚を指さした。

「あれをしのんでお友達《ともだち》のカラスが鳴いていたというわけだ」

彼らは近づいていって、その石が積《つ》み重なったものをよく見た。小さくて雑《ざっ》な祭壇《さいだん》のようにも見えた。石はすごく古くて角《つの》はなめらかにすり減《へ》っている。そのそばの岩壁《がんぺき》になにかが彫《ほ》りこんであるのが見えた。長年の雨風にさらされて風化してはいるが。

「ここで死んだ男たちへの追悼《ついとう》の言葉だ」とホールトがふたりにいった。

ウィルはその彫りこんであるものをよく見ようと身体を乗《の》りだした。「何て書いてあるんです？」

ホールトは肩《かた》をすくめた。「これだけすり減っていたら読みとるのはかなりむずかしいな。それに、いずれにしてもわたしにはスコッティのルーン文字は読めないしな。あそこでの戦《たたか》いのことが語られているんじゃないか」とホールトは険《けわ》しい岩壁のほうを指ししめした。この地点で隘路《あいろ》はふたたびせまくなり、幅《はば》は二十メートルあるかどうかになっていた。「上のほうに敵《てき》が射手《しゃしゅ》たちを配備《はいび》させていた岩棚《いわだな》がいくつかある。スコッティが一団《いちだん》となってここにやってきたときに、彼《かれ》らに向かって攻撃《こうげき》したというわけだ。彼らは矢《や》の雨をふらせ、岩《いわ》を転がし、槍《やり》を投げたのだ。スコッティの兵士《へいし》たちはどうしていいかわからなくなって撤退《てったい》しようとした。兵士たちが団子《だんご》になったまま絶望的《ぜつぼうてき》になって混乱《こんらん》していたときに、敵の騎兵《きへい》が次の曲がり角に姿《すがた》を現《あら》わして彼らを襲《おそ》ったのだ」

ふたりの若《わか》い仲間《なかま》は古い戦《たたか》いの説明《せつめい》にしたがって、ホールトが話す地点に次々と目をやった。若いけれどふたりとも戦いの経験《けいけん》は積《つ》んでいたので、この岩壁《がんぺき》にはさまれたせまい谷間で行われた恐《おそ》ろしい虐殺《ぎゃくさつ》の模様《もよう》を思い描《えが》くことができたのだ。

「彼《かれ》らってだれなんです、ホールト?」とホラスがきいた。ここで亡《な》くなった戦士《せんし》たちへの無意識《むいしき》の敬意《けいい》のためか、声が小さくなっていた。質問《しつもん》の意味がわからないというふうにホールトが彼の顔を見たので、ホラスはさらにくわしくきいた。

「敵《てき》ってだれのことなんですか?」

「我々《われわれ》だよ」とホールトがいった。「アラルエン人だ。二国間の敵対関係《てきたいかんけい》はいまにはじまったことではない。何世紀も昔にさかのぼる。だからこそ、早くピクタを出てアラルエンの地にもどりたいのだよ」

この言葉が引き金《がね》となって、ふたりの若者《わかもの》は馬を急がせてホールトの後につづいた。ホールトは隘路《あいろ》の出口を目指して南へと進んでいった。ホラスは一、二度ふり返って小さな記念碑《きねんひ》に目をやっていたが、やがて隘路は曲がりくねりその碑は見えなくなった。

一時間後、彼らはふたたび人の足跡《あしあと》を見つけた。

ranger's apprentice 12

テニソン一行が残《のこ》した足跡《あしあと》に注目していたホールトとウィルは、ほぼ同時に別《べつ》のグループの足跡があることに気づいた。

「ホールト……」ウィルがいったが、恩師《おんし》はすでにうなずいていた。

「わかっている」ホールトはアベラールの手綱《たづな》を引いて止めた。ウィルとホラスも止まり、レンジャーふたりは新参者《しんざんもの》の証拠《しょうこ》を詳《くわ》しく調べるために馬からおりた。あたりの緊張感《きんちょうかん》を察《さっ》したホラスは、ひそかに剣《けん》が鞘《さや》からすぐに抜《ぬ》けるように準備《じゅんび》した。レンジャーたちにききたいことは山ほどあったが、そんなことをして気を散《ち》らしてはいけないこともわかっていた。状況《じょうきょう》を調べ終わったら自分にも話してくれるはずだ。

ウィルは来た道をちらりとふり返った。隘路《あいろ》を数メートルもどったところに左手のほうから来ているせまい小道があった。アラルエンへつづく本道に合流している岩場のあいだのせまい溝《みぞ》のような道だ。先ほど通ったときにはほとんど気づかないまま通りすぎてしまっていた。本道へとつづいているせまい小道はこれまでいくつも見てきた。そのたいていは岩《いわ》の壁《かべ》につきあたり二、三十メートル先で消えてしまっていた。だが、この道はそうではなかった。足跡《あしあと》はこの道を通ってきたものだった。

ウィルは軽やかにその小道を駆《か》けていき、岩のすき間《ま》に姿《すがた》を消した。数分たってから、ふたたび姿を見せたのでホラスはほっとした。友人がこのように突然《とつぜん》姿を消すと、この長身の若《わか》き戦士《せんし》は居心地《いごこち》が悪くてしかたがないのだ。タグもそうだということにホラスは気づいた。この小柄《こがら》な馬は主《あるじ》が岩の中に消えたように思えたときに、神経質《しんけいしつ》そうに脚《あし》を動かし、ひづめを地面に打ちつけていたのだ。

「彼《かれ》らはやはりあそこから来ています」とウィルは考えこむようにいって、岩壁《がんぺき》のすき間のほうを親指でしめした。「あそこの小道はかなり向こうまでつづいています。四、五十メートル先まで行ってきましたが、まだまだ終わりそうになかったです。しかもすこし道幅《みちはば》が広がっていました」

ホールトは考えこみながら髭《ひげ》をなでていた。「主となる隘路《あいろ》につづいている小道は何十とある。これはあきらかにそのひとつだな」彼は目の前のすりへった地面を見下ろして、考えぶかく口を片方《かたほう》にまげた。仲間《なかま》たちは状況《じょうきょう》を解明《かいめい》するのにもうじゅうぶんな時間をかけたはずだ、とホラスは心に決めた。

「彼《かれ》ら、ってだれなんです?」ときいた。

ホールトはすぐには答えずに、ウィルの顔を見た。

「どう思う?」

ホールトからのこんな質問《しつもん》にウィルがよく考えもせずにとにかく答えを口にするというような時代《じだい》はとっくの昔にすぎていた。即答《そくとう》よりも正確《せいかく》な答えが求《もと》められていることがウィルにはわかっていた。彼は片《かた》ひざをついてしゃがみこみ、足跡《あしあと》のひとつを人差《ひとさ》し指で触《ふ》れて砂地《すなち》に残《のこ》されたその輪郭《りんかく》をなぞった。それから右と左も見て、ほかの足跡のかすかな輪郭も調べた。

「足跡はすべて大きい。しかもこのかたい地面にかなり深く食いこんでいる。だから彼らがだれであるにしても、体格《たいかく》のがっちりした者でしょう」

「だから?」とホールトがうながした。

「だから、全員男です。小さな足跡は見あたりません。女性《じょせい》や子どもは同行していませんね。彼らは兵士《へいし》の一団《いちだん》だと思います」

ホラスがきいた。

「テニソンを追いかけていると？」小作人の家の悲惨《ひさん》きわまりない情景《じょうけい》を思い出して、

ウィルは下唇《したくちびる》をかんで考えこんだ。ホールトの顔を見たが、師《し》はウィルなりの考えを

いってみろという身ぶりをした。

「かもしれない。彼《かれ》らはテニソンたちの数時間後にここにやってきたのでしょう。彼らの足跡《あしあと》がテニソンの一団《いちだん》の上に重なっているのが見えます。しかも、彼らのほうがかなり新しい。今朝早くじゃないでしょうか」

「だったら、彼らがテニソンを捕《つか》まえてくれることを願《ねが》おう」とホラスがいった。復讐心《ふくしゅうしん》に燃《も》えたスコッティの戦隊《せんたい》がテニソン一行を一掃《いっそう》してくれたら、じつに好都合《こうつごう》ではないか。

「かもしれない」とウィルは先ほどと同じ言葉をくり返した。「でも……もし彼らがテニソンを追っているなら、どうして東側《ひがしがわ》から来てここでメインの道に入ったんだろう？」と脇道《わきみち》をふたたび指さした。「テニソン一行があんなことをした後に追ってくるなら、だれでもぼくたちの後から――つまり北から――この隘路《あいろ》を来ると思うんだけど」

「脇道《わきみち》のほうが近道なのかもしれない」とホラスがいったが、ウィルは首をふった。

「あの道がくねくねと曲がりくねっているのを見たら、近道のはずがないとわかるよ。あの道はどこか全くちがうところから来ている。どこか東のほうから」ウィルが自分の意見を確認《かくにん》してほしいと思ってホールトを見ると、ホールトはうなずいた。

「そうだろうな。我々《われわれ》が彼《かれ》らと出会ったのは偶然《ぐうぜん》にすぎんのだろう。おそらく彼らは自分たちの前にテニソン一行が通ったことなど思ってもいないだろう」

「彼らはテニソンたちの足跡《あしあと》に気づかなかったと？」ホラスが砂地《すなち》に石がばらまかれたような隘路《あいろ》の表面のほうに手をふりながらきいた。ホールトは思わずかすかに笑《え》みを浮《う》かべた。

「きみなら気づいたかい？」

ふたりのレンジャーからこの砂地にあるかすかな跡《あと》を指摘《してき》されなければ、自分ではおそらく気づかなかっただろう、とホラスは認《みと》めざるをえなかった。彼は首をふった。

「スコッティ人は人が通った跡のあつかいがそれほど得意《とくい》ではない」ホラスにそういってから、ホールトはウィルに馬に乗《の》るようにと身ぶりでしめし、自分もアベラールの鞍《くら》にとびのった。

「彼《かれ》らがテニソンを追っているのではないのだとしたら、じゃあ、ここでなにをやっているんですか?」とホラスがきいた。

「わたしの推測《すいそく》だが、彼らはアラルエンで牛を襲《おそ》おうと計画しているのではないかな。国境《こっきょう》の近くに小さな村がいくつかある。彼らはそのどれかに向かったのかもしれない」

「そうだとしたら?」とウィル。

ホールトはまたたきもしない目でじっとウィルを見た。「そうだとしたら、それを阻《そ》止《し》しなければならんだろうな。えらい面倒《めんどう》なことだが」

*

彼らが一羽《わ》ガラスの隘路《あいろ》から出てアラルエン国内に入ってまもなく、スコッティの戦《せん》隊《たい》の意図がはっきりしてきた。テニソン一行はわずかに東へそれてはいたものの、基本《きほん》的《てき》には南への道をとりつづけていた。スコッティの急襲者《きゅうしゅうしゃ》たちは隘路から出てただちにアウトサイダーズの進路からほぼ九十度はなれた南西の西よりに進んでいた。

ホールトは地面に残《のこ》された跡《あと》の意味を理解《りかい》して、大きなため息をついた。彼は南東を見てためらい、それからしぶしぶアベラールの頭を急襲者《きゅうしゅうしゃ》たちを追う方角に向けた。

「やつらの好《す》き勝手にさせておくわけにはいかない。やつらの始末《しまつ》をつけてから、ふたたびもどってきてテニソン一行の跡《あと》を追おう」

「地元の人たちだけでなんとか対処《たいしょ》できないんですか?」とウィルがきいた。牛が数頭《すうとう》盗《ぬす》まれるかもしれないというだけで、テニソンの追跡《ついせき》をわきにおくという考えに気が進まなかったのだ。ホールトはげんなりしたように首をふった。

「これはかなり大きな集団《しゅうだん》だ、ウィル。十五、六人はいるかもしれん。やつらは守り手の男がふたりか三人しかいない小さな農家を襲《おそ》うつもりだろう。男たちを殺《ころ》して建物《たてもの》と作物を焼《や》き払《はら》い、牛を連《つ》れていく。それと気が向けば、おそらく女たちを奴隷《どれい》として連れていくだろうな」

「気が向かなければ?」とホラス。

「殺すだろうよ」ホールトが冷《つめ》たくいった。「そんなことが起こってほしいかね?」

若者ふたりはそろって首をふった。あの小作人の家での光景《こうけい》がふたたびまざまざとよみがえってきた。

「やつらの跡を追いましょう」きびしい顔でウィルがいった。

馬にまたがると、彼《かれ》らは急速にスコッティの急襲者《きゅうしゅうしゃ》たちに追いついていった。国境《こっきょう》のこちら側《がわ》の地方では風景《ふうけい》が劇的《げきてき》に変《か》わり、彼らはいまやうっそうと木が茂《しげ》った中を移動《いどう》していった。ホールトが自分の横にいるウィルに声をかけた。

「先に行って様子を偵察《ていさつ》してきてくれ。様子もわからずにやつらに追いつきたくないからな」

ウィルはわかったというようにうなずくと、タグをうながして先に行った。馬と乗《の》り手は木々のあいだにかかる霧《きり》の中へと姿《すがた》を消した。姿も見られず物音も聞かれずにスコッティ人の跡《あと》をつけるウィルの能力《のうりょく》に、ホールトは何の不安《ふあん》も感じていなかった。ウィルもタグもそういう任務《にんむ》のための訓練《くんれん》を受けていたからだ。だが、ホラスはそこまで安心ではなかった。

「ぼくたちも一緒《いっしょ》に行ったほうがよかったんじゃないですか」ウィルが姿を消してから数分して彼がいった。

「我々《われわれ》三人で行けば、彼ひとりのときより四倍物音を立てることになる」とホールトがいった。

ホラスはその計算がよくわからずに顔をしかめた。「三人だったら物音は三倍になるんじゃないんですか?」

ホールトは首をふった。「ウィルとタグだったらほとんど物音は立てない。アベラールとわたしもだ。だがきみときみが馬と呼《よ》んでいるあの動く地震《じしん》みたいな代物が加《くわ》わると……」とホールトはキッカーを指し、残《のこ》りはいわずにおいた。

自分が信頼《しんらい》している愛馬《あいば》への中傷《ちゅうしょう》にホラスはさすがに腹《はら》を立てた。彼《かれ》はキッカーが大《だい》好《す》きだったのだ。

「それはちょっとひどいんじゃないですか、ホールト!」と抗議《こうぎ》した。「いずれにしても、それはキッカーのせいじゃないですよ。彼は静《しず》かに移動《いどう》するように訓練《くんれん》されていない……」自分がまさにホールトがいった点を補強《ほきょう》していると気づいて、言葉が立ち消えになった。ホールトはホラスと目を合わせ、意味ありげに首をかしげた。単《たん》なる顔つきや首をかしげるだけで、どんな言葉を浴《あ》びせかけるよりも強烈《きょうれつ》な皮肉《ひにく》になることもある、とホラスは思った。

ホラスの助言の裏《うら》にはウィルへの心配があることを理解《りかい》して、ホールトは彼を安心させてやらなければ、と心に決めていた。だが、いましばらくはこのままにしておこう、と思った。またもやホラスをからかうのを楽《たの》しんでいたのだ。まるで昔みたいだ、とホールトは思った。それから顔をしかめた。どうも感傷的《かんしょうてき》になってきている。

「ウィルは自分のやっていることをちゃんとわかっているさ。彼《かれ》のことは心配しなくていい」とホラスにいった。

一時間後、アベラールが突然《とつぜん》頭《あたま》を上げて鼻を鳴らした。その数秒後《すうびょう》、ウィルとタグが霧《きり》の中からふたたび姿《すがた》を現《あら》わし、彼らのほうに駆《か》けてきた。レンジャー馬はおどろくほど脚《あし》が軽やかだ、とホラスは思った。タグのひづめはやわらかな地面の上でごくごくわずかな音しか立てていなかった。

ウィルはホールトのそばで馬を止めた。

「やつらは止まっています。この先二キロほどのところにある森の中でキャンプしています。食事を終えてほとんどの連中《れんちゅう》はいまねむっています。もちろん歩哨《ほしょう》は立てていますけどね」

ホールトは考えこむようにうなずいた。それから太陽に目をやった。

「やつらは一日じゅうきつい旅をしてきた。襲撃前《しゅうげきまえ》におそらくあと一時間か二時間は休むつもりだろう。その先になにか農家らしいものを見たか？」

ウィルは首をふった。「やつらを通りこして先には行きませんでした。まずなにが起こっているのかを報告《ほうこく》するほうがいいと思ったので」とあやまるようにいった。ホールトはあやまる必要《ひつよう》などない、というように小さく手を払《はら》った。

「そんなことはいい。近くに農家があるはずだ。やつらはそこを目指しているのだ。やつらは夕方、日がほとんど沈《しず》むころに襲撃《しゅうげき》するだろう」

「どうしてそんなにはっきりといえるんですか？」とホラスがきいた。ホールトは彼《かれ》のほうを向いて顔を見た。

「標準的《ひょうじゅんてき》な手順《てじゅん》だからだ。攻撃《こうげき》するにはじゅうぶんな明るさはあるが、農夫《のうふ》からははっきりとやつらの姿《すがた》が見えない。だから、農夫はおどろいて混乱《こんらん》する。そしていったんやつらが牛を連《つ》れて逃《に》げたら、追っ手が来ても暗くてやつらの通った跡《あと》はわからない。やつらは一晩《ひとばん》じゅう逃げることができる、というわけだ」

「なるほど」とホラスは納得《なっとく》した。

「やつらはこのやり方を知りつくしているんだ。何百年もやってきているのだからな」とホールトがいった。

「で、どうします？」とウィルがきいた。

ホールトはどう答えようかとしばらく考えていたが、やがて自分にいいきかせるようにいった。「このように木が生い茂《しげ》っている国では、クレイケニスでやったように遠くからやつらをねらい撃《う》ちすることはできない」ヒベルニアでホールトとウィルは長い射《しゃ》程《てい》からの高速射撃《こうそくしゃげき》で大勢《おおぜい》の敵《てき》を倒《たお》したのだった。「やつら相手に防衛戦《ぼうえいせん》をするなんて決してやりたくない」ホールトはウィルの顔を見た。「何人いた？」

「十七人です」ウィルは即座《そくざ》に答えた。ホールトが聞きたがっていることのひとつだとわかっていたのだ。

ホールトは髭《ひげ》をなでながら考えていた。「十七人か。おそらく農家には屈強《くっきょう》な男は二、三人しかいないだろうな」

「もしぼくたちが農家の中に入っていれば、やつらを撃退《げきたい》するにはぼくたち三人でじゅうぶんでしょう」とホラスがいった。

ホールトはホラスに目をやり、彼《かれ》が要点《ようてん》をついていることを認《みと》めた。「そのとおりだ、ホラス。だが、もしやつらがなかなかしぶとかったら――スコッティ人というのは得《え》てしてそうなのだが――我々《われわれ》は一日以上《いじょう》あそこで身動きがとれなくなってしまう。そのあいだにテニソン一行はさらに遠くへ逃《に》げていくというわけだ。いや」と、ホールトは意を決したようにいった。「やつらを撃退するというのはしたくない。やつらを追い払《はら》ってしまいたい」

若者《わかもの》ふたりはホールトの胸《むね》の内を聞きたくて、期待《きたい》するように彼《かれ》を見つめた。

「スコッティ人のキャンプ地を迂回《うかい》して、やつらの前に出よう。やつらがどこを目指しているのかを知りたい。彼らを通りすぎるのを先導《せんどう》してくれるか、ウィル？」

ウィルはうなずいてタグのいるほうに身体を向け、ふたたび木々の茂《しげ》るほうに進もうとした。が、それをホールトが止めた。

「ちょっと待て」それから鞍《くら》のほうに向きなおり、しばらくサドルバッグの中をごそごそしていたかと思うと、折《お》りたたんだ茶色と灰色《はいいろ》の服をとりだした。ホールトはそれをホラスにわたした。「これを身につけたほうがいい、ホラス。姿《すがた》をかくしてくれるぞ」

ホラスが服を受けとってふると、それがレンジャーたちが着ているのと同じような擬《ぎ》装用《そうよう》のマントであることがわかった。

「ちょっときついだろうが。わたし用の予備《よび》なんだ」とホールトが説明《せつめい》した。

ホラスはうれしそうにマントを羽織《はお》った。小柄《こがら》なホールト用に作られているとはいっても、レンジャーのマントはたっぷりしたデザインなので、ホラスにもまずまずだいじょうぶだった。もちろん丈《たけ》は短すぎたが、馬に乗《の》るのだからたいして問題にはならなかった。

「ずっとこういうのがひとつ欲《ほ》しかったんだ」マントを見てにやにやしながらホラスがいった。彼《かれ》はフードを深くかぶってその陰《かげ》に顔をかくし、灰色《はいいろ》と茶色のマントの打ち合わせをしっかりと重ねて身を包《つつ》みこんだ。

「まだぼくが見えますか？」と彼はきいた。

13

　彼《かれ》らはスコッティ人のキャンプの周辺《しゅうへん》を大きく迂回《うかい》して進んだ。そして、そのキャンプ地をやりすごしたとウィルが判断《はんだん》した後に、もともと通っていた道にもどった。木々がすくなくなってきたところを数百メートル行くと、小さな開拓地《かいたくち》に出た。そこにはあたりよりも木々の多い木立《こだち》に抱《いだ》かれるように、農家が一軒とそのはるか外れに大きな家畜小屋《かちくごや》があった。農家の煙突《えんとつ》からは細く煙《けむり》が立ちのぼっている。

　家と家畜小屋のあいだには柵《さく》で囲《かこ》われた場所があり、そこでこげ茶色のものがゆっくりと動いているのが見えた。

「あれがやつらのお目当てだ」とホールトがいった。「牛だよ。あの放牧場には二十頭かそれ以上《いじょう》はいるな」

　ホラスは煙突から出ている薪《たきぎ》を燃《も》やす煙のいいにおいに鼻をくんくんさせた。「なにかを料理《りょうり》していればいいんだけどな。腹《はら》ペコだよ」

「だれだ？」ウィルがいって、おどろいたふりをしてあたりを見まわした。それからほっとしたようなふりをした。

「なんだ、きみか、ホラス。そのマントを着ているからそこにいるのが見えなかったよ」

ホラスがうんざりしたような顔をしていった。「ウィル、何回同じことをいったら気が済《す》むんだ？　これまでもちっともおもしろくないのに、なんでいまさらそれがおもしろいと思うんだ？」

ホラスの言葉にホールトが短く笑《わら》い声をあげたので、ウィルはくやしがった。それからホールトはふたたびきびきびとした声にもどっていった。「みんなどこにいるのだ？」

昼下がりというこの時間、人々《ひとびと》は畑で働《はたら》いてるものと思っていたのだ。だがだれの姿《すがた》も見えなかった。

「昼寝《ひるね》をしているのかもしれませんよ」とホラスがいった。ホールトは横目で彼《かれ》を見た。

「農夫《のうふ》は昼寝なんかしない。昼寝をするのは騎士《ナイト》だ」

「だからこういういい方があるんだよ。『ぐっすり《グッドナイツ》眠る《スリープ》』ってね」我《われ》ながらうまくいったと、にやにやしながらウィルがいった。ホールトは意地悪そうな目をウィルに向けた。

「ホラスのいうとおりだ。おまえのいうことはちっともおもしろくない。さあ、行くぞ」

ホールトは先頭に立って狭《せま》い畑のほうに進んでいった。ホラスは仲間《なかま》がふたりとも長弓を肩《かた》から降《お》ろし、鞍《くら》の上にわたすように横に置《お》いているのに気づいた。さらに矢筒《やづつ》が雨に濡《ぬ》れないようについているマントの垂れぶた《フラップ》も、折《お》り返されていた。ホラスは右手で剣《けん》の柄《つか》に触《ふ》れた。一瞬《いっしゅん》、自分の後ろ、鞍の左側《ひだりがわ》に吊《つ》り下げられている円い盾《たて》を外そうかと思ったが、やがて肩をすくめた。もうすぐ家の前だった。

わらぶきの屋根はかなり下まで傾斜《けいしゃ》していて、彼《かれ》らの正面にあたる家の側《がわ》が浅《あさ》いポーチのようになっていた。ホールトは手綱《たづな》を引いて馬を止め、鞍から身を乗《の》りだすと屋根の下をのぞきこんだ。

「こんにちは」と試《ため》しに声をかけた。だが何の返事もない。

彼は仲間のほうを見て、馬から下りるように合図した。ふつうなら馬に乗って農家に辿《たど》りついた場合、相手から招待《しょうたい》されなければこういうことはしない。だが、だれも出てくる気配《けはい》がなかったからだ。

ホラスとウィルはドアのほうに歩いていくホールトの後についていった。ペンキを塗《ぬ》ったドアをホールトが拳《こぶし》で軽くたたくと、その勢《いきお》いでドアが革《かわ》の蝶《ちょう》つがいをきしらせて半分開《ひら》いた。

「だれかいますか?」と声をかけた。

沈黙《ちんもく》がつづいた後でウィルがいった。「いないようですね」

「だれもいないのにドアには鍵《かぎ》もかかっていない。おかしいな」

そういってからホールトは先頭になって小さな農家の中に入っていった。自分たちが立っているのは小さな台所兼居間《だいどころけんいま》だということがわかった。あきらかに手作りだと思われる木のテーブルとあら削《けず》りの木の椅子《いす》が数脚《すうきゃく》あった。料理用《りょうりよう》の鍋《なべ》が暖炉《だんろ》のそばの可動《かどう》式《しき》の腕《うで》にかけられている。暖炉の火は、ほぼ燃《も》えつきて炭になりかけていたがまだ燃えていた。新しい薪《たきぎ》がくべられてからだいぶたつのだろう。

中央の広い部屋からつづく部屋がふたつあり、中央の部屋のわきにある短い梯子《はしご》からわらぶき屋根の屋根裏部屋《やねうらべや》へと行けるようになっていた。ホラスがほかのふたつの部屋を調べているあいだに、ウィルは梯子を上って屋根裏部屋を見わたした。

「なにもない」とウィルが報告《ほうこく》した。

ホラスもうなずいた。「どこにもなにもない。どこに行ったんだろう?」

暖炉《だんろ》の火やテーブルの上に食べ物や飲み物がすこし残《のこ》っている状態《じょうたい》から判断《はんだん》して、この家にはつい先ほどまで人がいたのはあきらかだった。争《あらそ》ったり抵抗《ていこう》した跡《あと》は見られなかった。床《ゆか》はきちんと掃《は》かれていて箒《ほうき》がドアの横にかけてあった。ホールトは調理道具がおいてある暖炉の横の棚《たな》に指を這《は》わせた。ほこりがたまっているかと思ったのだが、指にはなにもつかなかった。

「ここの人たちは逃《に》げだしたのだ。スコッティ人がやってくるといううわさを聞いて、逃げだしたのだ」とホールトがいった。

ホールトは肩《かた》をすくめた。

「すべてをここにおいたままで?」ホラスが腕《うで》で部屋じゅうをしめしながらきいた。

「もともとたいしたものはない。それに、きみが気づいているかどうかしらんが、ドアのわきにあるはずのマントやコートもない。そういうものが掛《か》けられていたはずの釘《くぎ》がむきだしになっている」

ホールトはドアの横の壁《かべ》にずらりとならんで打ってある釘をしめした。だれかが部屋に入ってきたら、コートをかける場所だ。あるいは出かけるときにそこからコートを手にする場所でもある、とウィルは気づいた。

「だけどどうして牛たちはスコッティ人に残《のこ》していったんです？」とホラスがきいた。

「連《つ》れていけないだろう？」とホールトが答えた。彼《かれ》はドアを通りすぎてふたたび外に出た。それから囲《かこ》いをした牛の放牧場に向かったので、ホラスとウィルもしたがった。

「彼らは牛たちを逃《に》がそうとしたのだ」といって、ホールトは開《あ》けっ放しになっている放牧場の門を示《しめ》した。「だが、そこの飼葉桶《かいばおけ》にはまだ餌《えさ》と水がある。だから、ここの人がいってしまった後、牛たちはまたここに戻《もど》ってきたのだろう」

牛がホールトをおだやかに見あげた。ほとんどの牛は餌を食べるのにいそがしく、よそ者が姿《すがた》を見せてもまったく警戒《けいかい》していないようだった。牛たちは頑丈《がんじょう》で、北国の冬に堪《た》えられるように毛足の長い毛皮におおわれていた。そしてなによりも牛はおだやかな動物だった。

「牛が手に入れば、スコッティ人はわざわざ家や家畜小屋《かちくごや》に火はつけないかもしれない、と彼らは思ったのかもしれませんね」とウィルがいった。

ホールトは片方《かたほう》の眉《まゆ》を上げた。「かもしれないな。だが、やつらはわざわざそういうことをやるのだよ。家と家畜小屋に火をつけるのはスコッティ人にとっては楽《たの》しみなのさ」

「どうしますか?」とホラスがきいた。「このまま立ち去りますか? 結局《けっきょく》のところ、農夫《のうふ》もその家族も襲撃者《しゅうげきしゃ》たちからは安全なところにいるわけですし」

「たしかに。だが、牛を持っていかれたうえに、家と家畜小屋《かちくごや》と作物を焼《や》かれたら、彼《かれ》らはおそらく冬には飢《う》え死にしてしまうだろう」

「じゃあ、どうするつもりなんですか、ホールト?」とウィルがきいた。

ホールトはためらっていたが、ある行動を計画しているようだった。やがて口を開《ひら》いていった。「やつらに牛をくれてやるのがいいと思う」

頭がどうにかなってしまったのではないか、というようにウィルは恩師《おんし》の顔を見た。

「そんなことをするのだったら、どうしてそもそも遠まわりまでしてここに来たんですか? こんなことならテニソンの跡《あと》を追いかけたほうがよかった」ここまでいって、ウィルはホールトがにやにやしていることに気づいた。

「やつらに牛をくれてやるというのは、プレゼントとしてという意味じゃない。正面から牛たちをぶつけてやろうじゃないか」

ウィルとホラスにもどういうことかがわかってきた。ウィルがさらになにかいおうとしたとき、ホールトがそれを止めて開拓地《かいたくち》の向こうの端《はし》をしめした。

「あそこまでもどって見張《みは》りをつづけてくれ。いつやつらが近づいてくるのかを知りたい。やつらが木立《こだち》を抜《ぬ》けてきたら、牛をやつらに突進《とっしん》させるのだ」

ウィルはうなずいた。襲撃者《しゅうげきしゃ》のスコッティ人に用意されているサプライズのことを思うとついにやにやしてしまう。ウィルはタグにとびのると、野原を駆《か》けぬけ、木がぽつぽつと生えている木立の奥《おく》三、四十メートルのところまでいった。このあたりはまとまな森の中よりも木々の間隔《かんかく》が広いことにウィルは気づいた。しかも幹《みき》も細くて軽そうだった。おそらく農家に建材《けんざい》や焚《た》き木を提供《ていきょう》しているうちに、何年もかけて徐々《じょじょ》にまばらになってきたのだろう。距離《きょり》をあけて生えている若木《わかぎ》では、スコッティ人にとって群《む》れとなって突進してくる牛たちからの避難場所《ひなんばしょ》にはほとんどならないだろう。

二本の若木のあいだに葉がたっぷりと茂《しげ》っている藪《やぶ》をみつけて、ウィルはその裏《うら》にタグを進め、馬からおりた。すばやく農家のほうをふり返ると、放牧場のそばに立っているふたりの仲間《なかま》の姿《すがた》が遠くに見えた。どうやって牛の群れを突進させるのか、自分にはまったくわからないことにふと気づいた。だが、肩《かた》をすくめてその考えをふり払《はら》った。ホールトなら知っているに決まっている、と安心したからだ。ホールトが知らないことなんてなにもないのだから。

*

「どうやって牛たちを突進《とっしん》させるんです?」とホラスがきいた。

「きみがおどかすのだよ。牛たちをびっくりさせるんだ。牛たちを駆《か》けださせて、それから我々《われわれ》は馬に乗《の》り、牛たちが広い地面に出たらスコッティ人めがけるよう駆りたてるのだ」とホールトがホラスにいった。彼《かれ》は何だろうというふうに自分を見つめている牛の群《む》れの中を歩いていた。彼はそのうちの一頭をぐいと押《お》してみた。まるで家を横から押しているみたいだ、と彼は思った。それから試《ため》しに両腕《りょううで》をふってみた。

「シーッ!」とホールトはいった。その牛は大きな音を立てて放屁《ほうひ》したが、それ以外《いがい》何の動きもしなかった。

「怖《こわ》くておならしちゃったんでしょうね」ホラスがにやにやしながらいった。

ホールトは彼をにらみつけ、「きみがパッとマントを脱《ぬ》いだら、やつらはきみが突然《とつぜん》姿《すがた》を現《あら》わしたんでびっくりするかもしれんな」と皮肉《ひにく》っぽくいった。

ホラスににやにや笑《わら》いがますます大きくなった。実際《じっさい》、彼はマントを脱いでみたが、それを脱いだからといって牛の群れには何の影響《えいきょう》もないようだった。中の一頭か二頭がぎょろりと彼《かれ》のほうを見、ほかの数頭が放屁《ほうひ》した。

「やつらはよくおならをしますね」とホラス。「もしやつら全員を同じ方向に向かせることができたら、スコッティ人を隘路《あいろ》のほうにまでぶっとばすことができるかもしれませんよ」

ホールトがいらいらしたような仕草《しぐさ》をした。「早くやれ。きみは農家で育《そだ》ったんだろ」

ホラスは首を振《ふ》った。「ぼくは農家育ちじゃないですよ。レドモントの孤児院《こじいん》で育ったんだから。あなたはヒベルニアの王子だったんでしょ。当時牛の群《む》れを持っていたんじゃないんですか？」

「持っていたさ。だが、牛の世話をするきみのようなおろかな召使《めしつか》いも大勢《おおぜい》いたのでね」そういってホールトは顔をしかめた。「牡牛《おうし》が鍵《かぎ》だな。牡牛を駆《か》けさせることができたら、牝牛《めうし》たちはその後を追っていくはずだ」

ホラスは小規模《しょうきぼ》な牛の群れを見まわした。「どれが牡牛ですか？」

ホールトは目をまるくした。こんなふうに感情《かんじょう》を表わすことは彼としてはめずらしい。「きみはほんとうに孤児院育ちだったのだな」そういってから指さした。「あれが牡牛だろう」

ホラスはホールトがしめした動物を見た。すこし目が大きく見開かれた。

「たしかにそのようですね。で、あの牛相手になにをするんですか?」

「やつをおどろかせるんだ。ちょっかいをだせ。こわがらせろ」とホールト。

ホラスはためらっているような顔をした。「あまり気がすすみませんね」

ホールトは不快《ふかい》そうに鼻を鳴らした。「ばかなことというんじゃない! やつがきみになにができるというんだね?」

ホラスはその牡牛《おうし》を疑《うたが》わしそうに見た。その牡牛は彼《かれ》がレドモントの牧場で見たことがある牡牛ほど大きくはなかった。それでも筋肉質《きんにくしつ》のがんじょうな身体つきだった。それに牝牛《めうし》たちとはちがって、このふたりのよそ者を平和なやさしい目では見ていなかった。ホラスは牡牛の小さな目の中に挑《いど》みかかるような光が見えたように思った。

「ぼくを角《つの》で突《つ》く以外《いがい》にって意味ですか?」ホラスがきくと、ホールトはその抵抗《ていこう》を手で払《はら》いのけるような仕草《しぐさ》をした。

「あの小さな角でか? あんなの額《ひたい》にできたこぶくらいのものじゃないか」

実際《じっさい》その角は、ある種《しゅ》の北方の牛が持っている角のように大きく広がってはおらず、ずんぐりとした短いものだった。先はとがっているというよりは、丸みを帯《お》びていた。

それでも相手にダメージを与《あた》えることはできるように見えた。

「さあ！」とホールトがせかした。「きみのそのマントをふり上げて、やつの顔をそれでピシッとたたくだけのことじゃないか。そうすればやつはびっくりする」

「さっきもいいましたが、やつをおどろかせたくないんです」とホラスは抵抗《ていこう》した。

「いいかげんにしないか！　きみはあの有名なオークの葉の戦士《せんし》なんだぞ！　あの忌《い》まわしきモルガラスを亡《な》きものにしたんだぞ！　十回以上《いじょう》もの決闘《けっとう》の勝者じゃないか！」

「そのどれも牡牛相手《おうしあいて》じゃありませんでしたよ」とホラスはホールトに思い出させた。どうしてもあの牡牛の目つきが気に入らなかった。

「北方の牡牛がきみ相手になにをするというのだね？　さあ、やつをマントで払《はら》って走らせろ。そうすれば牝牛《めうし》たちはついていくから」

ホラスがなにかいおうとする間《ま》もなく、するどい口笛《くちぶえ》の音が聞こえた。開《ひら》けた野原のほうを見ると、ウィルがこちらに向かって走ってくるのが見えた。ウィルの後ろからタグも駆《か》けて来ている。まばらに生える木々の向こうには、なにやら動いているのが見えた。

スコッティ人がやってきたのだ。

ranger's apprentice 14

ホールトはアベラールの鞍《くら》にとびのったが、ホラスはどうしていいかわからないというふうにまだためらっていた。

「さっさとやれ！　やつらがやってくるぞ！」とホールトがどなった。

同時にウィルが放牧場にもどってきた。「来ましたよ、ホールト！」とわかりきったことをいった。その声は緊張《きんちょう》していて、いつもよりすこしかん高かった。

「馬に乗《の》れ。牛たちが走りだしたら、我々《われわれ》でやつらを追いたてるんだ」とホールトはウィルにいってから、ホラスのほうに向きなおった。「牛を動かすんだ、ホラス！」

ホラスはついに心を奮《ふる》い立たせて行動を起こそうとした。一歩前にふみだすと、たたんであったマントをふり回し、そのマントで牡牛《おうし》の眉間《みけん》をはたいた。

するとすべてがあっという間にはじまった。

牡牛《おうし》は怒《いか》りのうなり声をあげ、三、四回瞬《まばた》きをしたかと思うと、頭を下げ脚《あし》をつっぱって自分をいじめた相手に突進《とっしん》してきた。角《つの》でホラスのみぞおちのあたりを突《つ》きながら頭をぐいと上に向けたので、あわれな戦士《せんし》は数メートル放りなげられ、にぶい音を立てて背中《せなか》から地面に落ちた。「うう……」とうめき声がもれた。

一瞬《いっしゅん》、牡牛がさらに攻めこむかと思えた。が、そのとき、キッカーがじゃまをした。戦《たたか》いで攻撃《こうげき》されたときには主《あるじ》を守るよう長年訓練《くんれん》されているので、この巨大《きょだい》な軍馬《ぐんば》がホラスと牡牛のあいだに入ってきたのだ。牡牛は挑発《ちょうはつ》するようなうなり声をあげ、地面を前脚《まえあし》で蹴《け》ちらして草《くさ》や土を放りあげ、怒りくるって頭を上げた。

これにキッカーが怒《おこ》った。アラルエンの動物世界でははっきりとした序列《じょれつ》があり、入念《にゅうねん》に育《そだ》てられ訓練された軍馬は、どこから出てきたのかもわからない田舎《いなか》の牡牛よりはるかにランクが上だった。キッカーは後ろ脚で立ちあがり前に躍《おど》りでると、挑発するようないなきをあげ、前のひづめが空《くう》を切った。

蹄鉄《ていてつ》をつけたひづめが自分の顔の前をかすったとき、牡牛はこの相手にはかなわないということに気づいた。いらだちのうなり声をあげながら、牡牛は向きを変《か》え、撤退《てったい》の準備《じゅんび》をしながら数歩進んだ。

しかし、その前に牡牛《おうし》はキッカーに反抗《はんこう》し、挑発《ちょうはつ》さえしていたのだ。キッカーにしてみればこのような侮辱《ぶじょく》を受けてそのままにしておくわけにはいかなかった。キッカーは前にとびだすと、大きな歯で牡牛にかみつき、牡牛の尻《しり》の肉と皮をすこし食いちぎった。

痛《いた》みと激怒《げきど》と恐怖《きょうふ》から牡牛はうなり声をあげた。自分を攻撃《こうげき》してきたものを捕《つか》まえようと、後ろ脚《あし》を蹴《け》りあげた。が、それも無駄《むだ》だった。きびしい訓練《くんれん》を受けてきたキッカーはすでに後ろにさがっていたのだ。牡牛の後ろ脚のひづめがふたたび地面を打ったとき、キッカーはくるりと方向転換《ほうこうてんかん》して反撃《はんげき》に出た。後ろ脚のひづめで牡牛のすでに傷《きず》ついていた臀部《でんぶ》に一撃《いちげき》を加《くわ》えたのだ。

これが引き金《がね》となった。恐怖に加え苦痛《くつう》のあったところに今度は激震《げきしん》が走るような蹴りを二度も受けたのだ。牡牛は大きなうなり声をあげると、野原を駆《か》けぬけていった。牡牛の悲鳴《ひめい》におどろいて、牛の群《む》れも一緒《いっしょ》に駆けだした。パニックにおちいった牛たちの鳴き声とそのひづめが地面を蹴るとどろきがあたりを満《み》たした。

「行くぞ!」とホールトが叫《さけ》んだ。駆けていく牛の群れを追うようにアベラールをせかし、群れのいちばん後ろの牛を鞭《むち》のように弓《ゆみ》で叩《たた》いた。ウィルもそれにならい、群れをかためるために群《む》れの反対側《はんたいがわ》へと馬を走らせた。

　最初《さいしょ》のスコッティ人がまばらな木立《こだち》のあいだから開《ひら》けた野原へと姿《すがた》を現《あら》わしたときに、牛たちの暴走《ぼうそう》が始まった。彼《かれ》らはぎゅっとかたまった牛の群れが自分たちのほうに走ってくるのを見てためらい、向きを変《か》えて撤退《てったい》しようとして後ろにいた仲間《なかま》にぶつかった。頭の回転の速い何人かは、突進《とっしん》してくる牛を避《さ》けようとわきに逃《に》げようとした。それを見たホールトはアベラールを止め、あぶみに立ちあがり、弓《ゆみ》に矢《や》をつがえて矢を放った。と思うと立てつづけにさらに三本放った。

　逃げたスコッティ人のふたりが草地に倒《たお》れた。群れの反対側でホールトの動きを見ていたウィルも、彼にしたがった。スコッティ人はすぐにわきに逃げるのが危険《きけん》なことに気づいた。雨のようにふってくる矢を恐《おそ》れ、彼らは不安《ふあん》そうにかたまっていた。しばらくして、くるった牛たちが彼らにつっこんだ。

　にぶい角《つの》、するどいひづめ、そしてかたい筋肉質《きんにくしつ》の身体の衝撃《しょうげき》が、スコッティ人たちをはねとばし次々と倒していった。倒れた彼らの上を群れの後方の牛たちがふみつけてなおも暴走し、すでに倒れていた彼らをさらにひどく傷《きず》つけた。

　暴走が通りすぎたとき、すくなくとも急襲隊《きゅうしゅうたい》の半分は重傷《じゅうしょう》を負って野原に倒れていた。

残《のこ》りの者は木がもっと茂《しげ》っている場所までなんとか逃《に》げおおせていた。

木々がうっそうと茂ったところまでやってきた牛たちは、右にそれ、まだ鳴き声をあげながら走り去っていった。ホールトは弓《ゆみ》に矢《や》をつがえたまま、馬を止め、木々のあいだから自分を見つめているスコッティ人のほうにアベラールの向きを変《か》えた。彼《かれ》のまわりでは生き残った者たち数人が、ゆっくりと起きあがり、足を引きずって、あるいは這《は》って、仲間《なかま》たちのところに行こうとしていた。スコッティ人たちのなかでなんらかのけがをまぬがれたものはひとりもいなかった。レンジャーの矢に倒《たお》れた三人は、いまも動かないままだった。

「ピクタに帰れ！」とホールトは彼らに呼《よ》びかけた。「おまえたちの半分は死んだか重《じゅう》傷《しょう》を負っている。地元の住民《じゅうみん》がこのことを知ったら、おまえらを追跡《ついせき》して捕《つか》まえるぞ。さあ、ここから出ていけ」

急襲隊《きゅうしゅうたい》の指導者《しどうしゃ》は草地で死んでいた。転んだ後、何頭もの牛に踏《ふ》みつけられたのだ。彼の副官《ふくかん》だった男が、毛足の長い馬に乗《の》ってこちらに相対《そうたい》しているきびしい表情《ひょうじょう》の人物をじっと見ていた。彼が見ているうちに、灰色《はいいろ》のマントを着て馬に乗った二番目の男が仲間のそばに寄《よ》って来た。こちらも長弓で彼らをおどかしている。

このような襲撃《しゅうげき》が成功《せいこう》するかどうかは迅速《じんそく》さと奇襲《きしゅう》にかかっていることを、スコッティ人はよく知っていた。迅速に攻撃《こうげき》する。火をつけ殺《ころ》して家畜《かちく》を奪《うば》う。それから敵《てき》が態勢《たいせい》をとりもどす前に国境《こっきょう》を越《こ》えてもどるのだ。敵がこの地域《ちいき》に急襲隊《きゅうしゅうたい》が来たと知りもしないうちに。

迅速さも奇襲もいまさらかなわない。地元のアラルエン人が彼《かれ》らの存在《そんざい》を知ったら、怪我《けが》をした仲間《なかま》の手当てをし、重傷《じゅうしょう》を負った者を運びながら、足を引きずり、よろよろと一羽《わ》ガラスの隘路《あいろ》までもどろうとしている彼の部下《ぶか》たちはたやすく攻撃されてしまうだろう。負傷《ふしょう》した仲間を見捨《みす》てていくなどということが、彼の頭によぎったことは一度もなかった。それはスコッティ人のやり方ではない。

しかも、彼は今自分の正面にいるマント姿《すがた》のふたりの射手《しゃしゅ》の正確《せいかく》さと迅速さを目にしていた。もしこのふたりがまた矢《や》を放ちはじめたら、あっという間にさらに数人の部下を失《うしな》うだろう。いらだちと絶望《ぜつぼう》から首をふりながら、彼は部下に合図した。すると男たちは向きを変《か》えて北のほうに痛恨《つうこん》の撤退《てったい》をしはじめた。

ウィルは大きく息をはくと、鞍《くら》の上で力を抜《ぬ》いた。

「いい考えでしたね、ホールト。魔法《まほう》のように効《き》きましたよ」

ホールトは控《ひか》えめに肩《かた》をすくめた。

「いや、やり方を知っていれば何ということはない。どうやらお客がきているようだ」

ホールトはそういって、農家のほうをあごでしめした。そこではホラスが突《つ》かれたあばらのあたりを両手でおさえ、痛《いた》そうにキッカーのわきにもたれていた。

その農家の後ろ側《がわ》に、うっそうと茂《しげ》った木々のあいだから数人の姿《すがた》が見えていた。

ホールトとウィルが見ていると、彼《かれ》らはためらいがちに農家のほうにもどりはじめた。

「彼らは森の中にかくれて見ていたにちがいないですよ」とウィルがいった。

ホールトはきびしい顔をしてうなずいた。「我々《われわれ》に手を貸《か》してくれてもよかったのにな」そういってから、踵《かかと》でアベラールに触《ふ》れ、ゆっくりと放牧場のほうに駆《か》けもどった。

仲間《なかま》の馬が筋肉《きんにく》を引きしめる動きを察《さっ》して、タグも数歩おくれてついていった。

ふたりが馬からおりると、ホラスはうなずいて挨拶《あいさつ》した。

ウィルはすこし顔をしかめた。ホラスはまだあばらのあたりをおさえていて、息をするのも痛そうだったのだ。「だいじょうぶかい？」

ホラスは心配いらないというふうに手をふったが、その動作に顔をしかめた。「打撲《だぼく》だよ。それだけだ。あの牡牛《おうし》のやつ、自分の頭の使い方をしっかり知っていたよ」

農家の人たちが近づいてきていたので、ホールトは挨拶《あいさつ》をした。

「お宅《たく》の農場は無事《ぶじ》ですよ。やつらもしばらくはもどってこないでしょう」その声にはどうしても多少の自負がにじみでてしまっていた。

年配の男性《だんせい》と女性《じょせい》、五十代だろうな、とウィルは思った。それから三十代の若《わか》い夫婦《ふうふ》と十歳《さい》くらいに見える男の子がひとり。祖父母《そふぼ》と両親と息子《むすこ》だろう。三世代だ。

年配の男性が口を開《ひら》いた。

「牛はみんな逃《に》げちまった。あんたが逃がしたんだ」と責《せ》めるようにいった。ウィルは目を丸くした。

「そのとおり」とホールトは冷静《れいせい》にいった。「だが、牛たちはとりもどせるだろう。彼《かれ》らはまもなく走るのをやめるだろうし」

「やつらを集めてまわるのに何日もかかる」と農夫《のうふ》は嘆《なげ》くようにいった。

ホールトは大きく息を吸《す》いこんだ。ホールトとのつきあいの長いウィルには、彼がかんしゃくを起こさないようにものすごい努力《どりょく》をしていることがわかった。

「かもしれん。だが、すくなくともあんたたちは家を建《た》てなおす必要《ひつよう》はないわけだ」

「うーむ」と農夫は鼻を鳴らした。「それはそうだが。おれたちは何日も牛を集めてまわらんきゃいかん。きっと森じゅうに散《ち》らばっているだろうからな」

「スコッティの腹《はら》を満《み》たすことになるよりはましなんじゃないかな」とホールト。彼《かれ》の我慢《がまん》も限界《げんかい》に近づいていた。

「牛たちが森にいるあいだ、だれが乳《ちち》をしぼるっていうんだ、え？」今度は若《わか》いほうの男がいった。まだ若いというのに、男は父親と同じように憂鬱《ゆううつ》そうだった。「毎日《まいにち》乳をしぼってやらなきゃいけないんだ。でないと乳が出なくなってしまう」

「もちろん、そういうことになるかもしれん。乳が出なくてもまったく牛がなくなってしまうよりはましでしょうが」とホールトがいった。

「それは意見の分かれるところだろうな」とじいさんのほうがいった。「そうだ、馬に乗《の》っている人の助けがあれば、牛たちを早くみつけることができるんだがな」

「馬に乗っている人？」とホールトがいった。「我々《われわれ》のことか？」それから信《しん》じられないという顔をしてウィルとホラスを見た。「そうだってよ。我々のことをいってるんだ」

農夫《のうふ》はうなずいた。「そうだよ。結局《けっきょく》のところ、そもそも牛たちを逃《に》がしたのはあんたたちだからな。あんたたちがいなかったら、牛はここにいたんだ」

「我々がいなかったら、牛はいまごろピクタへ連《つ》れていかれてた！」とホールト。

ホールトがウィルとホラスをちらりと見ると、ふたりともにやにや笑《わら》いをかみ殺《ころ》しているのがわかった。いや、実際《じっさい》は笑っているのはあきらかだった。彼《かれ》らはホールトに自分たちが笑いをかくしているとわかってもらえる程度《ていど》には上手に笑いをかみ殺しているようだった。

「まったく信《しん》じられん」とホールトはふたりにいった。「感謝《かんしゃ》してもらえるとまでは思っていなかったがな。しかし、厄介《やっかい》ごとをもたらしたと非難《ひなん》されるなんて、あんまりじゃないか」それからホールトは自分がいったことを考えていた。「いや、いいかえる。感謝してもらえると思っていたのだ、くそっ」彼は農夫《のうふ》のほうに向きなおった。

「旦那《だんな》さん」とホールトはこわばった声でいった。「あんたの家と家畜《かちく》小屋《ごや》と放牧場がまだあるのは、我々《われわれ》のおかげなのだよ。多少散《ち》らばったといっても、牛たちが無事《ぶじ》だったのは、我々のおかげなんだ。あんたの財産《ざいさん》を守るために、ここにいるわたしの仲間《なかま》はあの獰猛《どうもう》な牡牛《おうし》に攻撃《こうげき》されて傷《きず》まで負ったのだ。我々にありがとうと礼くらいいってもいいんじゃないか。そうしないのなら、ここを出て行く前におたくの家に火を放つよう仲間にいうぞ」

農夫はかたくなにホールトを見つめていた。

「ほんのひとことだ。ありがとう、と」とホールト。

「それなら……」農夫《のうふ》は身体を重そうに左右に揺《ゆ》らしながらためらっていた。その姿《すがた》を見ていて、ホラスはふと牡牛《おうし》のことを思い出した。

「まあ……ありがとうよ」

「どういたしまして」ホールトははきだすようにいうと、アベラールにとびのり、彼《かれ》の頭を西に向けた。「ホラス、ウィル、行くぞ」

彼らが野原を半分ほど行ったころ、農夫がこうつけ加《くわ》えるのが聞こえてきた。「だけど、どうしてあんたたちが牛を逃《に》がしたのか、わけがわからん」

ウィルは自分の横で背筋《せすじ》を伸《の》ばして馬に乗《の》っているレンジャーににやにや笑《わら》いかけた。ホールトが農夫の最後《さいご》の言葉が聞こえないふりをしているのがあまりにもあからさまだったからだ。

「ホールト？　あの家に火をつけなくてほんとうによかったんですか？」

ホールトはウィルをにらみつけた。

「さあ、どうかな」

ranger's apprentice 15

ホールトは日が暮《く》れるまでにふたたびテニソンたちの通った跡《あと》を見つけたいと願《ねが》っていた。が、日の暮れの早い北のこの地方ではそうはいかなかった。ついに太陽が木々の下に沈《しず》み、あたり一面に影《かげ》が広がったので、ホールトは馬を止め、自分たちが東へと辿《たど》ってきた道のわきに広がる開《ひら》けた土地を手でしめした。

「ここでキャンプしよう。暗い中をうろうろしても意味がない。明朝早く出発してやつらの通った跡を探《さが》そう」

「火をおこしてもいいですか?」とホラスがきいた。

ホールトはうなずいた。「いけない理由もないだろう。やつらは我々《われわれ》のずっと先を行っているのだからな。それに仮《かり》にやつらが火を見たとしても、だれかが自分たちを追っていると疑《うたが》う理由はない」

それぞれ馬の世話をしてから、ホラスは火をおこす場所を作り、キャンプ地のまわりにたき木を探《さが》しにいった。そのあいだウィルは夕方のうちに矢《や》でしとめておいた二匹《ひき》のウサギの解体《かいたい》に忙《いそが》しかった。ウサギはよく太っていて健康状態《けんこうじょうたい》もよく、これで作るおいしいシチューのことを考えるとよだれが出てきた。関節《かんせつ》のところで切りはなし、肉のついた脚《あし》と腿《もも》の部分を残《のこ》して、骨《ほね》の多いあばらの部分は捨《す》てた。そこから肉をとりだすのは手間がかかりすぎる、と思ったのだ。それから新鮮《しんせん》な食材をしまっているサドルバッグを開《あ》けた。山道を旅しているときには、レンジャーは乾燥肉《かんそうにく》と乾燥果実《かじつ》、かたいパンで食事をすませることが多い。だが、もっと快適《かいてき》に食べられる機会《きかい》があるときには、料理《りょうり》できるよう準備《じゅんび》は万全だった。ウィルはウサギ肉をそのまま直火にかざして焼《や》くことも考えたが、すぐにその考えを却下《きゃっか》した。もっと食べがいのあるものにしたかったのだ。

彼《かれ》は玉ねぎをうすく切り、じゃがいも数個《すうこ》を小さく切った。料理道具の中から鉄《てつ》の鍋《なべ》をとりだし、それをホラスがおこしておいた火の端《はし》、赤々と炎《ほのお》をあげている燃《も》えさしの上においた。鉄鍋《てつなべ》が熱《あつ》くなるまで待って、油をすこし注ぎ玉ねぎを入れた。

玉ねぎがジュウジュウと音を立てキツネ色になっていくにつれて、あたりにはおいしそうなにおいが満《み》ちてきた。そこに、玉ねぎをかきまぜるのに使っている棒《ぼう》の尻《しり》でたたき潰《つぶ》したニンニクひとかけを足した。さらにおいしそうなにおいが立ちのぼった。ウィルはそこに彼独自《かれどくじ》に配合したスパイスと調味料をひとつかみぱらぱらと投入した。料理《りょうり》のにおいはますます濃厚《のうこう》なものになっていった。その上に関節《かんせつ》で切りはなしたウサギの肉を入れ、肉がキツネ色になり玉ねぎと配合スパイスがからむようによく混《ま》ぜた。

そのころには、ホールトとホラスは火の両側《りょうがわ》に座《すわ》り、ウィルが働《はたら》く様子をお腹を空《す》かせて見ていた。料理された肉、玉ねぎ、ニンニク、スパイスのにおいがあたりを満たし、彼《かれ》らのお腹はぐうぐう鳴った。今日は長くてきつい一日だった。

「だからぼくはレンジャーと一緒《いっしょ》に旅をするのが好《す》きなんだ」としばらくしてホラスがいった。「チャンスがあるときには、おいしいものを作ってくれるからね」

「こんなにおいしいものを食べているレンジャーはめったにいないぞ。ウィルのウサギ肉のシチューは絶品《ぜっぴん》だからな」とホールト。

ウィルは鍋《なべ》に水を入れ、中身が沸騰《ふっとう》しはじめるとゆっくりとじゃがいもを入れた。おいしそうな液体《えきたい》がふたたび煮立《にた》ってくると、それをかきまぜながらちらりとホールトを見た。ホールトはうなずき、自分のサドルバッグに手を伸《の》ばすと、そこから赤ワインのびんをとりだした。ウィルはそのワインをたっぷりとシチューに入れた。

彼《かれ》は鍋《なべ》から立ちのぼる香《かお》り高い湯気《ゆげ》に鼻をくんくんさせ、満足《まんぞく》そうにうなずいた。

「最後《さいご》にもう一度すこしこれを足したほうがいいかもしれないけど」といいながら、ワインのびんをわきにおいた。

「好《す》きなだけ使え。そのためにあるんだから」とホールト。

ホールトは他のたいていのレンジャーと同様、ワインはごく控《ひか》えめにしか飲まなかった。

二時間後、シチューができあがり彼らは舌鼓《したつづみ》を打った。食べると、かぐわしく濃厚《のうこう》な肉がほろりと骨《ほね》から外れた。ホールトは小麦粉《こむぎこ》と水と塩《しお》を混《ま》ぜて丸く伸《の》ばしたものを火のわきにある熱《あつ》い灰《はい》の中に入れておいた。ウィルがシチューを出したとき、ホールトが灰でおおわれたそれをとりだし、灰を払《はら》うと外側《そとがわ》が黄金《おうごん》色にこんがり焼《や》けたものが現《あら》われた。彼はそれをいくつかに割《わ》り、仲間《なかま》に配った。シチューのおいしい汁《しる》を染《し》みこませて食べるには完璧《かんぺき》だった。

「うまいパンだ」口じゅういっぱいにしながら、ホラスがもぐもぐいった。「こんなの食べたことないですよ」

「ヒベルニアの羊飼《ひつじか》いが作るものだよ」とホールト。「このように火から出したての熱々《あつあつ》はとてもうまい。冷《さ》めるとかなりまずいがな。しけパンと呼《よ》ばれている」

「なんでそう呼ぶんです？」とホラスがきいた。

ホールトは肩《かた》をすくめた。「おそらくふつうのパンより湿気《しっけ》ているからじゃないか」その答えにホラスは納得《なっとく》したようだった。結局《けっきょく》のところ、おいしいシチューの汁《しる》をしみこませるためにたっぷり食べられさえすれば、ホラスはそれが何と呼ばれているかなどどうでもよかったのだ。

食事を終えると彼《かれ》らは、ホールトの地図の上に身をのりだした。

「テニソン一行はこっちを目指している」ホールトは南南東へと向かう道を辿《たど》りながらいった。「我々《われわれ》は現在《げんざい》、スコッティ人を追うためにテニソン一行からはなれた地点までもどろうと東へ進んでいる。我々はおくれをとり戻《もど》さなければならないし、やつらはこれまで進んできたのと同じ道を行きつづけると思う。もし、我々が近道をしてこちらへ進めば」と彼はアウトサイダーズがとっている道と斜《なな》めに交差《こうさ》する南東方向の道をしめした。「明日、昼ごろにはやつらの通る道に出るはずだ」

「やつらが方向を変《か》えなければ、ですね」とウィル。

「もちろんその危険性《きけんせい》はある。しかし、やつらが方向を変《か》える理由もないしな。やつらは我々《われわれ》が跡《あと》をつけていることを知らないわけだし。やつらの最終的《さいしゅうてき》な目的地《もくてきち》にまっすぐ向かってはいけない理由などない。もしやつらが方向を変えたとしたら、我々は最初《さいしょ》にやつらの通った跡をはなれた地点までもどって、そこからまた追いかけなおすまでだ」

「もし我々がまちがっていたら、丸二日間無駄《まるふつかかんむだ》にすることになりますよ」とウィルがいった。

ホールトはうなずいた。「そしてもし我々が正しければ、一日の大部分を得《とく》することになる」

ホラスはぼんやりとふたりの話を聞いていた。彼《かれ》としてはどちらであれ仲間《なかま》たちが決めたとおりに喜《よろこ》んでしたがうつもりだった。そして、最近《さいきん》ではホールトがウィルの意見を聞きたがることに気づいていた。相談もなしにホールトがすべての決断《けつだん》をしていた時代《じだい》はずいぶん昔のことになっていた。ウィルはホールトから尊重《そんちょう》されているのだ。ホールトがウィルの意見に重きをおいていることをホラスは知っていた。

ホラスはぼんやりと地図に目をやったが、ある場所の名前にはっとした。彼は身を乗《の》り出し、地図の上を人差《ひとさ》し指でたたいた。

「マシンドーだ。どうりでなんだか見たことのある風景《ふうけい》だと思っていたんですよ。マシンドーは我々《われわれ》のいるところの東ですね。もしあなたのいうとおりの道を行けば、あそこのすぐ近くを通るわけだ」とホラスがいった。

「ちょっと立ちよって、みんながどうしてるか見られたら楽《たの》しいだろうな」とウィル。

ホールトが低《ひく》いうなり声をあげた。「表敬訪問《ひょうけいほうもん》などしている時間はない」

ウィルはにやにやした。「そんなことしようなんて思ってませんよ。楽しいだろうな、っていっただけですよ……もし時間があれば、って」

ホールトはふたたびうなり声をあげると、地図を巻《ま》きはじめた。ウィルには自分の恩《おん》師《し》の気持ちがわかっていた。突然《とつぜん》ぶっきらぼうになったのは、ホールトがリスクを承知《しょうち》で東南へ進むという賭《か》けに出ることを自分でわかっていることの証拠《しょうこ》だった。自分がまちがいを犯《おか》すかもしれないことを心配しているなど、ホールトは決して表には出さなかった。だが、長年一緒《いっしょ》にいたウィルには、ホールトが考えていることが手にとるようにわかるのだった。ウィルは思わず静《しず》かに笑《え》みを浮《う》かべた。もっと若《わか》かったころには、ホールトが自分の行動に疑《うたが》いを持つなど夢《ゆめ》にも思わなかった。ホールトはいつも絶対《ぜったい》にまちがいを犯さない人に思えたからだ。いまウィルはホールトがさらに強い心を持っているのだとわかった。つまり、疑《うたが》いや不安《ふあん》があってもなお行動方針《こうどうほうしん》を決断《けつだん》し、それを固守できる能力《のうりょく》がある、ということだ。

「やつらに出会いますよ、ホールト。心配しないで」とウィルはいった。

ホールトはきびしい笑《え》みを浮《う》かべた。「そういってもらえると、きっとぐっすりねむれるよ」と答えた。

＊

彼《かれ》らは翌朝早《よくあさはや》くにキャンプをたたんだ。朝食はコーヒーとたき火の熾《おき》の上で焼《や》いたしけパンにはちみつを塗《ぬ》ったものですませた。それから火の上に土をかぶせ、馬に乗《の》って出発した。

何時間かがすぎた。太陽が頭上に来たかと思うと、やがて西のほうにかたむきはじめた。正午を一時間ほどすぎたころ、彼らは南へと延《の》びている道を横切った。ホラスが見るかぎりそこも彼らがその日横切ったほかの道と変《か》わりなかった。だが、ウィルは突然《とつぜん》馬《うま》から下りた。そしてひざをついてかがみこむと目の前の地面を調べはじめた。

「ホールト！」彼《かれ》に呼《よ》ばれてホールトもそばに来た。そこには旅人の一行が通ったはっきりとした跡《あと》が残《のこ》っていた。ウィルは他のものよりもくっきりとしている足跡《あしあと》に手を触《ふ》れた。その足跡は道からすこしそれた、そこだけじっとりとした地面についたものだったのだ。それは重いブーツの足跡で、底《そこ》の端《はし》に三角形の補強《ほきょう》が貼《は》りつけられている跡があった。

「前に見たことがありますか？」とウィルがきいた。

ホールトは身体をそらし、安堵《あんど》のため息をもらした。「たしかにある。一羽《わ》ガラスの隘路《あいろ》で見た。これはテニソンの一行だ。よかった」

自分の行動が正しかったと証明《しょうめい》されたいま、ホールトはその日の午前中ずっと悩《なや》まされていた疑念《ぎねん》と心配から解放《かいほう》された。近道をとるのは危険《きけん》だった。もし最初《さいしょ》にテニソン一行が通った跡から自分たちがはなれた場所までもどらなければならないとしたら、なにが起こるかわからなかった。嵐《あらし》やひどい雨のために通った跡が流されてしまっていて、彼らがどの方角に向かったのかもわからないまま途方《とほう》にくれることも考えられたのだ。

「この跡から見るに、やつらが通ったのは二日以内《いない》だろうな」とホールトは満足《まんぞく》そうにいった。

ウィルは数メートルはなれたところで、跡《あと》を調べていた。「やつらは馬も調達《ちょうたつ》したようですよ」と唐突《とうとつ》にいった。

ホールトはすばやくそちらを見ると、そばによっていった。道からすこしそれたやわらかい草地に数頭分のひづめの跡がはっきり残《のこ》っている。

「そのようだな」とホールトも同意した。「この馬たちを手に入れるために、気の毒《どく》な農家が襲《おそ》われたのだろうな。馬は三頭か四頭だけだ。だから一行の大半はまだ歩くしかないということだ。明日までには追いつけるかもしれない」

「ホールト」とホラスがいった。「ずっと考えていたんですが……」

ホールトとウィルがおもしろそうに目配せをした。「下手な考え休むに似《に》たり」とふたりそろっていった。長年、これはウィルが同じことをいったときにホールトがかならず口にする台詞《せりふ》だったのだ。ホラスはふたりがひとしきりおもしろがるのを辛抱強《しんぼうづよ》く待ってから、先をつづけた。

「はい、はい、わかってますよ。でもまじめな話、昨夜いったようにマシンドーはここからそう遠くないですよね……」

「だから？」ホラスがなにかいいたがっているのに気づいて、ホールトがうながした。

「あの、あそこには守備隊《しゅびたい》がいますよね。だから、ぼくたちのだれかひとりが行って、彼《かれ》らを補強《ほきょう》としてすこし連《つ》れてくるのは悪くない考えだと思うんですが。テニソンに立ち向かうときに、十数人の騎士《ナイト》と武装兵《ぶそうへい》が援護《えんご》してくれるに越《こ》したことはないじゃないですか」

だがホールトはすでに首をふっていた。

「問題がふたつある、ホラス。我々《われわれ》のひとりがあそこまで行って、事情《じじょう》をすべて説明《せつめい》し、援軍《えんぐん》を動員するには時間がかかりすぎる。仮《かり》にそれをすばやくやれたとしても、騎士の一団《いちだん》がワラビをふみつぶし、物音を立ててこのあたりをうろうろして、相手に気づかれるようなことになってほしくないのだよ」ホールトはこのいい方はすこし無神経《むしんけい》だったことに気づいた。「いや、悪気はないんだ、ホラス。もちろんいまここにいる仲間《なかま》のことをいってるんじゃない」

「ああ、もちろんそうでしょうよ」とホラスはこわばった声で答えた。いわれてみれば、たしかにそうだった。騎士というものは動きまわるときに物音を立てて敵《てき》に気づかれがちだ。だが、だからといって、好《す》きでそうしているわけではないのだ。

ホールトがつづけていった。「我々がいちばん大事にしているのは意外性《いがいせい》ということだ。テニソンは我々《われわれ》がやってくることを知らない。このことはすくなくとも十数人の騎士《ナイト》と武装兵《ぶそうへい》に匹敵《ひってき》する価値《かち》がある。やはり、しばらくのあいだはこのままで進もう」

ホラスは渋々《しぶしぶ》同意《どうい》してうなずいた。アウトサイダーたちに追いついたとき、自分たちだけで過酷《かこく》な戦《たたか》いをすることになるだろう。ウィルとホールトはふたりのジェノベサ人の殺《ころ》し屋の相手をするだけで手いっぱいだろう。ホラスとしては、残《のこ》りの偽預言者《にせよげんしゃ》の従者《じゅうしゃ》を相手にするのに、せめてあと三人か四人の武装した騎士が援軍《えんぐん》としてほしいところだった。

しかしホールトとウィルと共《とも》に過《す》ごしているあいだに、ホラスは戦いにおいて急襲《きゅうしゅう》するということがどれほど大事かということをくり返し学んでいた。ホールトがいったことは理《り》にかなっている、としぶしぶながらもホラスは納得《なっとく》した。

レンジャーふたりはふたたび馬に乗《の》り、目的《もくてき》も新たに敵《てき》が通った跡《あと》を辿《たど》っていった。テニソンとの距離《きょり》を一日以内《いない》で縮《ちぢ》められるとわかったので、余計《よけい》に先を急ぐ気持ちになった。敵に見つかっていないかその最初《さいしょ》の兆《きざ》しを求《もと》めて、彼《かれ》らは今まで以上《いじょう》に警戒《けいかい》して地平線を眺《なが》めた。

ウィルが最初にそれに気づいた。

「ホールト！」といったが、彼《かれ》は自分が見ている方角を指ささないだけの分別《ふんべつ》は持っていた。いっただけでホールトが自分の視線《しせん》を追うことはわかっている。もし指などさしたら、敵《てき》にこちらが気づいたことを知らせることになってしまう。

「地平線上に見える、二股《ふたまた》に分かれた木の右側《みぎがわ》です。やめろ、ホラス！」とウィルは静《しず》かにいった。

ホラスが手を無意識《むいしき》に動かしはじめたのを見たのだ。ホラスがその人物を見ようと手を目の上にかざすだろうとわかっていた。ホラスは最後《さいご》の瞬間《しゅんかん》に動作を変更《へんこう》し、首の後ろをかくふりをした。同時にホールトが馬からおりて、アベラールの左の前脚《まえあし》のひづめを調べだした。そうすれば相手がだれであれ、自分の姿《すがた》が見えたから彼らが立ち止まったのだとは思わないだろう。

「なにも見えんのだが。何だ？」とホールトがウィルにいった。

「馬に乗《の》った男です。我々《われわれ》を見ています」とウィル。ホールトは頭を動かさずに横目で丘《おか》のほうを見た。馬と男の形のようにも見えるかもしれないものがぼんやり見えただけだった。ウィルの若《わか》くするどい視力《しりょく》に感謝《かんしゃ》した。

ウィルは手を伸《の》ばして鞍頭《くらがしら》につるしていた水筒《すいとう》を外した。それをやっているあいだも相手の姿《すがた》を見逃《みのが》すことはなかった。ずっと相手を見つめたまま、水筒《すいとう》を口元までもっていった。そのとき一瞬《いっしゅん》の動きがあり、馬に乗《の》った男は方向転換《ほうこうてんかん》すると地平線から姿を消した。

「いいですよ。力を抜《ぬ》いても。やつは行きました」とウィルがいった。

ホールトはアベラールのひづめから手をはなすと、ふたたび馬に乗った。そうしたときにこわばった筋肉《きんにく》と関節《かんせつ》がうめき声をあげたように思えた。

「だれだかわかったか?」とホールトがきいた。

ウィルは首をふった。「くわしいことを見るには遠すぎました。ただ……」

「ただ何だ?」

「やつが方向転換したとき、一瞬紫色《むらさきいろ》が見えたと思います」

紫か、とホラスは思った。ジェノベサ人の殺《ころ》し屋が身につけている色だ。ということは、我々《われわれ》は意外性《いがいせい》ということを失《うしな》ったかもしれない、と彼《かれ》はひとり言をいった。

ranger's apprentice 16

スコッティの農家を襲撃《しゅうげき》して以来《いらい》、アウトサイダーズのキャンプの状況《じょうきょう》はよくなっていた。一行がアラルエンを南下するあいだにも、テニソンは部下《ぶか》をやって途中《とちゅう》にある孤立《こりつ》した農家を襲《おそ》わせつづけた。彼《かれ》らは食糧《しょくりょう》だけではなく、キャンプをより快適《かいてき》にする備品《びひん》なども奪《うば》った。テントを作るためのキャンバス地、材木《ざいもく》、ロープ、北国の寒い夜の冷《ひ》えをしのぐための毛皮や毛布《もうふ》などだ。

最近《さいきん》の襲撃では、馬四頭までも手に入れることができた。馬には気の毒《どく》だったが、すくなくともテニソンとふたりのジェノベサ人は歩かずに馬に乗《の》ることができた。四頭目の馬は別《べつ》の目的《もくてき》のために必要《ひつよう》だった。いま、テニソンは比較的居心地《ひかくてきいごこち》のいい自分のテントの中で、その馬の乗り手として選《えら》んだ若者《わかもの》に説明《せつめい》をしていた。

「ダーキン、おまえには馬に乗って先に行ってほしいのだ。馬に乗って、この村に行ってくれ」

テニソンはそういってこの地方の北東部分が大まかに描《か》かれた地図のある地点を指した。

「ウィリーズ・フラットですか」テニソンが指した場所の名前を読んで、若者《わかもの》がいった。

「そのとおり。この崖《がけ》が連《つら》なる地域《ちいき》のすぐ向こう側《がわ》、崖の南側《みなみがわ》だ。そこでバレットという名の男を捜《さが》すんだ」

「その男は何者です？」と使者がきいた。ふつうテニソンは自分の従者《じゅうしゃ》が命令《めいれい》に関《かん》して質問《しつもん》することを快《こころよ》く思っていなかったが、この場合はどうしてバレットと連絡《れんらく》をとることが必要《ひつよう》なのかを知っておくほうが役に立つだろう、と考えた。

「我々《われわれ》の地方支部《ちほうしぶ》の指導者《しどうしゃ》だ。ここ数ヵ月この地域で改宗者《かいしゅうしゃ》を募《つの》っている。彼《かれ》が改宗させた者たちを何名でもいいから集めてくれと彼にいってもらいたい。おまえには、崖の近くのキャンプ場で我々と待ち合わせる、と」

もう一度アラルエンでの拠点《きょてん》をとりもどすことをずっと計画していたテニソンは、役人の目がとどかない僻地《へきち》にカルトを確立《かくりつ》しようと信者のグループを二組送っていたのだ。そのひとつは西海岸の漁村であるセルジー。二番目がアラルエンの荒涼《こうりょう》とした北東にあることだった。バレットから最近《さいきん》受けとった報告《ほうこく》によると、彼《かれ》は百人ほどの人間をこの宗教《しゅうきょう》へ改宗《かいしゅう》させたということだった。大勢《おおぜい》ではなかったが、バレットは人を鼓舞《こぶ》するタイプの人間ではなかった。しかも、百人の信者はすくなくともはじまりにすぎない。テニソンが再出発《さいしゅっぱつ》するのに必要《ひつよう》とする黄金《おうごん》や宝石《ほうせき》を彼らが提供《ていきょう》してくれるはずだ。

若者《わかもの》は興味深《きょうみぶか》そうに地図を見た。

「グループは自分たちだけだと思っていました」そういわれて、テニソンは怒《いか》りに眉《まゆ》をひそめた。

「それはおまえの考えちがいだ。賢明《けんめい》な人間というものは、ものごとが計画どおりに行かないときに備《そな》えて、常《つね》に予備《よび》を考えているのだ。さあ、行ってこい」

ダーキンは肩《かた》をすくめてテニソンの言外《げんがい》の叱責《しっせき》をふり払《はら》い、出発しようと立ちあがった。「でもそのバレットとかいう人が人々《ひとびと》を集めるのには数日かかると思いますよ」

「だからこそおまえを先に行かせるのだ」そういったテニソンの声には皮肉《ひにく》の色がにじんでいた。「だが、おまえがまだ戯言《たわごと》をはいてそこに立っているのなら、この任務《にんむ》はだれかほかの者にさせよう」

ダーキンはテニソンの声の調子を耳にして、黙《だま》って従《したが》った。ほんとうのことをいえば、先に馬で行けるのがうれしかったのだ。地図を上着《うわぎ》の胸《むな》もとに押《お》し込《こ》み、テントの入口のほうへと踵《きびす》を返した。

「では、行ってまいります」その声へのテニソンの返事は、怒《おこ》ったうなり声だけだった。ダーキンは入口に向かったが、別《べつ》の人物があわてて入ってきて彼《かれ》にぶつかったので、やむをえず後もどりした。怒《いか》りの文句《もんく》がダーキンの口から出かかったが、新たに入ってきた男が何者なのかに気づいてその言葉をのみこんだ。テニソンが用心棒《ようじんぼう》として雇《やと》っているジェノベサ人の殺《ころ》し屋のひとりマリシだったのだ。ばかにしたり不快《ふかい》な思いをさせたりしてはいけない相手だということがダーキンにもわかっていた。彼はあわてて謝罪《しゃざい》の言葉を口走ると、紫色《むらさきいろ》のマントをまとった人物のわきをすり抜《ぬ》けて、できるだけ速くテントを離《はな》れた。

走り去っていく若者《わかもの》のほうにちらりと目をやりながら、マリシは軽蔑《けいべつ》したようにくちびるをゆがめた。外国人の多くが自分と同胞《どうほう》を避《さ》けていることにはじゅうぶん気づいていた。テニソンは彼のほうに目をやり、かすかに顔をしかめた。馬を手に入れてから、ジェノベサ人ふたりはだれも彼らを追ってこないことをたしかめるために数日おきに来た道を偵察《ていさつ》に出ていた。これはテニソンがどうしても行うと主張《しゅちょう》した日課で、これまでのところなにも報告《ほうこく》されていなかった。だが、いまここにマリシがいるということは、なにか悪い知らせがあるということなのだろう、とテニソンは思った。ふたりのうち地《ち》位《い》が上のバカーリは、いい知らせのときにだけ報告することになっていたからだ。

「何だ?」とテニソンが問いつめた。

「我々《われわれ》はつけられています」マリシは答えて、肩《かた》をすくめた。この動作にはいつも腹《はら》が立つ。

テニソンは数日前に農家から盗《ぬす》んできた折《お》りたたみ式の小さなテーブルに拳《こぶし》を打ちつけた。

「くそっ! うまく行きすぎていると思っていたのだ。で、追っ手は何人だ?」

「三人です」ジェノベサ人がそういったので、テニソンの気持ちはすこし明るくなった。

追ってくるのが三人だけなら心配することはなにもない。だが、殺《ころ》し屋のつぎの言葉が彼《かれ》の気持ちを変《か》えた。

「ヒベルニアから来たあの三人です。マント姿《すがた》の射手《しゃしゅ》ふたりと騎士《ナイト》の」

テニソンはその知らせにショックを受けて思わず椅子《いす》から立ちあがった。椅子は草地にひっくり返ったが、彼はそのことにも気づかなかった。

「やつらだと？」と彼《かれ》は叫《さけ》んだ。「やつらがここでなにをしているのだ？　いったいどうやってやつらがここに来たのだ？」

ふたたびジェノベサ人は肩《かた》をすくめた。彼らがどうやってここに来たかなどどうでもいい。彼らはここにいて、アウトサイダーズの小集団《しょうしゅうだん》を追っているのだ。しかも彼らは危険《きけん》だ。そのことを彼はすでに知っていた。ジェノベサ人は自称預言者《じしょうよげんしゃ》のつぎの言葉を待った。

テニソンの頭はせわしなく働《はたら》いていた。あの密輸業者《みつゆぎょうしゃ》め！　あいつがしゃべったにちがいない。きっと、やつらがあいつに賄賂《わいろ》をわたし、それでやつはその金《かね》を受けとってアウトサイダーズを裏切《うらぎ》ったのだ。

テニソンは急ごしらえのテント内の限《かぎ》られたスペースをせかせかと歩きはじめた。これは悪いニュースだ。ウィリーズ・フラットの忠実《ちゅうじつ》な信者たちを集める必要《ひつよう》があった。彼がそこで手に入れるはずの黄金《おうごん》と宝石《ほうせき》が必要だった。彼らがへんぴな農家からやってくるあいだに、自分は遅《おく》れをとってしまう。あの三人のアラルエン人に追いつかれるような危険を冒《おか》すわけにはいかなかった。

「やつらはどのあたりにいるのだ？」とテニソンはきいた。これをすぐにきくべきだった、と彼《かれ》は思った。

マリシは考えこむようにくちびるをゆがめた。「それほど遠くではありません。せいぜい、一日おくれというところですかね」

テニソンはその答えを考え、やがて決断《けつだん》を下した。一日では先行しているとはいえない。とくに自分が歩くペースにまで速度を落とさなければならないときには。彼は殺《ころ》し屋を見た。

「やつらを始末《しまつ》しろ」と唐突《とうとつ》にいった。

マリシが驚《おどろ》いたように両の眉《まゆ》を上げた。「やつらを始末、ですか?」とくり返した。

「そのとおりだ! それがおまえたちの仕事ではないか。やつらを始末するのだ。おまえと仲間《なかま》とでな。やつらを殺せ。おまえたちが大いに誇《ほこ》りに思っているその石弓《いしゆみ》を使え。それから、やつらが追ってくるのをやめたことをきちんと確認《かくにん》しろ」

くそっ、とテニソンは思った。あのマント姿《すがた》の射手《しゃしゅ》と筋骨《きんこつ》たくましい彼らの仲間は厄介《やっ》介《かい》以外《いがい》のなにものでもなかった。そのことを考えれば考えるほど、彼らが死んだと確信《かくしん》を持ちたかった。

マリシはテニソンの命令《めいれい》を検討《けんとう》していた。そして考えこむようにうなずいた。「やつらを待ちぶせするのにいい地点があります。我々《われわれ》はもどってやつらが後をついてこられるよう痕跡《こんせき》を残《のこ》しておかなくてはなりません。ですが、もちろん……」とマリシは意味ありげに言葉を切った。

しばらくのあいだテニソンはそのことに気づかなかったが、やがてどなりつけた。

「もちろん、何なんだ?」

「やつらは危険《きけん》な敵《てき》です。で、あなたと交わした契約《けいやく》にはやつらのような人間を『始末《しまつ》する』ことなどなにも入っていませんでした」

この言葉が意味するところはあきらかだった。テニソンはこみあげてくる怒《いか》りをおさえようと、大きく息をした。どれほどジェノベサ人たちに腹《はら》が立つとしても、彼《かれ》にはこのふたりが必要《ひつよう》なのだった。

「余分《よぶん》に払《はら》う」と歯ぎしりしながらいった。

マリシは笑《え》みを浮《う》かべて手を差《さ》しだした。「いまですか? いま、払っていただけるので?」

だがテニソンは首を激《はげ》しくふった。そこまで相手のいうことに黙《だま》ってしたがうつもりはなかった。

「仕事を終えたときに。そのときに払《はら》ってやる。それ以前《いぜん》ではない」

マリシはまた肩《かた》をすくめた。彼《かれ》にしたところがこの頑強《がんきょう》な説教師《せっきょうし》が前払いをすることに同意すると本気で思っていたわけではなかった。が、試《ため》しにいってみる価値《かち》はあると思ったのだ。

「後払《あとばら》いということですね。金額《きんがく》について決めなきゃなりませんな。しかし……後払いということになると、高くなりますよ」

テニソンはその件《けん》を片手《かたて》でふり払った。「それでいい。バカーリにわたしに会いに来いと伝《つた》えろ。そこで支払《しはら》いに関《かん》しては決める」彼は強調するようにここで言葉を切ってから、つけ足していった。「後払いということでな」

結局《けっきょく》のところ、運よく全員が殺《ころ》し合うことにでもなれば、余分《よぶん》な出費をしなくてよくなるかもしれない、と彼は思った。

rangers apprentice 17

「やつに見られたと考えなきゃならんだろうな」馬で進みながらホールトがいった。彼《かれ》らは縦《たて》一列《れつ》になって進んでいたが、ホラスとウィルがもっと話しやすくするために、馬をホールトの横まで進めてきたのだ。

「だけどあの男はぼくたちだってわかりましたかね？　なにしろすごく距《きょ》離《り》があったから、ぼくたちのことはただ馬に乗《の》っている三人としかわからなかったのでは」とウィルがいった。

　ホールトは鞍《くら》の上ですこし身体をひねって元弟子《もとでし》を見た。ウィルのいったことはそのとおりだった。それでもホールトはこれまでずっと、一か八かに賭《か》けて敵《てき》がまちがえるかもしれないと予想するような生き方はしてこなかった。

「やつから我々《われわれ》が見えていたとしたら、我々が誰《だれ》だかわかったとも考えなければならない」

「なんといっても」とホラスが割《わ》って入った。「ふたりは茂《しげ》みの中を動きまわっているとき以外《いがい》は、かなり目立ちますからね。大きな長弓を下げ、フード付《つ》きのマント姿《すがた》で馬に乗《の》って田舎《いなか》を駆《か》けめぐる人ってあまりいないものな」

「わざわざご指摘《してき》ありがとうよ」とホールトが皮肉《ひにく》っぽくいった。「だが実際《じっさい》きみのいうとおりだ。しかも、ジェノベサ人はばかじゃない。いまにテニソンも我々《われわれ》が追っていると知るだろう」

ホールトは言葉を切り、状況《じょうきょう》について考えこみながら髭《ひげ》をなでた。

「問題は」とふたりにというよりひとり言のようにいった。「つぎにどうするか、だ」

「ちょっと後もどりしたほうがいいですかね?」とウィルが提案《ていあん》した。「ここから姿を消したら、テニソンはジェノベサ人がまちがえていて、彼《かれ》が見たのは自分には何の関心《かんしん》もないただの馬に乗った旅人だった、と思うかもしれませんよ」

「いや、それはないだろう。それは望《のぞ》みすぎというものだ。それにもし後退《こうたい》したら、やつに我々から逃《に》げだす時間をさらに与《あた》えることになる。それとは反対のことをすべきだと思う。つまりやつを追いつめるのだ」

「ぼくたちがここにいることがやつにわかってしまいますよ」とホラスがいった。

ホールトはホラスにうなずいた。「いずれにしてもやつは我々《われわれ》がここにいることを知っているさ。だから、やつを追いつめてやろう。後ろから迫《せま》ってきているという気にさせるんだ。そうすればやつは動きつづけなければならなくなる。動いている標的《ひょうてき》はかくれている標的よりもねらいやすい」このように結論《けつろん》づけると、明るい声でつけ足した。「やつにプレッシャーをあたえるのだ。人はプレッシャーを受けるとまちがいを犯《おか》す。つまり、我々に有利《ゆうり》だということだ」

「もちろん……」とホラスがいいかけたが、それからためらって口を閉《と》じた。ホールトはつづけろというふうに身振《みぶ》りでしめした。「あの、考えていたんですけど、ぼくたちだってプレッシャーを受けていますよね？　ぼくたちのほうがまちがいを犯したらどうします？」

ホールトはなにもいわずにしばらくホラスを見つめていた。それからウィルのほうを向くとこういった。「ほんとうに、いつも苦しいときにも人を明るい気持ちにさせてくれるやつだよな」

彼《かれ》らはしばらくのあいだ黙《だま》って進んでいった。あのジェノベサ人の姿《すがた》が見えた地点を目指し、丘《おか》の長い上り坂を登っていった。頂上《ちょうじょう》まであと百メートルほどのところに来たとき、ホールトが片手《かたて》を上げて止まれと合図した。

「いっぽうでは」と彼《かれ》は静《しず》かな声でいった。「ホラスはいい点をついている。ジェノベサ人は殺《ころ》し屋で、やつらの得意《とくい》な手は待ちぶせだ。このまま何の心配もせずにあの頂上《ちょうじょう》まで駆《か》けぬけるのは、いい考えとはいえないかもしれない」

「やつが待ち伏《ぶ》せしている、ということですか？」とウィルがいい、頂上のほうに目をやった。

「その可能性《かのうせい》もあるだろう。だからこれからは、どの頂上に進むときにも前もって偵察《ていさつ》をかけるようにしよう」

ホールトは鞍《くら》からおりようとしたが、ウィルがそれより早く軽々と地面にとびおりた。

「ぼくが行ってきますよ」

ホールトは反対しようとしたが、やがて口を閉《と》じた。ついついウィルを危険《きけん》なことから遠ざけようとしてしまいがちだったが、この若者《わかもの》にも危険を分かちあってもらうべきなのだ、ということに気づいたのだ。

「無理《むり》はするな」とホールトはいった。その思いを反映《はんえい》させるように、タグも樽《たる》のような胸郭《きょうかく》から低《ひく》くとどろくような音を出した。ウィルはふたりに向かってにやっと笑《わら》った。

「もう、心配性《しんぱいしょう》のおばあさんみたいなまねはやめてくださいよ」そういうと、道のわきに生えていた肩《かた》くらいの高さのハリエニシダの中にすべりこんだ。身体を二つ折《おり》にすると、突然《とつぜん》視界《しかい》から消えた。ホラスはおどろきのあまり思わず小さな声をあげた。

ホールトが彼《かれ》を見た。「いまのは何だ？」

ホラスは丘《おか》の斜面《しゃめん》を覆《おお》っている茂《しげ》みが波打っているのをしめした。茂みの中にウィルの気配《けはい》も何者かが動いている気配もなく、ただ風《かぜ》が吹《ふ》いているだけだった。

「彼がこういうことをするのを何度も見てきていますけど、いまだに毎回びっくりしてしまいますよ。ほんとに信《しん》じられない」

「ああ」ホールトはそういいながら、丘の斜面に目を走らせた。「そうだろうな。ウィルはこういうのがほんとうに得意《とくい》だ。それも当然《とうぜん》だよ」と控《ひか》えめにつけ加《くわ》えた。「彼が知っていることはすべてわたしが教えたんだからな。わたしはレンジャー隊《たい》の中でも人から見られずに動く達人《たつじん》だとみなされている」

ホラスは顔をしかめた。「ほんとうの達人はギランだと思ってましたけど？　ウィルが前にいってましたよ。微妙《びみょう》な点はすべてギランから教えてもらったって」

「ああ、そうかい？」といったホールトの声には多少腹立《たしょうはらだ》ちがにじんでいた。「で、そのギランには誰《だれ》が教えたと思ってるんだ?」

そこまでホラスは思いいたっていなかった。これが初《はじ》めてのことではなかったが、頭で考えるより先に勝手に口が動いてくれなければよかったのに、と思っていた。

「ああ……そうでした。あなたが教えたんですよね」彼《かれ》がそういうと、ホールトは鞍《くら》の上でわずかにお辞儀《じぎ》をして見せた。

「そのとおり」と威厳《いげん》を持っていった。

「じゃあ、いまウィルがどこにいるかわかるんですか?」とホラスが好奇心《こうきしん》にかられてきいた。こういうことまでわかるのだろうか、と思ったのだ。もしだれかに人から見られずに動くやり方を教え、こつもすべてわかっているのだったら、その人物がどこにいるかも見えるのだろうか、と。それとも、教えた人にさえ見えないのだろうか?

「当たり前だろう。彼はあそこにいる」とホールトが答えた。

ホールトが指さす方向をホラスが目で追うと、丘《おか》の頂上《ちょうじょう》のところにウィルがすっくと立っているのが見えた。しばらくして彼が合図の口笛《くちぶえ》を吹《ふ》くのが聞こえ、進んでくるようにと手をふっているのが見えた。

「そりゃあ、いまは彼が見えるでしょうよ。ぼくにだって見えるんだから! でも、彼が立ちあがる前から見えていたんですか？」

「当たり前じゃないか、ホラス。どうしてわたしを疑《うたが》ったりできるんだ？」ホールトはいうと、それからアベラールを前に進め、タグにもついてくるよう合図した。彼《かれ》のほうが先に進んでいたので、顔はホラスには見えなかった。だからホラスがホールトの顔に浮《う》かんだ笑《え》みを見ることはなかった。

「やつは進みつづけているようですよ」ふたりが追いついてきたときにウィルはいった。

「もっとも、あそこのどのあたりにやつがいてもおかしくありませんけどね」

彼らの眼下《がんか》には、これまでと同じハリエニシダとワラビにびっしりとおおわれたゆるやかな傾斜地《けいしゃち》が広がっていた。ウィルのいうとおりだ。この茂《しげ》みのどこに石弓《いしゆみ》を持った男がかくれているともかぎらなかった。ホールトは考えをめぐらせながらあたり一帯《いったい》に目をやった。

「くそっ。このせいで進むのがおくれてしまうな」

「そういうことです」とウィル。

「まさにそうだ」とホールトはため息をもらした。

「思うんですけど、これでやつにプレッシャーをかけているという考えは終わりですよね」とホラスがいった。ホールトは冷《つめ》たい目で彼《かれ》をしばらく見つめていた。ホールトの上機嫌《じょうきげん》も、計画が阻止《そし》されてしまったときに消えてしまったようだ、とホラスは思った。しばらくはこれ以上《いじょう》なにもいわないほうがよさそうだ、とも思った。自分の無言《むごん》のメッセージがホラスに届《とど》いたことに満足《まんぞく》したホールトは、ウィルのほうに向きなおり、決断《けつだん》を下した。

「よし。おまえが先に偵察《ていさつ》してくれ、ウィル。五十メートル先に行ったら、我々《われわれ》が追いつく。訓練《くんれん》でやったのをおぼえているな。見る、叫《さけ》ぶ、射《い》る、だ」

ウィルはうなずいた。彼はタグにそこにとどまれと合図をし、痕跡《こんせき》が残《のこ》されていないか地面に目を走らせながら小道を小走りに進んでいった。ホールトは自分が弓《ゆみ》を射る余《よ》地《ち》を残しながら、小道に対して斜《なな》めに位置《いち》するようにアベラールをすこしずつ動かした。そして弦《つる》に矢《や》をつがえた。彼の目はウィルが進んでいる小道の両側《りょうがわ》の地面を見ていた。

「ちょっときいてもいいですか、ホールト？」とためらいがちにホラスがいった。質問《しつもん》をしたら集中しているホールトのじゃまになるかもしれない、とも思っていたのだ。だがホールトは、うねるようにつづく茂《しげ》みに注意を払《はら》ったままうなずいた。

「見る、叫ぶ、射る。それ、何なんですか？」とホラスがきいた。

ホールトは答えはじめた。もしホラスが今後も自分たちと共《とも》に仕事をすることがあるのなら、きかれたときにはいつでも自分たちのやり方を説明《せつめい》しておいたほうがいい、と思ったのだ。「それは我々《われわれ》が……」

そのとき、ウィルの右側《みぎがわ》の茂《しげ》みに小さな動きがあるのに気づき、ホールトはしゃべるのをやめるとあぶみにすこし立ちあがった。弓《ゆみ》をねらいを定める位置《いち》まで上げ、矢《や》を引きしぼりはじめた。

一羽《わ》の小鳥が彼《かれ》が見つめていた茂みからとびだし、数メートル飛《と》んだかと思うと、やがてべつの枝《えだ》に止まり、くちばしを花の中につっこんだ。

ホールトは力を抜《ぬ》いて弓を下げた。ウィルもこの動きに気づいていたことにホラスは気づいた。ウィルは身を低《ひく》くかがめていたが、今は用心深く立ちあがり、ホールトとホラスが見ているほうにちらりと目をやった。先に進めというふうにホールトが手で合図した。ウィルはうなずくと、地面をさぐりながらふたたび動きはじめた。

「悪かった、ホラス」とホールトがいった。「『見る、叫《さけ》ぶ、射《い》る』のことを知りたいといっていたんだったな。これは我々がこのような状況《じょうきょう》のときにとるアプローチだ。ウィルはやつらの通った跡《あと》や、だれかが小道からそれて待ちぶせをするために動いたかもしれない跡《あと》が残《のこ》っていないかを探《さが》している。そういうことをしているあいだ、彼《かれ》の注意力は散漫《さんまん》になる。だからわたしが小道の両側《りょうがわ》を見張《みは》りつづけるのだ。ひょっとしてだれかが道から外れていて、それがまた彼の後ろからもどってくるかもしれないからな。もし、茂《しげ》みのどこかで石弓《いしゆみ》を持ったやつが立ちあがるのが見えたら、わたしが叫《さけ》ぶ。その瞬間《しゅんかん》にウィルは身をふせるというわけだ。同時に、わたしが石弓を持ったやつに矢《や》を放つ。見る、叫ぶ、射《い》る、というわけだ」

「彼が見て、あなたが叫んで射るんですね」とホラスがいった。

「そのとおり。我々《われわれ》はそれを五十メートルごとにやるんだ。もし待ちぶせているやつがいるとしたら、わたしの矢のほうが早くやつに当たるからな。ただ、前方にある森に着いたときが問題だ」

ホラスは前方を見た。ハリエニシダにおおわれたうねるような地面があと二、三キロつづいていた。だがその先にはうっそうと茂った森が見えた。

「あそこに入れば五十メートルも見わたせませんよね」とホラスがいった。

ホールトはうなずいた。「そのとおり。あそこに入ったら二十メートルごとにしなきゃならんだろうな。行くぞ」とホールトがつけ足した。「ウィルが来いと呼《よ》んでいる」

ふたりはウィルが待っているところまで馬で斜面《しゃめん》を下っていった。ふたりが止まったとき、ウィルはホールトににやにや笑《わら》いかけた。タグはウィルに鼻をおしつけ、うなり声をあげた。彼《かれ》はウィルが自分をおいていってしまうといつも機嫌《きげん》が悪くなるのだ。

「心配性《しんぱいしょう》だな」ウィルはタグにそういうと、彼のやわらかい鼻先を軽くたたいた。だがホールトはタグがそう思うのも無理《むり》はない、というようにタグを見た。

「今回はタグを連《つ》れていけ。この前もそうすべきだったよ。茂《しげ》みにだれかがいた場合、タグは我々《われわれ》よりも早く気づく」

ウィルはこのことをすこし考えているようだった。「ぼくはタグがあの石弓《いしゆみ》で射《い》られるような危険《きけん》を冒《おか》したくないんです」

ホールトは彼にほほえみかけた。「心配性なのはどっちだ?」

ウィルは肩《かた》をすくめた。「それでも、もしだれかが矢《や》を放ってきたときに、タグがあなたと一緒《いっしょ》にいてくれるほうが安心していられます」

「わたしのほうはタグがおまえと一緒にいてくれるほうが、安心していられるんだがな」とホールト。それから自分のひざの上におかれている長弓を軽くたたいた。「心配するな。矢を放ちはじめる人間がいるとしたら、それはわたしだけだ」

ranger's apprentice 18

ホールトが予測《よそく》したとおり、地平線上に見た深い森に入ると彼《かれ》らの進む速度はさらにゆっくりとしたものになった。ここは木々がうっそうと茂《しげ》っていて、せまい小道の両側《りょうがわ》の様子はまったくわからなかった。木々のあいだの小道をホラスは歩いていったが、苔《こけ》におおわれた木々の幹《みき》を見る角度が変《か》わると、影《かげ》の中でなにかが動いたように思われた。それで、絶《た》えず立ち止まってはなにかが動いたかどうかたしかめなければならなかった。

もちろん彼らのそばには二頭のレンジャー馬がいた。タグとアベラールは不審者《ふしんしゃ》の存在《そんざい》を感じたら主人たちに警告《けいこく》するよう訓練《くんれん》されていた。だがその彼らの能《のう》力《りょく》ですら、風《かぜ》の方向に大きく左右される。もしだれかが風下《かざしも》にいたら、そのにおいは彼らには届《とど》かなかった。

彼らは小刻《こきざ》みに止まりながら進んでいった。まずウィルが十から二十メートルほど進み、ウィルが木の幹《みき》にかくれることができるまでホールトが弓《ゆみ》を構《かま》えて立っている。それからウィルが森に目を光らせているあいだにホールトが前に進み、ウィルを通りこしてさらに二十メートル先の地点まで進む。このように彼《かれ》らは、ひとりが見張《みは》っているあいだにもうひとりが前進するという方法《ほうほう》をくり返していった。彼らはしょっちゅう立ち止まって馬たちに空気のにおいをかがせたり、あたりの森から場ちがいな音やにおいがしてこないか気をつけた。

ホラスはしんがりを務《つと》めた。盾《たて》を防具《ぼうぐ》として背中《せなか》に下げていた。もし急にそれが必要《ひつよう》になれば、すばやく肩《かた》からずり下げて左の腕《うで》で持つことができる。剣《けん》も抜《ぬ》いていた。最初《さいしょ》に剣を抜いたとき、多少自意識過剰《たしょうじいしきかじょう》のように感じた。神経質《しんけいしつ》すぎるように見えないかと思ったのだ。だが、木々の下のうす暗い光の中でするどい刀身《とうしん》がぎらりと光るのを見たホールトは、それでいいんだというふうにうなずいた。

「鞘《さや》に収《おさ》まったままの剣ほど役に立たないものはないからな」と彼はいった。

ホールトはホラスにときどきふり返って後ろの道に目をやり、後ろから彼らを襲《おそ》おうとしている者がいないか確認《かくにん》するよう指示《しじ》した。

「定期的《ていきてき》にふり返るんじゃないぞ」森の深い緑の世界に入ろうとするときに、ホールトはホラスにそういっておいた。「我々《われわれ》をつけているやつがいるとすれば、定期的《ていきてき》なパターンにはすぐに気がつく。やつがそれに合わせるようになると、ずっと自由に動けるようになる。動きを混乱《こんらん》させ、絶《た》えず変《か》えるようにするんだ」

そんなわけで、いまホラスはときどきふり返って来た道に目をやったかと思うと、視線《しせん》をもとにもどし、それからまたすぐにくるりとふり返ったりした。これが相手に気づかれずに追っ手をつかまえる最善《さいぜん》の方法《ほうほう》だ、とホールトに教わったからだ。

だが、何回そうやってもそこにはだれもいなかった。

だからといって緊張《きんちょう》が弱まることはなかった。ふり返ったいつなんどき、背後《はいご》の道でだれかが動いているかもしれない、とぴりぴりしていた。気がつくと剣《けん》の柄《つか》をにぎりしめている手が緊張で汗《あせ》ばんでいたので、手を上着《うわぎ》で注意深く拭《ふ》いた。戦《たたか》いの場では、ホラスはどんな敵《てき》にも、また敵が何人いようともひるむことはなかった。彼《かれ》を落ちつかなくさせているのは、この状況《じょうきょう》が不確定《ふかくてい》なところ――これまで何回後ろにだれもいなかったとしても、今度はそうはいかないかもしれない、というところだった。

また、彼はウィルやホールトと一緒《いっしょ》にいると、自分が最《もっと》も攻撃《こうげき》されやすいように感じた。彼はふたりが木々の中に姿《すがた》を消すのを見ていた。彼らのマントは森の灰色《はいいろ》と緑の影《かげ》にまぎれてしまうのに役立っていて、ホラスにも彼《かれ》らの姿《すがた》がはっきりとわからなくなることもあった。

もちろんホラスもホールトがあたえてくれたマントを身に着けていた。だが身をかくす技術《ぎじゅつ》が、マントの迷彩柄《めいさいがら》以上《いじょう》にものをいうことを彼は知っていた。長年の訓練《くんれん》、使えるほんのすこしのかくれ場所をどう利用《りよう》するかを学んできた結果《けっか》なのだ。小枝《こえだ》を折《お》ったり、足下《あしもと》の落葉《おちば》をかさこそいわせたりせずにどうやってすばやく動くか。たとえなにかの物陰《ものかげ》にとびこみたいと神経《しんけい》が悲鳴《ひめい》をあげているようなときでさえ、いつ動き、いつ微《び》動《どう》だにせず立っているかがわかっている。まるで音のしない影《かげ》のようなふたりに比《くら》べると、自分が木々のあいだでよろめき、下草《したくさ》をふみしだいているばかでかい荷馬のような気がした。待ちぶせている者がどんなに頭が悪くても、最初《さいしょ》にねらう相手はいちばん手っとり早くて目につくやつだろう、というきびしい考えが彼の頭によぎった。

それは自分だった。

無意識《むいしき》のうちに、ホラスはまた汗《あせ》ばんだ手を上着《うわぎ》で拭《ふ》いた。

その前方では、ホールトがウィルを通りこして前に進んだので、ウィルはしんがりをつとめている親友のほうにちらりと目をやった。だれもホラスをつけてきていないことを念《ねん》を入れて確認《かくにん》したのだ。進んでいくときには、ホールトであれウィルであれ、列のまん中にいる者が前、後ろ、両側《りょうがわ》をチェックする責任《せきにん》を負う。ウィルはホラスの冷静《れいせい》さに、彼《かれ》がこの状況《じょうきょう》を楽々《らくらく》と受け入れているような様子に感銘《かんめい》を受けた。ホラスはこの種《しゅ》のはっきりしない、神経《しんけい》がきしりそうな工作の訓練《くんれん》は受けていなかった。それなのに彼は冷静で平常心《へいじょうしん》でいるように思えた。それに引きかえ、ウィルは肋骨《ろっこつ》の内側《うちがわ》をたたくような鼓動《こどう》の音が仲間《なかま》のどちらの耳にも聞こえていないことにおどろいていた。この森の中での緊張《きんちょう》は手に触《ふ》れられるほどだった。暗い森からいまにも石弓《いしゆみ》の矢《や》がとびだしてくるのではないか、自分がちょっとでも油断《ゆだん》したら仲間の命を奪《うば》うことになるのではないか、そう思うと耐《た》えられないくらいだった。ウィルは腹立《はらだ》たしそうに首をふった。こんなことを思うこと自体が、まさに自分が心配している油断につながるのだ。

〈頭をはっきりさせろ。気を散《ち》らすものを心からすべて一掃《いっそう》しろ〉長年の訓練のあいだに、ホールトから何百回もそういわれた。〈状況の一部になるのだ。考えるな。自分のまわりにあるものを感じとり、察知《さっち》するのだ〉と。

ウィルは深呼吸《しんこきゅう》して心を落ちつかせ、疑《うたが》いや心配を心から追いだして、注意と潜在意《せんざいい》識《しき》をまわりの森に集中させた。しばらくすると森の小さな音が先ほどよりはっきりと聞こえてきた。鳥が木から次の木へと飛《と》びうつる。リスがおしゃべりしている。枝《えだ》が落ちてくる。タグとアベラールが、危険《きけん》はないかと耳をぴくぴくさせながら彼《かれ》のそばを静《しず》かに進んでいた。前方からは、すべるように進んでいくホールトの静かな足どりが聞こえてきた。後ろではホラスとキッカーが立てるもっと大きな音が聞こえた。ホラスがどれほど静かに動こうと努力《どりょく》しても、これはしかたのないことだった。

これこそがウィルが必要《ひつよう》としている注意力の向け方だった。森の中のあらゆる種類《しゅるい》の音が聞こえていなくてはならないのだ。そうしていればなにか異常《いじょう》なこと、ふつうとはちがうことが起これば直《ただ》ちにわかる。たとえば、もし鳥が飛びたち、数秒以内《すうびょういない》にべつの木におりたたないとしたら、それはその鳥がなにかにおどろいたから、ということになる。単《たん》にもっと餌《えさ》にありつけそうな場所へと移動《いどう》したのではなくて、逃《に》げているということになるのだ。もしリスのおしゃべりの声にかん高い警告《けいこく》のような気配《けはい》があれば、それはリスの縄張《なわば》りの中に歓迎《かんげい》されざるなにか、あるいは何者かがいるということなのだ。

ほとんどのほかの小動物は自分の縄張りにかならずもどってくることをウィルは知っていた。だが、捕食動物《ほしょくどうぶつ》はそうではないかもしれない。人間の捕食者《ほしょくしゃ》はぜったいにそういうことはしない。

ホールトは古い苔《こけ》におおわれたニレの木の下に入ると、立ちどまった。ウィルは自分の前の地面を眺《なが》め、だれもが予想する直線的《ちょくせんてき》な動きはせずに、彼《かれ》の身をかくしていた木の後ろ側《がわ》からまわりこむように木に近づくと、ふたたび前方に姿《すがた》を消した。

タグとアベラールは彼の後ろから静《しず》かに進んでいった。

ようやく、うす暗かった光が明るくなり、森の様子がそれまでより広範囲《こうはんい》に見わたせるようになった。一区切りずつ進むのも、これまでよりも広い範囲を進めるようになり、ついに森の端《はし》まであとすこしというところまで来た。ウィルは草《くさ》におおわれた広々《ひろびろ》とした地面目指して前に進みはじめた。が、そのときホールトが片手《かたて》を上げて彼を止めた。

「まずよく見るんだ」と小さな声でいった。「この場所がやつらが待ちぶせしている場所かもしれんぞ。森を出たら我々《われわれ》が気を抜《ぬ》くとわかっていてな」

ホールトのいうとおりだということに気づいて、ウィルは口がからからになった。突然緊張《とつぜんきんちょう》がすくなくなった安堵感《あんどかん》のために、あやうく致命的《ちめいてき》なまちがいを犯《おか》すところだった。ウィルはホールトの横で身をかがめ、一緒《いっしょ》に前方の様子を調べた。ホラスは馬たちと一緒に数メートル後ろで辛抱強《しんぼうづよ》く待っていた。

「なにか見えるか？」ホールトが静かにいった。

ウィルはまだ目を動かしながら、首をふった。

「わたしにも見えん」とホールトも同意した。「だからといって、やつらがいないというとことにはならん」彼《かれ》は自分たちが身をかくしている背後《はいご》の木をちらりと見あげた。かなり背《せ》の高い木で、まわりの木よりも樹齢《じゅれい》が長かった。

「あの木に登って様子を見てくれ」そういってから、こうつけ加《くわ》えた。「登っているあいだも幹《みき》のこちら側《がわ》にずっといるようにするんだぞ」

ウィルはにやっと笑《わら》った。「きのう今日生まれたわけじゃありませんよ」

ホールトは片方《かたほう》の眉《まゆ》を上げた。「まあな。しかし数分前にわたしがおまえを外に出していたら、おまえは死んでいたかもしれんのだぞ」

それに対する答えはなかった。ウィルは木を見上げ、手がかりや足がかりになる場所を選《えら》ぶと枝《えだ》が茂《しげ》る中を登っていった。彼はあいかわらず木登りの達人《たつじん》で、ほんの数秒《すうびょう》で地上十メートルのところまでいった。展望《てんぼう》のきくここからは、彼らの前に広がる土地の様子がはっきりと見わたせた。

「何の気配《けはい》もありません」と小声で知らせた。

ホールトはうなるような声を出した。「矢《や》を射《い》るのにいい場所はあるか?」

ウィルはあたりを見まわした。数メートル上に大きくはりだした枝《えだ》があった。そこからなら、前方の地面もよく見えるし、矢《や》を射《い》るのに最適《さいてき》な場所だった。ウィルにはホールトがどうしてそんな質問《しつもん》をしたかがよくわかっていた。高い位置《いち》からだと、待ちぶせている者の動きが、相手が矢を射る体勢《たいせい》になる前にわかるからだ。

「ちょっと待ってください」彼《かれ》はさらに木の上まで登った。やすやすと登っていくウィルをホールトは笑《え》みを浮《う》かべながら見ていた。ウィルが緊張《きんちょう》していないから、あんなにスムーズに動けるのだということにホールトは気づいた。ウィルは木の上でくつろげるし、落ちることを恐《おそ》れていないのだ。

「オーケーです」とウィルが声をかけた。矢を弓《ゆみ》につがえ、目を地面の端《はし》から端まで走らせていた。

ホールトは木のそばでひざをついていた姿勢《しせい》から立ちあがり、目の前に広がる草地へと進んでいった。ふたたびアウトサイダーズが通った跡《あと》——ここに踵《かかと》の跡、あそこに草《くさ》をふみつけた跡、というふうに——が見つかった。どれもごくかすかなもので、経験豊《けいけんゆた》かな追跡者《ついせきしゃ》でなければみつけることはできないものだった。

ホールトは十メートル進んだ。それから二十メートル。さらに五十メートル。無意識《むいしき》のうちに彼《かれ》はかがんで進んでいた。全筋肉《ぜんきんにく》が気づいた瞬間《しゅんかん》にふせたり、あるいは反撃《はんげき》の矢《や》を放つ準備《じゅんび》をしていた。遠くに進むにつれて、徐々《じょじょ》に危険《きけん》は去ったと気づいた。先ほどまでより身体を起こして立ち、やがて立ち止まるとウィルとホラスにそばに来るよう合図した。

　ここの草《くさ》はひざまでの高さしかなかった。肩《かた》までの高さがあるハリエニシダのように姿《すがた》をかくすことはできない。ここで待ちぶせをする者は、その標的《ひょうてき》となる者よりも危険に身をさらすことになる、とホールトは思った。姿をかくすためにはうつぶせに寝《ね》そべらなければならず、身を起こしてねらう相手を見、矢を放つ準備をするための貴重《きちょう》な数《すう》秒《びょう》間を無駄《むだ》にすることになるからだ。熟練《じゅくれん》したジェノベサ人がそんな不利《ふり》なことをするはずはなかった。

　彼らは馬に乗《の》って進んでいった。いままではこれまでよりはリラックスしていたが、それでもあたりに注意深く目をやり、ときどきは後ろをふり返った。草地は数キロもつづいていた。やがて彼らは尾根《おね》に行きつき、眼下《がんか》の広い谷を見下ろした。

「さあ、気をつけなければならないところに来たぞ」とホールトがいった。

Ranger's Apprentice 19

彼《かれ》らの前に広がる平野は何キロもつづいていた。遠くに鋼色《はがねいろ》に輝《かがや》く川が見えた。川はすこしでも低《ひく》いところを求《もと》めて平野をくねくねと蛇行《だこう》していた。

彼らがいま立っている尾根《おね》の真下では、草地がなだらかな傾斜地《けいしゃち》となっていた。その先で地面の様相は劇的《げきてき》に変《か》わっていた。

平らな地面からやせて葉もない木の幹《みき》が生え、あちらこちらに不規則《ふきそく》に寄《よ》りあつまっていた。裸《はだか》の大枝《おおえだ》は天にもとどくほど高く伸《の》びていたが、ぎざぎざと不均等《ふきんとう》で、それらを覆《おお》うはずの葉はまったくなく、まるで苦痛《くつう》と懇願《こんがん》に身をよじっているような不気味《ぶきみ》な形をしている。そんな木が何千と立っていた。いや、密集《みっしゅう》して生えている数は何万かもしれなかった。そしてそれら全部が灰色《はいいろ》になってかれていた。

レドモント城《じょう》やシークリフあたりの森のやわらかな緑の色調になれているウィルの目

には、この光景《こうけい》はいいようもなく悲しく荒涼《こうりょう》としたものに映《うつ》った。かれた枝《えだ》や幹《みき》のあいだを、風《かぜ》が聞きとれるかどうかというくらいのわびしいささやきのような音を立てて、ため息のように吹《ふ》きわたっていた。おおう葉もなく、幹にあるはずの樹液《じゅえき》もとっくになくなっているので、枝はしなやかに揺《ゆ》れたりはしなかった。やさしいそよ風にも抗《こう》するように、ただ硬直《こうちょく》して身体をこわばらせて立ち、するどくみにくい輪郭《りんかく》はそよとも動かなかった。

強い風が吹けば、このかれた枝々《えだえだ》のあちこちに亀裂《きれつ》が入ったり裂《さ》けたりして、ゆがんだ灰色《はいいろ》の槍《やり》のようになって地面に落ちてしまうのだろう、とウィルは想像《そうぞう》した。

「ここは何なんですか、ホールト?」とウィルがきいた。まるでささやくような声だった。これほど多くのかれた木のそばにいると、なぜかそうするのがふさわしいように思えたのだ。

「溺《おぼ》れた森だ」とホールトが答えた。

ホラスは身を乗《の》りだした。鞍頭《くらがしら》においた両手を重ね、眼前に広がる荒涼たる光景をながめた。

「どういうふうに森が溺れるんです?」と彼《かれ》はきいた。ウィルと同じく、彼も声をおさえていた。まるでこの悲しい光景《こうけい》のじゃまをしたくないとでもいうように。彼《かれ》らの眼下《がんか》に広がるこの暗い不気味《ぶきみ》な光景が、尊重《そんちょう》することを命じているかのようだった。ホールトが何千ものかれ木と低《ひく》い尾根《おね》の向こうに見える、遠くの川の輝《かがや》きを指さした。

「あの川があふれたんだろうな。もうずっと昔のことだろうし、特別《とくべつ》に雨の多い季節《きせつ》だったにちがいない。溢《あふ》れた水が低地《ていち》に広がり、木々が水につかったのだ。木は根が水につかっている状態《じょうたい》では生きていけない。だから徐々《じょじょ》に死んでいったのだ」

「でも、洪水《こうずい》なら前に見たことがあります」とホラスがいった。「ある川が氾濫《はんらん》して、水があがってきました。でもやがて水は引いて、すべてはほぼ元通りになりましたよ」

ホールトは土地の様子をじっと見ていたが、ホラスの意見を認《みと》めるようにうなずいた。

「ふつうはそういうふうになるものだ。そして、まもなく木々は生き返る。だがもっとくわしく見てみろ。あの川は森の向こう側《がわ》にある低い尾根に封《ふう》じこめられている。いったん水があの尾根を越《こ》えて森のあるところまであふれてきたら、雨がやんでももどっていけなくなっているのだ。それに、雨もかなりの期間ふりつづいたのだろうな。それであふれた水が木々のあいだにたまったのだ。それで木々が死んだというわけだ」

ウィルは悲しげに首をふった。「どれくらい昔の話ですか？」

ホールトは唇《くちびる》をつぼめた。「五十年、六十年くらい前じゃないかな。これらの幹《みき》はがらんどうになっているようだ。ここで何十年もかかって静《しず》かに朽《く》ちていっているのだろう」

しゃべっているあいだにも、ホールトは斜面《しゃめん》をおりる道を探《さが》していた。それがわかったので、彼《かれ》はアベラールをそちらのほうにうながした。残《のこ》りのふたりも後ろからついていった。先ほどまで見わたしていた尾根《おね》の下にあたる平らな地面に着いたとき、彼らはこの溺《おぼ》れた森がどれほどすばらしい障壁《しょうへき》となっているかに気づいた。灰色《はいいろ》の幹はどれもみな同じ色合いで、ねじ曲がった不規則《ふきそく》な形のためにどれがどれだかわけがわからなくなっていた。すべてが混《ま》じり合ってひとつの灰色の壁《かべ》のようになっている。この中からなにかを識別《しきべつ》したり、見通したりするのは不可能《ふかのう》だった。

「さて、ここここそがわたしなら待ちぶせに最適《さいてき》な場所、といいたいところだ」とホールトがいった。それからしばらくして、彼は鞍《くら》からとびおりると何歩か進み、地面を調べた。そしてふたりにもこちらに来るよう手招《てまね》きした。

「ウィル、我々《われわれ》が森から出たところにあった草地にテニソン一行が残した跡《あと》を見たな?」

ウィルがうなずくと、ホールトは自分のまわりの地面をしめした。「これをよく見て、先のものとなにかちがいがあるか見てくれ」

草《くさ》の低《ひく》い茂《しげ》みから毛織物《けおりもの》の糸が一本ぶらさがっていた。その先には、地面になにか光るものがあった。ウィルはそこに行ってそれを拾いあげた。角《つの》でできたボタンだった。またそのすこし先には、地面のやわらかい部分にはっきりとした完璧《かんぺき》な形の踵《かかと》の跡《あと》が残《のこ》されていた。あたりの草はふみつけられ倒《たお》されている。

「で、どう思う？」とホールトがきいた。

あきらかにどこかあやしい、とウィルは思った。ホールトがこうきくことからして、彼《かれ》も同じように感じているのだろう。いまは背後《はいご》になっている尾根《おね》のところで見た彼らの形跡《けいせき》を、ウィルは心の中で思い描《えが》いた。土に残されたあいまいな跡や、ところどころふみつけられた草など、後から来た者にはほとんど見えないようなものだった。ところがここでは都合のいいことに、糸くず、ボタン、それから深いしっかりとした足跡《あしあと》があった。テニソン一行がほんの数百メートル手前では残さないように気をつけて避《さ》けてきたようなものばかりだ。しかも一連《いちれん》の目につく手がかりははっきりとひとつの方向――つまり死んだ森のほうを指ししめしていた。

「すべてがすこし……露骨《ろこつ》に思えますね」ついにウィルがいった。そう口に出したとたんに、それこそがこれらの跡《あと》について彼《かれ》を悩《なや》ませていたことだったと気づいた。高度な訓練《くんれん》を積《つ》んだ追跡者《ついせきしゃ》にしかわからないような形跡《けいせき》を残《のこ》した後で、とつぜん彼らの前を行っている一行が今度はホラスでもわかるような跡を残したのだ。

「そのとおり」ホールトはそういって、灰色《はいいろ》一色の死んだ森の奥《おく》を凝視《ぎょうし》した。「あまりにも都合がよすぎるよな？」

「やつらはぼくたちに跡をみつけてほしかったんですね」とウィル。これは質問《しつもん》ではなく、事実を述《の》べたものだった。ホールトもゆっくりとうなずいた。

「問題はなぜか、ということだ。どうしてやつらは我々《われわれ》にこれをみつけてほしかったのか？」

「つけてきてほしいんですよ」自分でもすこしびっくりしながらホラスがいった。ホールトは彼ににやっと笑《わら》いかけた。

「よく考えたな、ホラス。そのマントを着ていると考え方もレンジャーみたいになるようだ」そういいながら、前方の森をしめした。「我々にやつらがこっちのほうに行ったことを確実《かくじつ》に知らせたかったのだ。やつらがそんなことをする理由はひとつしかない」

「この先のどこかでぼくたちを待ちぶせているということですね」とウィル。ホールトと同様、彼《かれ》も前に広がる灰色《はいいろ》の荒野《こうや》を凝視《ぎょうし》していた。背《せ》の高いかれた木々のあいだになにか動くものはないか、場ちがいなものはないか見極《みきわ》めようとして、わずかに顔をしかめた。何回も瞬《まばた》きをしなければならなかった。視野《しや》の中で木の幹《みき》がたがいに混《ま》ざりあい、ひとつのぼんやりした巨大《きょだい》な壁《かべ》のようなものになってしまうのだ。

「わたしならそうするな」とホールトが静《しず》かにいった。それから、多少軽蔑《たしょうけいべつ》するようにこうつけ加《くわ》えた。「もっとも、わたしだったらもうすこし微妙《びみょう》にしたいところだがね。そこにあるサインは、わたしの知性《ちせい》をばかにしているように思えるね」

「やつらはそのことを知らないんですよ」とホラスが口をはさんだ。「やつらのだれもこれまでレンジャーとあまり関《かか》わったことがないですからね。レンジャーには岩《いわ》だらけの地面をかすめて飛《と》んでいくスズメが残《のこ》した跡《あと》もわかるなんて、やつらにわかるわけないですよ」

ホールトとウィルはホラスをうさんくさそうに見た。

「それは嫌味《いやみ》か？」とホールト。

「ぼくにはそう聞こえましたよ」とウィルもいった。

「どうなんだ、ホラス。きみは嫌味《いやみ》をいっているのか?」とホールトが食いさがった。

ホラスはにやにや笑《わら》いをかみ殺《ころ》そうとした。が、うまくいかなかった。

「全然《ぜんぜん》そんなことないですよ、ホールト。ぼくはあなたたちのすばらしい技術《ぎじゅつ》にふさわしい尊敬《そんけい》の念《ねん》をしめしただけですよ。とても人間業とは思えないですからね」

「それが嫌味だというんだよ」とウィルが断定《だんてい》するようにった。

ホラスは自信《じしん》なげに肩《かた》をすくめた。「嫌味っていうより皮肉《ひにく》だと思うけど」

ホールトがゆっくりうなずいた。「いずれにしても、我々《われわれ》の嫌味な友は――いや、皮肉っぽい友は、としておこうか――いい点をついている。ジェノベサ人は我々が追跡《ついせき》のプロだということを知らない。ひょっとしたらと思ったかもしれないが、これで……」とホールトは足跡《あしあと》と糸くずと角《つの》のボタンをしめしてつづけた。「この過保護《かほご》なまでの証拠《しょうこ》を残《のこ》して、あえて危険《きけん》は冒《おか》さなかったのだ」

「で、これからどうするんですか?」とホラスがきいた。

「これからどうするか」とホールトは答えた。「きみは馬たちを連《つ》れて数百メートルもどってそこで待っていてくれ。ウィルとわたしはあのいまいましいジェノベサ人たちを追い払《はら》ってくる」

ホラスは一歩ふみだすと、両手を広げてホールトに抗議《こうぎ》した。

「もう、やめてくださいよ、ホールト！　わかりました、ぼくが嫌味《いやみ》をいったことは認《みと》めますよ。でも、ほんのすこしじゃないですか。だからといって、ぼくをのけ者にするなんてひどいじゃないですか。ぼくのこと、信用《しんよう》してくださいよ！」

だが、ホールトはすでに首を横にふりながら、ホラスを落ちつかせようと彼《かれ》の腕《うで》に手をかけていた。

「ホラス、なにもきみを罰《ばっ》しているわけではないのだ。それに、きみのことはウィルを信用しているのと同じくらい信用している。だが、今回のはきみが訓練《くんれん》を積《つ》んできた種《しゅ》類《るい》の戦《たたか》いとはちがう。しかもきみはそれにふさわしい武装《ぶそう》もしていない」とつけ加《くわ》えた。

自分でも気づかないうちに、本能的《ほんのうてき》にホラスは脇《わき》に下げている鞘《さや》に収《おさ》まった剣《けん》の柄《つか》にふれていた。

「ぼくもちゃんと武装してますよ！　接近戦《せっきんせん》さえさせてくれれば、あの忌々《いまいま》しい殺《ころ》し屋たちにぼくがどれほど武装しているかを思いしらせてやりますよ！　フェリスを殺したあの殺し屋にぼくの剣の切っ先を突《つ》きつけてやりたいんです！」

ホールトはホラスの腕を離《はな》さなかった。その腕をやさしくゆすりながら、彼がいいたい要点《ようてん》をはっきりさせた。

「だからこそわたしはきみにすこし控《ひか》えていてもらいたいのだよ。これは接近戦《せっきんせん》ではない。あいつらは遠くから人を殺《ころ》すんだ。ウィルとわたしには弓《ゆみ》があるから、我々《われわれ》はやつらと互角《ごかく》に戦《たたか》える。だがきみはやつらのそばには近づけない。きみがやつらの二十メートル以内《いない》に近づくまでに、やつらは石弓《いしゆみ》の矢《や》を浴《あ》びせてきみをヤマアラシみたいにしてしまうぞ」

「でも……」とホラスが口を開《ひら》いた。

「考えてみろ、ホラス。戦いということでは、きみは助けにならんのだ。やつらはあまりにも遠くにいる。きみが来ても標的《ひょうてき》がひとつ増《ふ》えるだけだ。もしウィルとわたしがきみに目を配らなければならないとしたら、自分が殺される前にやつらをみつけて殺すことに集中できなくなる。さあ、お願《ねが》いだから馬たちを矢が届《とど》かないところまで連《つ》れていって、我々に訓練《くんれん》を積《つ》んできたことをやらせてくれ」

ホラスが葛藤《かっとう》しているのが顔にはっきりと表われていた。自分は撤退《てったい》して、仲間《なかま》に目前にせまっている困難《こんなん》で危険《きけん》な任務《にんむ》をさせるなど、彼《かれ》の性分《しょうぶん》からは許《ゆる》せなかった。

それでも心の奥底《おくそこ》では、ホールトのいうとおりだということがわかっていた。せまりくる戦《たたか》いでは、自分は何の役にも立たないのだ。それどころか、自分はお荷物《にもつ》、いやそれどころか仲間《なかま》の気を散《ち》らすものになってしまうのだ。

「わかりました」と彼《かれ》はしぶしぶいった。「あなたのいうことは理《り》にかなっていると思います。でも、気に入りませんけどね」

ウィルがホラスににやっと笑《わら》った。「ぼくも気にいらないよ。ぼくもできることならきみや馬たちと一緒《いっしょ》に引っこんでいたいよ。でもホールトはぼくにそんなこと選《えら》ばせてくれないから」

ホラスは旧友《きゅうゆう》にほほえみかけた。ウィルの目に決意が光っているのがわかった。いまは彼らがジェノベサ人に戦いを挑《いど》むときなのだ。ウィルにそうする覚悟《かくご》ができていることが、内心《ないしん》ではどうしても抗《あらが》いたくなりながらもホラスにはわかっていた。

役立たず以下《いか》の気持ちになりながら、ホラスはタグの馬勒《ばろく》に手を伸《の》ばした。「行くぞ」

一瞬《いっしゅん》、小柄《こがら》な馬は抵抗《ていこう》をしめし、問いかけるような目を主人に送ると不安《ふあん》そうに大きくいないた。

「行くんだ、タグ」ウィルはいうと、同じ命令《めいれい》を手でも合図した。タグはしぶしぶホラスとキッカーの後から駆《か》けだした。

「アベラール、ついていけ」とホールトがいった。アベラールは反抗《はんこう》するように頭をふりあげたが、踵《きびす》を返すと先の二頭の後を追い、灰色《はいいろ》のねじくれた木の幹《みき》がならぶ場所を後にした。

ホラスはふり返り、仲間《なかま》にそっと呼《よ》びかけた。「もしぼくが必要《ひつよう》になったら、呼んでください。すぐに……」

彼《かれ》の声が立ちきえになった。ふたりのレンジャーの姿《すがた》はもうそこにはなかったのだ。彼らは溺《おぼ》れた森の中に消えていた。ホラスは背筋《せすじ》にぞっとするものが走るのを感じた。彼はタグに目をやった。

「彼らがああするたびにぞっとするよ」彼がそういうと、タグは激《はげ》しく首をふり、同意するように毛足の長いたてがみを揺《ゆ》らした。「それでも、彼らがぼくの味方でうれしいよ」とホラスがいった。

タグは横目で彼を見て、首をかしげた。〈わたしもいまそういおうと思っていたところですよ〉どうやらそういっているようだった。

第三部

溺《おぼ》れた森

rangers apprentice 20

ウィルとホールトは、ジェノベサ人にまとめてねらわれないように五メートルほどはなれ、物音も立てずに死んだ森にすべりこんだ。ふたりのレンジャーは、くまなく様子をうかがいながら目を端《はし》から端へと走らせ、なにか動きはないか、警告《けいこく》となる色がちらりと見えないかと探《さが》しながら、身をかくすことができる場所から場所へと移動《いどう》していった。

ウィルは左からまん中を目で追い、またもとにもどる。ホールトは右からまん中を探し、また右にもどった。ふたりで自分たちの前方百八十度をカバーしていた。

そして、予測《よそく》できるようなパターンを作らないようにしながら、しょっちゅうどちらかが突然《とつぜん》身体の向きを変《か》えて後ろをチェックした。

そうやって森の中を四十メートルほど進んだころ、ホールトはふつうより大きなかくれ場所をみつけた。一本の木からいくつもの幹《みき》が出ていて、ふたりがじゅうぶん身をかくせる場所を提供《ていきょう》していたのだ。彼《かれ》の注意を引いたその木のそばには、地形の上でほかにも二点別の特徴《とくちょう》があった。自分がやってきたルートをふり返り、なにもないのを確認《かくにん》すると、ホールトはウィルにこちらに来るように合図を送った。彼は自分の元弟子《もとでし》がそれぞれのかくれ場所を最大限《さいだいげん》に利用《りよう》しながら木々のあいだをすべるように移動《いどう》してくる様子を、さすがというふうに見ていた。ウィルの姿《すがた》はホールトの訓練《くんれん》された目で見ていても、ぼんやりとしか見えず、決してはっきり見えることはなかった。

ふたりは何本にも広がっている幹の後ろでしゃがんだ。森の中に入ってみると、木々が独特《どくとく》の音を立てていることにウィルは気づいた。うっそうと茂《しげ》った森にいると、ふつうなら風《かぜ》が木の葉をそっとそよがせる音や、鳥のさえずり、小動物が動く音などが聞こえるものだ。だが、ウィルが先に思ったことに反して、木の幹や枝《えだ》はわずかに動いており、たえず吹《ふ》く弱い風に無理《むり》やり乾燥《かんそう》した関節《かんせつ》を動かされることに抗議《こうぎ》のうめき声や悲鳴《ひめい》をあげているように聞こえた。ときどきむき出しの木の枝が近くの枝にあたってこすれ、ひび割《わ》れるような悲鳴のような音がした。まるで森が死の苦痛《くつう》にうめき声をあげているようでもあった。

「いやな音だな」とホールトがいった。

「神経《しんけい》にさわりますね」とウィル。「これからどうします?」

ホールトは彼《かれ》らの前方の木々の向こうにあるせまい小道のほうをあごでしめした。その小道は大きな灰色《はいいろ》の幹《みき》のあいだを縫《ぬ》うようにくねくねと曲がったりねじれたりしていた。が、常《つね》にもともと目指している方角のほう、つまり南東へともどってきていた。

「やつらは我々《われわれ》についてこいというふうに、まだはっきりした跡《あと》を残《のこ》している」とホールトがいった。

ウィルはしめされた方向に目をやった。折《お》れた枝《えだ》のとがった先に布《ぬの》の小さな切れ端《はし》が引っかかっているのが見えた。

「あいかわらず露骨《ろこつ》ですね」と答えた。ふたりともほとんどささやき声といえるほど、声を低《ひく》くおさえていた。敵《てき》がどれほど近くにいるかわからないからだ。

「まったくな」とホールト。「ここに来る途中《とちゅう》にも足跡《あしあと》が多く見られた。その深さからすると、巨人《きょじん》の足跡かと思うほどだよ」

ウィルは下に手を伸《の》ばし、二本の指で地面に触《さわ》ってみた。かれた木々のあいだに生えている草《くさ》は短く、その下の地面は乾《かわ》いていていてかたかった。「地面がやわらかいようでもありませんね」

「ああ。ここの地面はずっとずっと昔に干《ひ》あがってしまっている。やつらはまたしてもわざとこういう足跡《あしあと》をつけたのだ。自分たちがどっちに行ったかを確実《かくじつ》に我々《われわれ》に知らせるためにな」

「そして、どっちに我々についてきてほしいか、ですよね」

ホールトの顔にかすかな笑《え》みが浮《う》かんだ。「そうだ」

「だけど、ぼくたちはそうはしませんよね?」とウィルがいった。そのほうが理《り》にかなっているように彼《かれ》には思えた。敵《てき》がなにかをしてほしいと思っているのなら、それとはまったくちがうことをするほうが筋《すじ》が通っているというものだ。

「ぼくたちはしない」とホールトが同意してからさらにいった。「わたしだけだ」

ウィルが抗議《こうぎ》しようと口を開《あ》けたが、ホールトが片手《かたて》を上げて止めた。

「もし我々がやつらの望《のぞ》みどおりに動いているように見えたら、やつらは自信過剰《じしんかじょう》になるかもしれん。そうなれば我々に有利《ゆうり》だ」そうしゃべりながらも、ホールトは絶《た》えず目を森のほうに走らせ、なにか動きはないか、ジェノベサ人が近くにいるしるしはないかと気を配っていた。

「たしかに」とウィルは認《みと》めた。「でも……」

ふたたびホールトは片手《かたて》を上げて彼《かれ》に先をいわせなかった。

「ウィル、やつらが手の内を見せるようななにかをこちらからしかけなければ、このままここに何日もいることになるかもしれん。そのあいだにも、テニソンはどんどん遠くへ行ってしまう。だから多少の危険《きけん》は冒《おか》さなければならんのだ。そもそも、やつらがここにいるというのも、我々《われわれ》の推測《すいそく》にすぎないのだからな。もしやつらが我々を出しぬいて――つまり、我々を誘《さそ》いこむような目立つ痕跡《こんせき》をいろいろ残《のこ》して、それから自分たちはさっさとここを立ち去っているとしたら、やつらをみつけだそうとここで這《は》いまわっている我々を置《お》いて、それで昼間の時間を無駄《むだ》にさせている、としたらどうする？」

ウィルは顔をしかめた。そんなことを思ったこともなかったが、ありえなくはない。

「そう思うんですか？」

ホールトはゆっくりと慎重《しんちょう》に首をふった。「いや。やつらはここにいると思う。肌《はだ》でそう感じるんだ。だが可能性《かのうせい》としてはそういうこともある」

背後《はいご》でふつうより大きな音を立てて枝《えだ》が動いた。痛《いた》めつけられた木のうめき声のような音だ。ウィルはとっさに後ろを向いた。同時に弓《ゆみ》も構《かま》える。敵《てき》はどこにいるのだ、いつ手の内を見せるのだろう、と思うとまたみぞおちのあたりがぎゅっとかたくなった。

ホールトが身体をかたむけてさらに近づくと、一段《いちだん》と静《しず》かな声でいった。

「わたしはここで一時間ほど待つことにする。いい場所だし、どこからも見えない。我々《われわれ》がここにいると知ってやつらがなにを仕掛《しか》けてくるか、見てやろうじゃないか」

「やつらが動いてくると思うんですか？」とウィル。

「いや。訓練《くんれん》を積《つ》んだやつらがそんなことはしないだろう。だが、やってみる価値《かち》はある。一時間もすれば太陽がかたむいて、ここの影《かげ》も深く長くなる。そうなれば我々に有利《ゆうり》に働《はたら》く」

「彼《かれ》らにとっても、でしょう」とウィルがいったが、ホールトは首をふった。

「やつらは優秀《ゆうしゅう》だ。だが、やつらはこういうことに我々のような訓練は積んでいない。やつらは群衆《ぐんしゅう》に溶《と》けこめる街中での仕事のほうになれている。そのうえ、ここでは我々のマントが有利に働く。我々のマントの色はやつらが身につけている紫《むらさき》よりもずっとこの環境《かんきょう》になじんでいる。だから、一時間待って様子を見よう」

「それからどうするんです？」

「それからわたしはふたたび前進をつづける。やつらが残《のこ》した露骨《ろこつ》な痕跡《こんせき》を追ってな」

ウィルがすばやく息を吸《す》いこむのを見たホールトは、ウィルが反対するとわかった。が、彼《かれ》はウィルにその機会《きかい》をあたえなかった。「注意して進むから心配するな。こういうことは前にも経験《けいけん》ずみだ、知ってるだろ」とおだやかにつけ加《くわ》えた。ウィルの顔に苦笑《くしょう》のようなものが浮《う》かんだ。

「わたしがなにかおもしろいことをいったか？」とホールト。

ウィルは首をふった。いったほうがいいかどうか考えているようだったが、やがていうことに決めた。

「あの、ただちょっと……レドモントを発《た》つ前にレディ・ポーリーンからいわれていたんですよ、あなたのことを」

ホールトの眉《まゆ》がぴくんと上がった。「彼女《かのじょ》がわたしのことで正確《せいかく》には何ていったんだ？」

「あの……」ウィルはばつが悪そうに肩《かた》をすくめた。いまではこの件《けん》を持ちださなければよかったと思っていた。「あなたの面倒《めんどう》を見るように頼《たの》まれたんですよ」

ホールトは何度もうなずき、この情報《じょうほう》をよくかみしめてからふたたび口を開《ひら》いた。

「彼女がそこまでおまえを信頼《しんらい》しているとは感動ものだな」そこで間《ま》をおいてから、言葉をつづけた。「おれのことをそこまで信頼《しんらい》していないことにもな」

ウィルはこれ以上《いじょう》なにもいわないほうがいいかもしれない、と思っていた。だが、ホールトはこの件《けん》をこのままにするつもりはなかった。

「その指示《しじ》の後にこういわれたんじゃないのかね。『彼《かれ》ももう若《わか》くはないんだから、そうでしょ？』とか」

ウィルはためらっていた。長すぎるほど。「そんな。もちろんそんなことないですよ」

ホールトは不愉快《ふゆかい》そうに鼻を鳴らした。「あのご婦人《ふじん》はおれのことをもうろくしたと考えているようだ」そういいながらも、背《せ》の高い優雅《ゆうが》な妻《つま》のことを考えると、ホールトはなつかしさに笑《え》みを浮《う》かべた。それから気をとりなおすともとの話題にもどった。

「よし。話をもどそう。わたしが先に進む理由は、おまえの動く技術《ぎじゅつ》が必要《ひつよう》だからだ。おまえのほうがわたしよりも小柄《こがら》だし、動きも機敏《きびん》だ。だからおまえのほうが敵《てき》から見られずにいる可能性《かのうせい》が大きい。わたしはかくれ場所から出てやつらの跡《あと》をつける。おまえはここで五分間待て。それから迂回《うかい》して左のほうに行くんだ。そのころにはやつらはわたしのほうを見ているだろうから、おまえが自分で思っている程度《ていど》にうまくやれば、やつらに気づかれないだろう」

ホールトは地面にある左へと延《の》びている浅《あさ》い割《わ》れ目をしめした。十メートルほどいったところにそれを横切るように木が倒《たお》れていて、その巨大《きょだい》な灰色《はいいろ》の幹《みき》が割れ目に斜《なな》めに横たわっていた。この二点がホールトが大きな木の後ろにかくれているあいだに気づいたものだった。森に入ってからずっと彼《かれ》はそういうものを探《さが》していたのだ。

「あの小さな溝《みぞ》にそって腹《はら》ばいで進むんだ。あの倒木《とうぼく》のところまで。そこまで行ったら、倒木の後ろ側《がわ》にまわって進みつづけろ。そうやれば、やつらに動いているのを見られずにここからすくなくとも三十メートルは行けるはずだ。運が良《よ》ければ、やつらはおまえがまだここにいると考えるかもしれない。必要《ひつよう》とあれば、わたしを支《ささ》える準備《じゅんび》をしてな。だが、そう思っているあいだに、おまえはずっと迂回《うかい》してやつらの側面《そくめん》に行っているというわけだ」

「やつらがどこにいるかわからないというのに、ですか?」とウィルがきいた。だが、彼にもホールトの計画の背後《はいご》にある良識《りょうしき》がわかりかけてきていた。

ホールトはもう一度目の前の森をじっと見つめた。集中のあまり目の端《はし》にしわができている。

「やつらは小道からそれほどはなれはしないだろう。ああいう木があるからそうはできないはずだ。こんなにもつれあって木が生えているのだから、どの場所からも五十メートル以上《いじょう》はなれると正確《せいかく》に矢《や》を射《い》るのは無理《むり》だ。まあ、三十メートルというところかな。おまえが左に百メートル迂回《うかい》し、それからわたしと平行して進みはじめるとしたら、おまえはじゅうぶんやつらの射程外《しゃていがい》にいる。そうやってやつらの背後《はいご》にまわりこむのだ」

詳細《しょうさい》がわかったので、ウィルはうなずいた。すばらしい計画のようだった。だが、ひとつ気になることがあった。

「それでもあなたがやつらの注意を引くつもりだ、というところが気に入りませんね」とウィルがいった。

ホールトは肩《かた》をすくめた。「ほかに方法《ほうほう》がないのだから、しかたないだろう。わたしを信《しん》じてくれ。自分の胸《むね》を指さして『どうかここに矢を当ててくれ』といいながら、歩いて行くつもりはない。かくれられる場所から場所へと走っていく。しかも影《かげ》が長くなってくるからそれも助けてくれるさ。もしやつらが矢を放とうとしたら、それより早くおまえのほうからやつらに矢を放つ。その準備《じゅんび》だけは怠《おこた》らないようにしておいてくれ。もちろんわたしのほうでもそうするがな」

ウィルは何度か深く息を吸《す》いこんだ。彼《かれ》の頭の中には、ホールトが木々のあいだを抜《ぬ》けて前進していくあいだに、自分がジェノベサ人のわきにまわりこんでいく図が見えてきていた。これはじゅうぶんに単純《たんじゅん》な計画で、それはいいことだった。単純な計画のほうが、様々《さまざま》なことが計画通りに進むかどうかにかかっている複雑《ふくざつ》なものよりもうまくいくものだ。うまくいかないことが少なければ少ないほど、計画はうまくいく、ということをウィルは学んでいた。

暗殺者のひとりがかくれ場所から出てくるところをウィルは想像《そうぞう》した。おそらく彼《かれ》らは倒木《とうぼく》の幹《みき》の後ろ側《がわ》に身を潜《ひそ》めているのだろう。彼らの石弓《いしゆみ》はそのような低《ひく》くふせているかくれ場所から射《い》ることにより適《てき》していた。長弓で武装《ぶそう》している者とはちがって、彼らは矢《や》を射るために立ちあがる必要《ひつよう》はなかった。また、立っている木にかくれている場合でも、矢を射るためにその木の後ろから一歩ふみだす必要がなければ、自分の身体もそれほどさらさなくてすむ。

ホールトはウィルが頭をあれこれ働《はたら》かせていることを知り、そのまま考えさせておくことにした。急いで動くことはないのだ。影《かげ》はまだ彼がいいと思うほど長くはなっていなかったし、ウィルが行動計画を徐々《じょじょ》に理解《りかい》し、考えちがいをしていないことを確認《かくにん》していることがよくわかったからだ。しばらくたってから、ホールトはふたたび口を開《ひら》いた。

「我々《われわれ》には有利《ゆうり》な点がいくつかあるのだよ、ウィル。まず、あの暗殺者どもはレンジャーの訓練《くんれん》や我々の技術《ぎじゅつ》のことをよく知らない、ということ。この木のかくれ場所からおまえがはなれるのがやつらに見えなかったら、やつらはおまえはまだここにいるものと思うだろう。それで、おまえは優位《ゆうい》に立てる。

二番目は、やつらが石弓《いしゆみ》を使っていること。この戦《たたか》いは比較的射程距離《ひかくてきしゃていきょり》が短いから、正確《せいかく》さという点で特別我々《とくべつわれわれ》が優位に立てるというわけではない。だが、その一方で、彼《かれ》らのほうが我々より射程距離が長いわけではない。

もっとも強力な石弓は長弓《ながゆみ》よりも射程距離が長い場合もある。だが、長くてより安定している矢《や》に比《くら》べて、石弓用の短い矢を放つ場合、矢が飛《と》んでいく距離が長ければ長いほど正確さは低《ひく》くなる。森の中の限《かぎ》られた空間では、条件《じょうけん》は同じといっていいだろう」

「いずれにしても、石弓の力を最大限《さいだいげん》は発揮《はっき》できないということですね」とウィルがいった。ほんとうに強力な石弓は巨大《きょだい》なリム（訳注：弓《ゆみ》の握《にぎ》りから上下それぞれ弓先までの部分）と弦《つる》を持っていた。石弓は台尻《だいじり》についている両手であつかうクランクを使って、矢を装備《そうび》して発射準備《はっしゃじゅんび》をする。射《い》るたびに弦を徐々《じょじょ》に引きしぼっていくのに数分かかる場合もある。ジェノベサ人たちはこれよりも強度のおとる石弓《いしゆみ》を使っていた。弓の前に足をひっかけるストラップがついたものだ。射手《しゃしゅ》は弓をしっかりと支《ささ》えるためにストラップに片足《かたあし》を入れ、それから弦《つる》にフックで引っかかっている両手でつかう道具を使って弦を発射《はっしゃ》できる位置《いち》まで引きしぼる。このためには両手と背筋《せすじ》すべてを使う。このタイプは射程距離《しゃていきょり》はすくなくなるが、発射までの時間も二十秒から三十秒とかなり短縮《たんしゅく》される。また、射手はこの手順《てじゅん》をこなすあいだずっとまっすぐ立っていなければならない。最初《さいしょ》の矢《や》は低《ひく》いかくれ場所から放つことができるが、その後彼《あとかれ》らは姿《すがた》をさらさなければならず、その姿でレンジャーの攻撃《こうげき》を受けることになるのだ。

「最初の一矢を放ったあと、やつらは姿を見せないわけにはいきませんね」とウィル。

ホールトは唇《くちびる》をつぼめた。「やつらはそれぞれ石弓を一挺以上持《ちょういじょうも》っているかもしれん。だから、危険《きけん》を冒《おか》すようなことはするな。だがいずれにしても、我々《われわれ》のほうがやつらよりも速く射《い》ることができる」

石弓使いがつぎの発射準備《じゅんび》をするのに二十秒くらいかかるだろう。それからねらいを定め、ふたたび射ることになる。ウィルは矢をつがえ、引きしぼり、ねらいを定めて矢を放つのに五秒もかからなかった。ホールトはさらにすこし速い。ジェノベサ人が二番目の矢を準備《じゅんび》するまでに、ふたりのレンジャーは十本以上《いじょう》もの矢を放つことができた。ジェノベサ人には待ち伏《ぶ》せている場所から矢を放てるという利点《りてん》があったが、もし最初《さいしょ》の矢で失敗《しっぱい》したら、突然《とつぜん》レンジャーのほうが優位《ゆうい》に変《か》わるのだった。

　ホールトはもう十回目にもなるだろうが、周囲《しゅうい》の森の様子をうかがった。西を向いて頭をわずかに動かすと、幹《みき》のあいだから太陽がまぶしく見えた。影《かげ》も先ほどより長くなり、木々のあいだの視界《しかい》もどんどんはっきりしなくなってきていた。もしこれ以上このままにしたら、やつらの姿《すがた》はせまりくる暗闇《くらやみ》の中で木々にまぎれてしまう。先に進むときだった。

「よし。おぼえておけ。五分たったらあの溝《みぞ》を抜《ぬ》けていくんだ」とホールト。

　ウィルは皮肉《ひにく》っぽい笑《え》みを浮《う》かべた。地面にあるあれは溝というよりは単《たん》なるへこみといったほうがいいようなものだ、と彼《かれ》は思った。だが、ホールトはそんな彼の反応《はんのう》など見ていなかった。ふたたび彼は森の前方の両側《りょうがわ》をうかがっていた。それまでひざをついていた姿勢《しせい》から身体を起こし、なかばかがみこむような姿勢になった。

「やつらをダンスに招待《しょうたい》してやろうじゃないか」というと、ホールトは音もなく小道にすべりでた。緑色と灰色《はいいろ》のぼんやりしたなにかがあっという間に森の影に溶《と》けこんだ。

ranger's apprentice 21

ホールトは集中して目をせばめ、せまく、はっきりとしない小道を辿《たど》りながら木々のあいだを進んでいった。その間《かん》も絶《た》えずあたりを見まわし、前方と両側《りょうがわ》の地面の様子に気をくばった。ところどころに彼《かれ》が追っている人物が残《のこ》した手がかり――ここでは枝《えだ》に引っかかっている布《ぬの》きれ、あそこにはあまりに目立ちすぎる足跡《あしあと》、というふうに――があるのに気づいて、皮肉《ひにく》っぽい笑《え》みを浮《う》かべた。彼はそれらのしるしを調べ、彼らが残した痕《こん》跡《せき》を追うふりをつづけた。この茶番に彼が気づいていることを相手に知られるのはよくないだろう、と思ったからだ。

地面には高い木々から風《かぜ》でへし折《お》られた枝や小枝《こえだ》が落ちて散《ち》らばっていた。足もとにそれらがずっと絨毯《じゅうたん》のようにつづいており、音を立てずに動く技術《ぎじゅつ》に長《た》けているホールトでさえ、足の下でそれらが折れてわずかな音を立てるのは避《さ》けられなかった。足に体重をかける前に一歩ごとに地面を探《さぐ》り、ゆっくりと進んでいけばその音を避《さ》けることはできた。だが、ゆっくりと進むのはあまりにも危険《きけん》な選択《せんたく》だった。彼《かれ》にはスピードが必要《ひつよう》だった。すばやく動くことによって、彼はむきだしの幹《みき》のあいだをすべるように抜《ぬ》けていくぼんやりとした灰色《はいいろ》の影《かげ》のようなものになれた。それが、ますます彼をねらいにくくしていた。しかも、ジェノベサ人に自分がここにいることを知ってもらいたいのであれば、音を立てずに動くことにたいして意味はなかった。

ホールトはかくれ場所となる太い灰色の幹の後ろ側《がわ》にすべりこんだ。森が水浸《みずびた》しになったときから年月がたつうちに森の地面に下生えが茂《しげ》り、かれた木の根元にはクロウメモドキの群生《ぐんせい》ができていた。緑の葉と灰色の木の幹が彼のマントのまだら模様《もよう》とよく合って、彼をうまくかくしてくれるだろう。

ホールトはしゃがみこんで、前方の森に目をやった。そうやっているときでも、長年の訓練《くんれん》のおかげで頭はほとんど動かない。なにかがいないかと探り、たしかめながら彼の目だけが端《はし》から端へと動いていた。意識的《いしきてき》に焦点《しょうてん》の深さを変《か》えてすぐそばのものからはるか遠くのものまでを見ている。顔は深くかぶったフードの影になっていた。もしジェノベサ人が見張《みは》っていたとしても、彼が木の後ろからとびだしたのが見えただけだろう。それも、いまでは彼《かれ》は周囲《しゅうい》に溶《と》けこんでいるので、その姿《すがた》を見失《みうしな》っているはずだ。ホールトが動かないかぎり、彼がまだそこにいるのかどうかわからないはずだった。

いずれにしても、彼らはホールトを捜《さが》しているのであって、ウィルではないということだ。ウィルが支援《しえん》してくれていると知って、ホールトは満足感《まんぞくかん》を味わった。今ごろ、自分の若《わか》き弟子《でし》は動きはじめていることだろう。ふたりがかくれ場所としたあの何本も幹《みき》が出ている大きな木からするりと抜《ぬ》け出て、浅《あさ》い溝《みぞ》に沿《そ》って腹《はら》ばいで進み、倒木《とうぼく》を目指して。

一緒《いっしょ》に仕事をする仲間《なかま》としてホールトはほかのだれも思いうかばなかった。ギランもいいかもしれない。人に見られないで動く技術《ぎじゅつ》ではレンジャー隊《たい》の中でも彼の右に出る者はいなかった。あるいは、そう旧友《きゅうゆう》のクロウリーもいる。

ふたりとも技術は長《た》けていたが、いつも自分が第一に選《えら》ぶのはウィルだということがホールトにはわかっていた。クロウリーは経験豊《けいけんゆた》かだしプレッシャーをかけられても冷静《れいせい》でいられる。だが人から見られずに動くという点ではウィルの比《ひ》ではない。ギランはウィルよりもさらに密《ひそ》かに動くかもしれなかったが、その差《さ》はごくわずかだ。それにウィルにはギランにはない利点《りてん》があった。ウィルのほうが頭の回転が多少速かったし、ギランよりも速く型《かた》にはまらない代替案《だいたいあん》を思いつくことが多かった。もし予期せぬことが起こっても、ウィルなら本能《ほんのう》に基《もと》づいて行動し、正しい解決法《かいけつほう》をみつけることができる、とホールトにはわかっていた。だからといってギランの価値《かち》をおとしめているわけではまったくなかった。ギランは優秀《ゆうしゅう》なレンジャーで技術《ぎじゅつ》もすぐれていた。すばやく正しい決断《けつだん》をするという点でウィルのほうがわずかに優《すぐ》れているというだけのことだ。ギランも状況《じょうきょう》について考え、おそらく同じ結論《けつろん》に達《たっ》するだろう。ただウィルの場合、それが直感でできるということだったのだ。

もうひとつべつのポイントがあった。これは現在《げんざい》の状況では非常《ひじょう》に重要《じゅうよう》なことだった。おそらく本人は知らないだろうが、ウィルのほうがクロウリーやギランよりも矢《や》を射《い》るのがうまいのだ。

じつのところ、これがすべての中でも最《もっと》も重要なポイントかもしれない、とホールトはきびしい笑《え》みを浮《う》かべながら思った。

ホールトは息を吐《は》きだし、心臓《しんぞう》の鼓動《こどう》を落ちつかせながら、さらにしばらく待った。こういうことは経験《けいけん》ずみだ、とウィルにはいったものの、ホールトはわざと敵《てき》の注意を引くという考えが好《す》きにはなれなかった。木々のあいだを縫《ぬ》って進みながらも、いつなんどき石弓《いしゆみ》の矢《や》が自分の背中《せなか》に突《つ》きささるかと思うと背中に鳥肌《とりはだ》が立った。敵《てき》に見つかるように動くというまさにその考えが、これまでの訓練《くんれん》から彼《かれ》の身体に深く染《し》みこんだものに反するものだった。ホールトはだれにも見られずに、いや、自分がそこにいることすら気づかれないで動くほうが好《この》みだった。

このような条件《じょうけん》でこのマントを着ていれば、自分がたいへんねらいにくい標的《ひょうてき》だということがホールトにはわかっていた。だがジェノベサ人は熟練《じゅくれん》した射手《しゃしゅ》だ。ねらいにくい標的に命中させる以上《いじょう》の能力《のうりょく》がある。だからこそ彼らは雇《やと》い主《ぬし》から高給を払《はら》ってもらっているのだ。

「おまえは時間を無駄《むだ》にしているぞ」とホールトはつぶやいた。「また、あの木の場所までもどりたくはないだろ?」

答えはもちろんノーだった。進むしかないのだ。彼はもう一度小道を見渡《みわた》し、次に五メートルか十メートル進むルートを選《えら》ぶと、隠《かく》れ場所からすばやくすべり出てかれた木々が作る灰色《はいいろ》の迷路《めいろ》の中を移動《いどう》していった。

＊

腹《はら》ばいになり、ひじと足首とひざを使って身体を前進させ、決して完全《かんぜん》なほふく状態《じょうたい》から起きあがらずに、ウィルは幹《みき》が何本もある枯木《こぼく》の後ろから這《は》いでていった。これは蛇行《だこう》と呼《よ》ばれる技術《ぎじゅつ》で、弟子時代《でしじだい》に、低《ひく》いかくれ場所を抜《ぬ》けて這いながら、するどい目で見ている師匠《ししょう》に見られないよう何時間もつづけて練習させられた。この技術はきちんと習得《しゅうとく》できている、とウィルは何度も思ったが、師匠のいじわるな声が聞こえてきて彼《かれ》の自尊心《じそんしん》が打ちくだかれたものだった。〈その黒い岩《いわ》のそばの草《くさ》からとびだしているのは、やせた尻《しり》か？　どうやらそのようだな。尻の持ち主《ぬし》がそれをひっこめなかったら、矢《や》を突《つ》きさしてやるぞ！〉

今日はもちろん、師匠からの意地悪な冷《ひ》やかしどころではすまない危険《きけん》があった。ホールトの命とウィル自身《じしん》の命が、その尻を身体のほかの部分と一緒《いっしょ》に地面に近づけていられるかどうかにかかっているのだった。ホールトとはちがって、ウィルはほんのわずかな音を立てることも許《ゆる》されなかった。たしかに、森にはうめくような音やこすれる音、きしる音が絶《た》えず聞こえていた。だが、小枝《こえだ》が折《お》れるはっきりしたパキンという音がすれば、するどく耳を澄《す》ましている者にはだれかがここで動いているとわかってしまう。

地面に腹《はら》ばいになっていると、視野《しや》が自分の鼻先数センチのところにある草《くさ》の葉しか見えないことがわかった。彼《かれ》の世界は土と草と灰色《はいいろ》の枝《えだ》からなるこの小さな空間だけになってしまった。ウィルは小さな茶色の甲虫《こうちゅう》が彼の鼻先ほんの数センチのところを、彼を完全《かんぜん》に無視《むし》して急いで通りすぎていくのを見ていた。アリの列が目標《もくひょう》を変《か》えることを拒否《きょひ》して彼の左手を乗《の》りこえて進んでいく。ウィルはアリが通りすぎるのを待ってから、注意深く枝をわきに払《はら》い、ゆっくりと前に進んだ。払った枝が小さな音を立てたが、神《しん》経《けい》がぴりぴりしている彼には何倍もの大きな音に聞こえ、その場でしばらくじっとしていた。それから、森全体でいろいろな物音がする中であんな小さな音などだれにも聞こえるはずがない、と自分にいいきかせて進みつづけた。かくれ場所となる倒木《とうぼく》まであと数メートルというところまできた。あの倒木の後ろ側《がわ》にまで行きつけば、もっとすばやく、そしてもっと快適《かいてき》に動くことができる。一メートルも太さのある木の幹《みき》の後ろにかくれることができるので、このようなほふく前進の姿勢《しせい》をとる必要《ひつよう》もなくなる。

だが、いまのところはまだだ、とあの倒木まで急ぎたい気持ちをおさえた。急ぐとこれまでやってきた努力《どりょく》がすべて無駄《むだ》になってしまうことにもなりかねない。突然《とつぜん》動《うご》くと敵《てき》の注意を引いてしまうかもしれない。だから、彼は弟子時代《でしじだい》に自分で習得《しゅうとく》した昔からの技術《ぎじゅつ》に集中し、自分の身体が自分の下にある地面におしこまれるような感覚《かんかく》を持つように努《つと》め、体重が草《くさ》や土や小枝《こえだ》を押《お》していることに意識《いしき》を持っていった。

ウィルは完全《かんぜん》に無防備《むぼうび》な感じがした。武器《ぶき》を持っていないに等しいからだ。完全にうつぶせになって這《は》っていくためには、弓《ゆみ》の弦《つる》を外し、マントにそのために作られているふたつの小さな留め輪《とわ》に通しておかなくてはならなかった。こんな条件《じょうけん》のところを弦を張《は》った弓を持ったまま這っていくのは、小枝や草の塊《かたまり》などが弓と弦の接《せっ》している箇所《かしょ》にからまるおそれがあるので危険《きけん》だった。さらに弦を張った弓は地面のずっと大きい面積に接するので、引っかかる可能性《かのうせい》も多かった。だから、いま弓はまっすぐにしてウィルの背中《せなか》に固定《こてい》されていた。一本の直線のイチイ材《ざい》だと地面にある枯《か》れ枝や障害物《しょうがいぶつ》に引っかからずにスムーズに進んでいける。

同じ理由からウィルはベルトをぐるりとまわし、バックルと二本のナイフを入れた鞘《さや》がマントの下の背中側《せなかがわ》にくるようにしていた。そのほうが、スムーズに静《しず》かに進めるからだ。だがこれは、もし彼《かれ》がみつかった場合、どちらかのナイフを抜《ぬ》くために貴重《きちょう》な何秒間かを無駄《むだ》にするということでもあった。

このように武装《ぶそう》しないで敵《てき》がいるところを動いていくなんて、まったく不本意《ふほんい》だった。

とりわけ弓《ゆみ》から弦《つる》を外さなければならなかったことがくやしかった。古くからのレンジャーの言い伝《つた》えにあるように、『弦を張《は》っていない弓はただの棒《ぼう》にすぎない』のだから。五年前にこの言葉を初《はじ》めて耳にしたときは、冗談《じょうだん》として聞いた。だがいまこの言葉におもしろいところなどまったくなかった。

ついにウィルは倒木《とうぼく》が提供《ていきょう》してくれるかくれ場所へ辿《たど》りついた。彼《かれ》は小さな安堵《あんど》のため息をもらした。警告《けいこく》を発《はっ》する叫《さけ》び声もなければ、石弓《いしゆみ》の矢《や》が自分の背中《せなか》に突《つ》きささる突然《とつぜん》の焼《や》けるような痛《いた》みもなかった。背中の緊張《きんちょう》がすこしやわらぐ気がした。自分でも気づかないうちに、筋肉《きんにく》が本能的《ほんのうてき》にぎゅっとかたまってそのような傷《きず》の痛みをやわらげようとする無駄《むだ》な試《こころ》みをしていたのだった。

完全《かんぜん》な腹《はら》ばいの姿勢《しせい》からごくわずかだけ身体を起こして、彼はそれまでより速く前進しはじめた。小道からかなり遠くへ来たので、慎重《しんちょう》に立ちあがった。そして目につくかぎりいちばん大きな木の後ろに身体をすべりこませると、ふたたび弓に弦を張った。またべつの意味で緊張がゆるんだのを感じた。今や危機《きき》に瀕《ひん》しているのはもはや彼ではなく、ジェノベサ人のほうだった。

*

ホールトは片《かた》ひざをつき、ジェノベサ人がわざと残《のこ》していったべつの証拠《しょうこ》を調べるふりをしていた。実のところ、うつむいてはいるものの彼《かれ》の目は上げられており、目の前の灰色《はいいろ》の幹《みき》の群《む》れとぼんやりした影《かげ》をさぐっていた。

一瞬《いっしゅん》だったが左側《ひだりがわ》の木々のあいだにかすかになにかが動くのが見えた。それとおそらくは影の中にくすんだ紫色《むらさきいろ》も見えたような気がした。彼はじっと動かずにいた。しゃがんでいたので、もしジェノベサ人がほんとうにそこにいたとしても、射手《しゃしゅ》にとってホールトはねらいにくい標的《ひょうてき》だった。おそらく殺《ころ》し屋はホールトが立ちあがってねらいやすくなるまで待つつもりなのだろう。

彼は左側にちらりと目を走らせた。彼が最後《さいご》の数メートルを通りすぎた木々は細いものばかりだった。洪水《こうずい》でおし流されたときに新たにできた木立《こだち》だ。ほんの若木《わかぎ》のようなものもあったし、ホールトが望《のぞ》むような身体をじゅうぶん隠《かく》してくれるようなものはまったくなかった。彼は苦笑《にがわら》いを浮《う》かべた。だからこそジェノベサ人はここにまた手がかりをおいておいたのだ。彼らを追ってくる人間がここで止まり、ひざをついて調べ、それからもう一度立ちあがる、と彼《かれ》らはわかっていたのだ。

その完全《かんぜん》に無防備《むぼうび》な瞬間《しゅんかん》に、彼らにとってホールトは完璧《かんぺき》な標的《ひょうてき》となるのだ。ホールトの目は先ほどなにかが動き、紫色《むらさきいろ》が見えたあたりをさぐったが、なにも見えなかった。当然《とうぜん》だろう。彼が止まったからには、石弓《いしゆみ》の射手《しゃしゅ》は自分の武器《ぶき》でねらいを定めているはずだ。ホールトが気づいたのは一瞬《いっしゅん》の動きだった。いま、射手はホールトが立ち上がると予想している場所に石弓の狙《ねら》いを定めて、ふたたびじっと動かずにいるはずだ。ホールトは動く準備《じゅんび》をして筋肉《きんにく》を緊張《きんちょう》させた。

彼は左に目を走らせて、まわりの木々よりは多少太い一本の木を見た。そうはいっても完全に身体を隠《かく》せるほどの太さはなかったが。それでもあそこに身をかくすしか仕方がないだろう。もうウィルが所定《しょてい》の場所で待機《たいき》してくれていればいいのだが、とホールトは思った。彼は何回か左の奥《おく》のほうに目をやったが――もちろんジェノベサ人に気づかれない程度《ていど》にだ――ウィルの姿《すがた》は見えなかった。

それでもウィルはそこにいるということもありえた。だが一方で、なにか予期せぬことが起こって、来るのがおくれているということもありえた。目に見えるところにはどこにもいないのかもしれない。やがてホールトは確信《かくしん》を感じた。そうでこそ彼が考えているウィルだった。彼《かれ》はそこにいる。

何の警告《けいこく》もなく、ホールトは突然《とつぜん》曲《ま》げていた右ひざから外にとびでるように転げでて、なめらかに身を回転させて先ほど選《えら》んでおいた一部かくれ場所となる木に転がりこんだ。そして待った。神経《しんけい》が張《は》りつめて悲鳴《ひめい》をあげていた。

なにもない。

石弓《いしゆみ》の弦《つる》がはじかれる鈍《にぶ》い音もしない。あの物騒《ぶっそう》な三本の棘《とげ》のある矢《や》が頭上をびゅんと音を立てて飛《と》び、後ろの木に突《つ》きささることもなかった。ただかれた木々がおたがい動いてこすれ合うときに立てる不気味《ぶきみ》なうめき声のような音がするだけだった。そのことから彼はあることに気づいた。ジェノベサ人は彼の突然の予期せぬ動きでおどろいてあわてて矢を射《い》たりなどしないのだ。達人《たつじん》の彼らがそんなことをするはずがなかった。

それとも、さっき木々のあいだで見た小さな動きは自分の想像《そうぞう》だったのかもしれない、とホールトは思った。そもそもあそこにはだれもいなかったのかもしれない、と。

それでもどういうわけか、やつらがあそこにいて自分を待っているのはわかっていた。第六感が、いま、ここそが、そのときであり場所であると彼に告《つ》げていた。道ちゅうに残《のこ》された露骨《ろこつ》な手がかりと、まばらになってきた木々という組み合わせが、やつらはほんの数メートルのところにいて、彼《かれ》がつぎなる動きをするのを待っている、と告《つ》げていた。ホールトは木の後ろで腹《はら》ばいになった。しばらくのあいだは身をかくしていることができる。だが、立ち上がるやいなや、相手に見られてしまう。彼はあたりを見まわした。より大きな木まで這《は》っていくことはできる。だが最《もっと》も近い木まででもすこし距離《きょり》があった。それにこのあたりは木々がまばらにしか生えていないので、もし動こうとすればひどく身体をさらすことになってしまう。

だからこそジェノベサ人はこの場所を選《えら》んだのだ、とホールトはまたひとり言をいった。いまでは先ほどの動きをたしかに見たと確信《かくしん》していた。ここは待ちぶせをするには完璧《かんぺき》な場所だった。そしてホールトの姿勢《しせい》は絶望的《ぜつぼうてき》だった。しばらくのあいだは比較的《ひかくてき》安全《あんぜん》だった。こうして地面を抱《だ》きしめているかぎりはその安全はつづくだろう。だが、この姿勢ではなにも見えなかった。状況《じょうきょう》を見ようと頭を上げれば、石弓《いしゆみ》の矢《や》が眉間《みけん》に飛《と》んでくることになるのはわかっていた。彼はここでなにも見えないままにとり残《のこ》されてしまったのだ。ジェノベサ人のほうがすべての点で有利《ゆうり》だった。彼らはホールトがどこに行ったかを見ていたのだ。横に転がるというホールトの突然《とつぜん》の動きから、彼らがそこにいることをホールトが知っているとわかったにちがいない。彼らにしてみればホールトが動くのを待っていればいいのだった。そうすれば彼《かれ》を思いのままにすることができるのだ。

どんなに考えても、状況《じょうきょう》はよくならなかった。このままここにじっとしていたら、おそかれ早かれ殺《ころ》し屋のうちのひとりが迂回《うかい》してホールトのわきにまわってくるだろう。その間《かん》ずっと、もうひとりは彼が身をかくして腹《はら》ばいになっている場所に石弓《いしゆみ》のねらいを定めている。ホールトはほんの一時間ほど前にウィルと話し合ったことを、ブラックユーモアのように感じながら思い出していた。

〈最初《さいしょ》の一矢《や》の後は、すべて我々《われわれ》のほうが優位《ゆうい》に立てる〉

ただしひとつまずい点があった。最初の一矢の後、自分はおそらく死んでいるのだ。

ホールトは目を閉《と》じ、けんめいに集中した。彼にはチャンスがひとつあったが、それはウィルがジェノベサ人の後ろ側《がわ》の所定《しょてい》の位置《いち》にいてくれるかどうかにかかっていた。そのとき、ものすごい確信《かくしん》が身体じゅうを駆《か》けめぐるのをホールトは感じた。ウィルはそこにいる。なぜなら自分は彼がそこにいることを必要《ひつよう》としているからだ。ウィルはそこにいる。なぜならウィルだから——そしてウィルはこれまで一度もホールトをがっかりさせたことはなかったからだ。

ホールトは目を開《あ》けた。まだ腹《はら》ばいになったまま、彼《かれ》は矢筒《やづつ》から矢《や》を抜《ぬ》きとると弓《ゆみ》の弦《つる》につがえた。それから両足を身体の下に引きよせるとしゃがみこむ姿勢《しせい》になった。次なる動きについてじっと考えた。ゆっくりと立ちあがり、ジェノベサ人が引き金《がね》を引く瞬間《しゅんかん》を限界《げんかい》までのばせ、と彼の本能《ほんのう》は叫《さけ》んでいた。だが彼はその考えを切りすてた。ゆっくりした動きはジェノベサ人に視力《しりょく》を調節《ちょうせつ》する時間をあたえるだけだろう。

突然《とつぜん》の動きに相手はおどろき、あわてて矢を射《い》るかもしれない。いや、そんなことはまずないだろう、とホールトは認《みと》めざるをえなかった。それでも可能性《かのうせい》としてはある。それだけでもその選択《せんたく》のほうがいいと思った。

「そこにいてくれよ、ウィル」とホールトはひとりつぶやいた。それから急に立ちあがり、弓を構《かま》えて矢を引きしぼり、必死《ひっし》になってなんらかのしるし、林の中になにかちらりと動くものがないかと探《さが》した。

ranger's apprentice 22

この森は見わたすかぎり生物のいない場所だと思われていたが、ホールトがみつけたように、灰色《はいいろ》の幹《みき》のあいだにある種《しゅ》の下生えが最近《さいきん》生えてきていた。倒木《とうぼく》というしっかりとしたかくれ場所から静《しず》かに這《は》いでてきたウィルは、またべつの種類《しゅるい》の植物に出会った。

ツタのつるの巻《ま》きひげが元の巨木《きょぼく》にくねくねと巻きつきながら這いあがり、かれて折《お》れた枝《えだ》にまで巻きついて、その先を空中に垂《た》らしていた。その宿主である木を通り過《す》ぎたときに、ウィルはつるをふり払《はら》った。

その瞬間《しゅんかん》にかぎのようになっているつるの棘《とげ》四本が彼《かれ》のマントのざらざらした生地《きじ》に引っかかり、マントと彼をその場に釘《くぎ》づけにした。ウィルは小声で毒《どく》づいた。こんなことで手間どっている時間はないのだが、しかたなかった。手を背中《せなか》にまわし、マントを手のひらでつかんだ。最初《さいしょ》はやさしく、やがて徐々《じょじょ》に力を強めながら、引っかかっているつるをマントからはなそうとした。

かすかな弾力《だんりょく》を感じたので、最初《さいしょ》うまくいったと思った。だが、それはつる自体が弾《だん》力性《りょくせい》に富《と》むものだったので、彼《かれ》が引っぱったときに伸《の》びただけだった。やがて伸びるだけ伸びると、彼はやはりつかまったままだった。それどころか、前よりもしっかりと引っかかってしまった、と気づいてウィルは腹《はら》を立てた。動いたために棘《とげ》がもっと深く食いこんでしまったのだ。さらに悪いことに、棘のついたつるは彼を中腰《ちゅうごし》の姿勢《しせい》のまま動けなくしてしまっていた。

どうすることもできなかった。マントを脱《ぬ》いでツタのつるを切らなければならないだろう。背中《せなか》に引っかかっているので、腹立《はらだ》たしいつるに手を伸ばすことはできなかった。ということは、マントの上からかけている矢筒《やづつ》をいったん外し、それからマントを脱がなくてはならないのだ。

それらすべてが余計《よけい》な動作をすることになり、この先のどこかで待ち伏《ぶ》せをしているジェノベサ人に近づくのがおくれてしまう。ふたたび、ウィルは心の中で毒《どく》づいた。それからゆっくりと細心の注意を払《はら》いながら、留《と》めひもに頭をくぐらせて矢筒を外し、わきにおいた。のど元《もと》にあるマントの留め具を外し、マントを肩《かた》からすべり落とす。

急がなくては、と彼《かれ》は思った。ホールトはぼくが所定《しょてい》の位置《いち》にいることを当てにしているのだ！

だが、パニックになりそうな衝動《しょうどう》に抵抗《ていこう》して、彼はできるだけゆっくり動作をした。急ぐとろくなことにならないとわかっていたからだ。マントを脱《ぬ》いだので、今度はサックスナイフを抜《ぬ》いた。つるはマントの彼の肩甲骨《けんこうこつ》にあたるあたりにしっかりとからみついていた。剃刀《かみそり》のようにするどい刃《やいば》でそのつるを断《た》ちきり、それからゆっくりとマントを手にして地面に沈《しず》みこんだ。

これまでと同じごくゆっくりとした動きをつづけながら、ふたたびマントを着た。一瞬《いっしゅん》マントをここにおいていこうかとも思ったが、このマントが自分の身をかくしてくれることを思い、そうはしないことに決めた。彼は矢筒《やづつ》の留《と》めひもを頭からかぶって矢《や》を肩《かた》に落ちつけ、それから矢羽をおおうように作られているマントの垂れぶた《フラップ》を調整した。弓《ゆみ》に弦《つる》を張《は》り、ふたたび動く準備《じゅんび》をする。すばやくふり返って、自分が今まで進んできた森に目をやった。なにかが動く気配《けはい》も自分が気づかれた気配もなかった。それでも、なにかがあるとしたら、それは石弓《いしゆみ》の矢だろうと思った。

ウィルはいまもだれからも見られていないと思わなければならなかった。それで、今度はしゃがんだ姿勢《しせい》で進んでいった。地面に身体を近づけたまま、ひとつのかくれ場所からつぎのかくれ場所へと静《しず》かに身体を滑《すべ》らせた。無邪気《むじゃき》そうな顔をして垂《た》れている、先ほどと同じツタのつるを避《さ》けるために、迂回《うかい》したことも何度かあった。痛《いた》い思いをして学んだ教訓《きょうくん》だ、とウィルは思った。

七十メートルほど左にきたと思った地点で、ウィルは右にすこし身体を回してホールトが辿《たど》っている小道と平行に進路を変《か》えた。これ以上《いじょう》はなれると、なにかが起こったときに遠くなりすぎる。かれ木の分厚《ぶあつ》い壁《かべ》に視界《しかい》が完全《かんぜん》に遮《さえぎ》られてしまうだろう。前に進みながら、彼《かれ》は徐々《じょじょ》にホールトが進んだ小道のほうに斜《なな》めに進みはじめた。

ウィルはいままっすぐ立っていた。身を隠《かく》すことよりも速度のほうを重視《じゅうし》して、ツタのつるのために失《うしな》った時間をとりもどせたら、と思っていた。ここまではなれていたら多少の危険《きけん》を冒《おか》してもだいじょうぶだろう。殺《ころ》し屋たちは彼の右側《みぎがわ》のどこか、願《ねが》わくは小道の彼と同じ側《がわ》にいて、彼に背《せ》を向けているはずだ、という彼とホールトの予想が完全にまちがっていなければ、の話だが。いまは物音が彼のいちばんの大敵《たいてき》だった。地面一面に敷《し》きつめたように落ちているかれ枝《えだ》を踏《ふ》んで音を立てないように細心の注意を払《はら》いながら、すこしずつやわらかなブーツでたしかめて進んでいった。

五十メートルほど右に、木々の間隔《かんかく》がほかよりまばらになっている場所があることに気づいた。木の幹《みき》も森のほかの部分と比《くら》べて目に見えて細い。新たに見わたせる場所に移動《いどう》すると、ウィルは木の幹の影《かげ》からそのあたりをじっと見つめた。

なにも動いていない。だが、ここここそがその場所だ、と感覚的《かんかくてき》にわかった。彼《かれ》は木のそばから身をすべらせて、さらに五メートルほど進むと、べつの木の後ろ側《がわ》に身をかくした。そのあいだも目はずっと木がまばらになった場所に向けたままだった。

身をかくしている木の後ろから一歩ふみ出そうと右足を上げたまさにそのとき、一瞬《いっしゅん》なにかが動き、瞬時にぴたりと止まったのがわかった。足の一部を上げたまま彼は待った。灰色《はいいろ》の木々のかたまりをじっと見つめ、またなにかが動くのを待ちながら。

やがて、彼らの姿《すがた》が見えた。いったんその姿が見えてしまうと、どうしてそもそも彼らを見逃《みのが》していたのだろう、と思った。もっとも、くすんだ紫《むらさき》のマントが森の影の中に溶《と》けこんでしまってはいたのだが。

ウィルは苦笑《にがわら》いを浮《う》かべた。彼らを裏切《うらぎ》ったのは動きだったのだ。〈動いたらほぼ確《かく》実《じっ》に相手に見られる〉訓練《くんれん》をしていたときにホールトに何度も何度もそういわれたものだ。

「あなたのいうとおりでしたよ、ホールト」とウィルは心の中でいった。

予想していたとおり、ふたりの石弓使《いしゆみつか》いは倒木《とうぼく》の幹《みき》の後ろ側《がわ》にしゃがみこんでいた。彼《かれ》らは倒木の上に落ちていた枝《えだ》をでたらめに積《つ》み重ね、より高いバリケードのようにしていたが、それもそれほど人目を引くほどのものではなかった。ふたりとも自分の石弓を急ごしらえのバリケードの上ぎりぎりのところで構《かま》えていた。彼らはなかばウィルに背中《せなか》を向けていた。倒木は斜《なな》めにウィルがいる場所のほうに向かって倒《たお》れていたが、彼らの注意は彼らがしゃがんでいるところから森の中に三十メートルほどいったところに向けられていた。

ウィルはできるかぎり彼らの視線《しせん》を追ってみたが、なにも見えなかった。おそらく視線の先は彼らがホールトを見たところなのだろうが、いまごろホールトは地面にふせているはずだ、とウィルは思った。

そのとき小さな音が聞こえた。身体がすばやく地面を這《は》っていく音だ。それに伴《ともな》って何本かの枯《か》れ枝が折《お》れる大きな音も聞こえた。その音は彼らが見つめているほうから来たようで、実際彼《じっさいかれ》らのひとりはバリケードからすこし身を起こして、石弓を構えて標的《ひょうてき》を探《さが》した。

木々がウィルとジェノベサ人のあいだで分厚《ぶあつ》い衝立《ついたて》のようになっていた。ウィルは望《のぞ》んでいたより彼《かれ》らから遠くにいた。もし矢《や》を射《い》らなければならなくなっても、矢は十本以上《いじょう》もある木々や枝《えだ》のどれかにじゃまされてしまうだろう。見積《みつ》もったところいまの距離《きょり》は六十メートルほど。正確《せいかく》に矢を射るにはもっと近づく必要《ひつよう》があった。

数秒《すうびょう》前に聞こえた物音が何であったとしても――ウィルは次なる隠《かく》れ場所へホールトが移動《いどう》した物音だと思っていたが――それが彼らの注意を引いたのはまちがいなかった。もしウィルが動いても、ふたりが彼を見る危険《きけん》はなかった。乾《かわ》いた枝を踏《ふ》むというばかなことをしないかぎり。ウィルは矢筒《やづつ》をおおっていた垂《フ》れぶ《ラッ》た《プ》をはじき開《あ》けて矢を一本抜きとると、弓《ゆみ》の弦《つる》につがえた。それからキツネのような軽い足どりで、それまでかくれていた木の後ろから出ると、ふたりの石弓《いしゆみ》使いのほうに近づいていった。

五メートル。十メートル。さらに五メートル。まだ彼らはウィルの右側《みぎがわ》のほうにしか注意を向けていない。彼らがここまで熱心《ねっしん》にそちらを見つめていなかったら、周辺視野《しゅうへんしや》で彼のことをとらえるチャンスはあったかもしれない。ウィルは真後ろからではなく、ちょうど右後方から斜《なな》めに彼らに近づいていった。彼らの動作から、ウィルのことは完《かん》全《ぜん》に見逃《みのが》しているのがわかった。彼らはまるで、獲物《えもの》のにおいを最初《さいしょ》にかいで、興奮《こうふん》と緊張《きんちょう》で体を震《ふる》わせている二匹《ひき》の猟犬《りょうけん》のようだった。

さらに一歩進んだ。足の親指のつけ根の下にたわんだ枝《えだ》があるのを感じたので、つま先がその枝の下にくるようにそっと動かし、足が平らな地面についていることを確認《かくにん》してから足の指のつけ根に体重をかけた。それからもう一方の足でも、同じことを繰《く》り返した。ウィルはいま先ほどまでよりずっと居心地《いごこち》のいい場所にいた。木々もいまではジェノベサ人とのあいだで衝立《ついたて》のようにはなっていなかった。あと数歩行けば……。

ホールトが立ちあがった。

何の警告《けいこく》もなかった。一瞬《いっしゅん》森が空《から》っぽになったように思えた。つぎの瞬間《しゅんかん》、下生えががさがさする音と共《とも》に白髪《しらが》交じりの髭面《ひげづら》のレンジャーが地面からすっくと立ちあがったのだ。矢《や》をつがえ、引きしぼった弓《ゆみ》がすでに敵《てき》に向けられていた。

石弓《いしゆみ》使いのひとりからおどろきの短い叫《さけ》びが聞こえた。その声で男の居場所《いばしょ》があきらかになったので、ホールトが腕《うで》をすこし動かしたのがウィルにも見えた。石弓使いがふたりともすこし身体を起こしたので、ウィルは弓を引いて自分に近いほうの男に矢を放った。同時に、ホールトの弓がはじける低《ひく》い音が聞こえ、その直後に石弓の弦《つる》が留《と》め具に当たるにぶい音がした。

最初《さいしょ》の石弓《いしゆみ》の矢《や》は的《まと》を外した。その矢はウィルが標的《ひょうてき》として選《えら》んだジェノベサ人が放ったものだった。そして二本目の矢のために彼《かれ》が石弓の引き金《がね》を引く前に、ウィルの矢が彼の脇腹《わきばら》に刺《さ》さった。彼は横によろけ、ぶつかった仲間《なかま》は引っくり返った。そのときホールトの矢が彼の胸《むね》を射貫《いぬ》いた。彼は後ろ向きに倒《たお》れながら、死んだ指で引き金を引いた。木の幹《みき》からとびでた枝《えだ》が男を受けとめ、男は大の字になってその枝の上でなかば立ちつくしたように倒れた。

ウィルは自分たちが危険《きけん》なまちがいをおかしてしまったことに気づいて毒《どく》づいた。彼とホールトはどちらも同じ男に矢を射《い》ってしまい、もうひとりを無傷《むきず》のままにしてしまったのだ。この男は倒れた仲間のせいで姿《すがた》がよく見えなかった。今度は石弓が自分のほうに向けられたのがウィルに見えた。ウィルは即座《そくざ》に矢を射たが、失敗《しっぱい》したことがわかり、くるりと身体をまわしてすぐそばの木の後ろ側《がわ》にかくれた。ホールトがまた矢を放ったのが聞こえた。彼の矢があいだにある木をかすめて飛《と》んでいった。そのとき石弓の矢がとんできてウィルがかくれているかたい木をえぐり、くるくるとまわりながらかれ枝のあいだに落ちた。

二挺《ちょう》の石弓。二回の射撃《しゃげき》、ウィルはしめた、と思った。これで自分たちの勝ちだ、と。

ウィルは足を軸《じく》にどちらにでも動ける体勢《たいせい》でかくれていた木からふみだした。そうして、かくれる前とは反対側《はんたいがわ》に出たのだ。そのとき、彼《かれ》の口はからからになった。ジェノベサ人が別《べつ》の石弓《いしゆみ》でホールトをねらっているのが見え、ふたたび弦《つる》がにぶくはじかれる音が聞こえたからだ。彼らはひとつ以上《いじょう》の石弓を持っているかもしれない、とホールトは警告《けいこく》していたが、まさにそのとおりだったのだ。

それから、ウィルの短い人生の中でもっともぞっとする音が聞こえて、彼の心臓《しんぞう》はこおりついた。ホールトの短い悲鳴《ひめい》、つづいて彼の弓が落ちる音だった。

「ホールト！」ウィルは叫《さけ》んだ。一瞬《いっしゅん》、ジェノベサ人のことはすべて忘《わす》れてしまった。先ほどホールトが立ちあがったのが見えたあたりを目で追った。だが、いまそこには彼の姿《すがた》はなかった。倒《たお》れているのだ、とウィルはぼんやりと思った。彼は撃《う》たれて倒れたのだ。

突然《とつぜん》なにかが動いた音が聞こえ、くるりとふり返るとジェノベサ人が密集《みっしゅう》してかたまっている木の幹《みき》の衝立《ついたて》の向こうに消えていくのが見えた。男はもはやぼんやりと動く物体にしか見えず、紫《むらさき》のマントが一瞬見えただけだった。ウィルはそちらに向かって三本矢《や》を放ったが、三本とも木の幹や枝《えだ》に当たった音が聞こえただけだった。やがて馬のひづめが地面を打つにぶい音が聞こえた。殺《ころ》し屋たちは木々のあいだに馬をつないでいたようだ。生き残《のこ》ったほうのジェノベサ人を捕《とら》えるチャンスはもうないだろう。

もはや静《しず》かにしたりこそこそ行動する必要《ひつよう》はなかった。ウィルは先ほどホールトを見た場所へと急いだ。途中《とちゅう》、落ちた小枝《こえだ》を足でふみしだき、顔にからみつき、マントに引っかかってじゃまをする憎《にく》きつたのつるをぐいぐいとわきへおしやった。

自分に背中《せなか》を向け、身体を二重折《お》りにしているホールトを見たとき、ウィルの心臓《しんぞう》の鼓動《こどう》が激《はげ》しくなった。赤い血が彼《かれ》のマントに染《し》みを作っていた。かなり出血しているようだ。

「ホールト！」そう叫《さけ》んだ彼の声は恐怖《きょうふ》で裏返《うらがえ》っていた。「だいじょうぶですか！」

23

しばらく返事がなかったので、ウィルは自分の心に恐《おそ》ろしい闇《やみ》が忍《しの》びこんでくるのを感じた。やがて、その闇は瞬時《しゅんじ》に消えた。ホールトが寝返《ねがえ》りを打ってウィルのほうを向いたのだ。右手で左の前腕《ぜんわん》をつかんで、すこしでも出血を抑《おさ》えようとしている。ホールトは苦痛《くつう》に顔をしかめた。

「だいじょうぶだ」と歯をくいしばっていった。「あのいまいましい矢《や》は腕《うで》をかすっただけだ。しかし、ものすごく痛《いた》い」

ウィルはホールトのそばに片膝《かたひざ》をつき、ホールトの手を傷口《きずぐち》からはなそうとした。

「見せてください」そういうと、ホールトの手を動かした。すごい勢《いきお》いで血が噴《ふ》き出ているのを見ることになるのでは、という恐れから最初《さいしょ》はためらいがちだった。もしそうだったら、動脈《どうみゃく》が損傷《そんしょう》されたことを意味するからだ。だが、血はじわじわと出ているだけとわかって、ウィルはほっとため息をもらした。それから安心して、自分のサックスナイフをとりだすと、ホールトの袖《そで》を傷口《きずぐち》から切りとった。しばらく様子を見ていたが、それからすべてのレンジャーがベルトのところに携帯《けいたい》している救急セットに手を伸《の》ばし、清潔《せいけつ》な布《ぬの》をとりだして、傷《きず》の程度《ていど》が見られるように血を拭《ふ》きとった。

「もうすこしで矢《や》はそれるところだったのに。左にあと一センチずれていたら、完全《かんぜん》に外れていましたよ」とウィルはいった。

前腕《ぜんわん》の皮膚《ひふ》に浅《あさ》い引っかき傷があった。長さは四センチほどだが、筋肉《きんにく》や腱《けん》を傷つけるほどの深さはない。ウィルはホールトの水筒《すいとう》の栓《せん》を外して傷を水で洗《あら》い、ふたたび布で拭いて一瞬《いっしゅん》にせよ血をぬぐった。だが、すぐにまた血がじわじわと盛《も》りあがってきたので、彼《かれ》は肩《かた》をすくめた。すくなくとも傷口は清潔になった。彼はそこに軟膏《なんこう》を塗《ぬ》り、救急セットから包帯《ほうたい》をとりだすと、それをホールトの前腕に巻《ま》きつけた。

「おれの上着《うわぎ》を台なしにしてくれたな」切りこみを入れられて腕《うで》の両側《りょうがわ》にだらりと垂《た》れている上着のそでを見ながら、ホールトが責《せ》めるようにいった。ウィルはにやっと笑《わら》った。不機嫌《ふきげん》に文句《もんく》をいうこの口調ほど、ウィルを安心させてくれるものはなかった。ホールトの傷はごく軽いものだったのだ。

「上着《うわぎ》は今晩《こんばん》縫《ぬ》えばいいですよ」

ホールトはむっとして鼻を鳴らした。「おれはけがをしているんだ。おまえが縫ってくれ」それからもっと深刻《しんこく》な声でこうつけ足した。「二番目のやつは逃《に》げたようだな。馬の音が聞こえた」

ウィルはホールトの右手をとって、彼《かれ》が立ちあがるのを助けた。もっともほんとうはそんな必要《ひつよう》はなかったのだが。結局《けっきょく》のところ、ホールトはほんのかすり傷《きず》だったのだから。それでもウィルのこの心配性《しんぱいしょう》のお母さんのような態度《たいど》も、恩師《おんし》が撃《う》たれたときに彼が抱《いだ》いた心配からきた反応《はんのう》だとわかったので、ホールトは抵抗《ていこう》せずに受け入れることにした。同じ理由から、ホールトが落とした弓《ゆみ》をウィルが拾って彼に手わたすことも許《ゆる》した。

「ええ」とウィルはホールトの言葉に答えていった。「やつらは馬をすこしはなれた林の中につないでいたようです。やつに矢《や》を放ちましたが失敗《しっぱい》しました。すみません、ホールト」

ウィルは自分が恩師をがっかりさせてしまったと思って気落ちしていた。ホールトは彼の肩《かた》をやさしくたたいた。

「しかたないさ。この森では正確《せいかく》に矢《や》を射《い》るなんて不可能《ふかのう》だ。枝《えだ》や木が多すぎてじゃまをする」

「ぼくたち、まちがいを犯《おか》しました」ウィルがいった。どういうことだ、とたずねるようにホールトが片方《かたほう》の眉《まゆ》を上げたので、ウィルは話をつづけた。「ぼくたち、ふたりともが同じ男に向かって矢を放ったんですよ。だからもうひとりのほうがあなたに矢を放てたんです」

ホールトは肩《かた》をすくめた。「それは予期できなかったことだ。おまえにも何度もいっただろう。戦《たたか》いの現場《げんば》では常《つね》にうまくいかないことがある、と。常にこちらが計画もできないようなことが起こるんだ」

「ぼくもそう思います。でも、ただ……」自分の思いを正確に言葉にすることができなくて、ウィルは言葉を切った。感じてはいるのだ。もっとうまくできたはずだ、ホールトがこんな傷《きず》を負うことから――もうすこしで死ぬところだったという事実から救《すく》えたはずだ、と。ホールトは彼《かれ》の肩に手をおいて、やさしくゆすった。

「そのことは心配するな。結果《けっか》を見てみろ。やつらのひとりは死に、こちら側《がわ》はといえばわたしの腕《うで》のかすり傷だけだ。これはかなりフェアな結果だといわねばなるまい。特《とく》にやつらのほうが有利《ゆうり》だったということを考えればな。そうじゃないか？」
ウィルは黙《だま》っていた。彼《かれ》はホールトが石弓《いしゆみ》の矢《や》を胸《むね》に突《つ》きさして地面に倒《たお》れていると
ころを思いえがいていた。なにも見えない目が上に荒涼《こうりょう》と広がる枝々《えだえだ》を見つめている。
ホールトはウィルの肩《かた》を、先ほどよりもすこし強くゆすった。
「なあ、そうじゃないかね？」ホールトにくり返しいわれて、ウィルはゆっくりと疲《つか》れ
た笑《え》みを浮《う》かべた。
「そうですね」
ホールトは満足《まんぞく》したようにうなずいた。それでも彼も内心《ないしん》二番目のジェノベサ人も殺《ころ》
すか捕《とら》えることができていればよかったのだが、と思っていた。そうなっていれば彼ら
の任務《にんむ》がずっと楽《らく》になっていたのはたしかだった。「よし、さあもどってホラスを見つ
けよう。我々《われわれ》がどうなったのか心配で、頭がおかしくなっているかもしれんぞ」

＊

実際《じっさい》、ホラスは気が気ではなかった。彼は小さなキャンプを設営《せつえい》していたが、その後

も緊張《きんちょう》のあまり、とてもそこで座《すわ》ってリラックスすることなどできなかった。仲間《なかま》からの何らかの知らせを待ちながら、心配そうにせかせかと歩きまわったので、ひざまでの高さの草地が一部すりへったほどだった。三頭の馬はそれほど心配している様子はなく、のんびりとまわりの草《くさ》を食《は》んでいた。

当然《とうぜん》のことながら、ホラスが気がつくより早くレンジャーたちのほうが彼《かれ》の姿《すがた》をとらえた。自分たちのキャンプに近づくときでさえ、彼らは背景《はいけい》に溶《と》けこむような目立たない動きをしていた。ウィルが耳をつんざくような口笛《くちぶえ》を吹《ふ》いた。とたんにタグが頭を上げて、耳をぴくんと立て、いなないて返事をした。それでホラスが彼らに気づき、草地を走ってふたりに会いにいった。ホラスは数メートル手前で立ち止まった。ホールトの破《やぶ》れたそでと腕《うで》に巻《ま》かれた包帯《ほうたい》に気づいたのだ。

「だいじょ……？」

ホールトは片手《かたて》を上げて彼を安心させた。「だいじょうぶだ。ほんのかすり傷《きず》だよ」

「そのとおりだよ」とウィルもつけ足した。恩師《おんし》が負傷《ふしょう》したのを見たときの最初《さいしょ》のショックと恐怖《きょうふ》を乗《の》りこえたいま、冗談《じょうだん》をいえる余裕《よゆう》まで出てきていた。ホールトは彼を横目で見た。「それはちょっとひどいんじゃないか。実際《じっさい》、ひどく痛《いた》いんだぞ」

「なにがあったんです？」とホラスが割《わ》って入った。このままにしておくとレンジャーが大好《だいす》きないつ終わるともしれない冗談《じょうだん》の言い合いになることを察《さっ》したのだ。「やつらを負かしたんですか？」

「ひとりだけ」とウィルが答えたが、顔にあった笑《え》みがみるみる消えていった。「もうひとりは逃《に》げた」

「ひとりだけ？」ホラスは思わずいってしまった。レンジャーが部分的にしか成功《せいこう》しないことになれていなかったからだ。それからふたりの表情《ひょうじょう》に気づいて、自分の発言が多《た》少無神経《しょうむしんけい》だったことをさとった。

「つまり」と彼《かれ》はあわてて修復《しゅうふく》にかかった。「すばらしい、ってことですよ。よくやりましたよ」彼はぎこちなく言葉を切り、皮肉《ひにく》っぽい返事がくるのを待った。だが、なにも返ってこないので、すこしおどろいた。

もちろんほんとうのところは、ホールトもウィルもホラスが発《はっ》した気持ちと同じだった。ふたりとももっと完璧《かんぺき》な結果《けっか》に終わっていればよかったと思っていた。そして、どちらもその思いを声に出してはいわなかったが、仕事を中途半端《ちゅうとはんぱ》にし残《のこ》していると感じていた。

ホラスはしばらくふたりの様子を見ていたが、何の反応《はんのう》もないことにとまどい、それからキャンプのほうに手招《てまね》きした。小さなたき火をおこしていて、その横にはいつでも火にかけられるようにコーヒーポットが用意されていた。

「座《すわ》ってくださいよ」とホラスはふたりにいった。「コーヒーをいれるので、なにがあったのか話してください」

彼《かれ》らは溺《おぼ》れた森での出来事を簡潔《かんけつ》に話した。目に見えぬ敵《てき》に立ちむかったとき、敵の最初《さいしょ》の印《しるし》は自分たち目がけて突然閃光《とつぜんせんこう》のように飛《と》んでくる石弓《いしゆみ》の矢《や》だということがわかっていたので、そのとき感じた口がからからになるような恐怖《きょうふ》のことはどちらも触《ふ》れなかった。同様に、ウィルはツタのつるの棘《とげ》にからまって、そこから逃《のが》れようとすごした必死《ひっし》の時間のことにもふれなかった。あそこであとほんのすこしおくれていたら、最初の石弓の矢からホールトを救出《きゅうしゅつ》するのにまにあわなかったかもしれなかったのだ。ウィルはその思いをわきに押《お》しやった。深く考える必要《ひつよう》のないたぐいのことだった。

「で、これからどうするんです？」とホラスがきいた。彼らはあぐらを組んで小さなたき火のまわりに座り、コーヒーをすすっていた。「生き残《のこ》ったほうのやつが、また待ちぶせしていると思いますか？」

その質問《しつもん》について考えこんでいるホールトの顔を、ウィルとホラスが見つめた。

「それはないだろう」とついにホールトがいった。「ジェノベサ人は金《かね》のためなら何でもする。やつらは金のために戦《たたか》うのであって、大儀《たいぎ》や責任感《せきにんかん》のために戦うのではない。しかもいまや自分のほうが不利《ふり》だということを知っている。もしやつが我々《われわれ》をまた待ち伏《ぶ》せしたとして、我々のうちのひとりをやっつけることはあるかもしれない。だがおそらく残《のこ》った者がやつをしとめるだろう。それはいいビジネスとはいえない。テニソンの目的《もくてき》にはかなうかもしれないが、テニソンが我々の紫《むらさき》のお友達《ともだち》にアウトサイダーのために命を投げだすべきだなどと説得《せっとく》できるとはとても思えんね」

ホールトは西のほうへ目をやった。すでに太陽は枯《か》れた木々のてっぺんよりずっと下に沈《しず》んでいた。まもなく夜のとばりがおりるだろう。

「今夜はここでキャンプをする」と彼《かれ》は宣言《せんげん》した。

「で、明日は?」とウィルがきいた。

ホールトはふり向いて後ろにあったサドルバッグに手を伸《の》ばした。左腕《ひだりうで》を伸ばしたときに顔をしかめた。傷口《きずぐち》は乾《かわ》いてかたまっていたが、動いたために包帯《ほうたい》の下でまた血が出てきたのだ。ホラスがすばやく立ち上がり、サドルバッグを持ってきた。

「ありがとう、ホラス」そういうと、ホールトはバッグから地図をとりだして自分の前に広げた。

「地図に死んだ森のことが書いてなかったのは残念《ざんねん》だな」ウィルがいうと、ホールトも同意するようにうなずいた。

「今後は書くようになるだろう。この地図にはエセルステンの森と書いてある。その木がすべてかれてしまっているとは書かれていない。だが、我々《われわれ》にとって大事なことがしめされているぞ」

ウィルは地図がもっとはっきり見えるように回り込《こ》み、ホラスもホールトの後ろで片《かた》ひざをついてしゃがみ、彼《かれ》の肩《かた》ごしにのぞいた。

「お友達《ともだち》がふたたび我々を待ちぶせしているとは思わない。だが、わたしがまちがっていることもありえる。そして『わたしがまちがっていた』という言葉は不注意《ふちゅうい》な旅人の多くがぜったいに口にしない言葉だ。だから、わたしはあの森の中をふたたびやみくもにやつの後を追いかけるつもりはない。このまままっすぐ行こう。そうだな、我々がいまいるところから西に一キロほど。そこから先に行くとしよう」

「どうやってやつらを追うつもりですか？　この森を抜《ぬ》ければ、やつらはどの方角にも行けますよ」とウィル。

「そうだな。だが、どの方角に行くにしても、やつらは川に囲《かこ》まれることになる。この森に災難《さいなん》をもたらした川にな」とホールトは灰色《はいいろ》の木々を示《しめ》した。その木々は夕暮《ゆうぐ》れの影《かげ》の中で亡霊《ぼうれい》じみて見えた。「やつらがどこを目指しているにしろ、川をわたらなくてはならない。そして十五キロ以内《いない》には浅瀬《あさせ》は一ヵ所だけだ。だから、やつらはそこに向かっているはずだ」

「たしかに」とホラスがにやにやしながらいった。「テニソンが深い川を泳いでわたって、全身びしょぬれになっているという姿《すがた》は想像《そうぞう》できませんね」

「やつは快適《かいてき》さが大好《だいす》きな人間だったな?」とホールトも皮肉《ひにく》っぽく同意した。「ふたたび森に入る前にすこし西に行くもうひとつの理由はそこにあるんだ。あの紫《むらさき》の殺《ころ》し屋がしかけた罠《わな》を避《さ》けるほかに、西よりの道を行くほうがその浅瀬に近いのだ」

「そこでふたたびやつらの跡《あと》をみつけることができる、ってわけですね」とウィルが満《まん》足《ぞく》そうにいった。

「運がよければな」というと、ホールトは地図を丸めてサドルバッグにもどした。

「我々《われわれ》のほうに多少運が向いてきてもいいころだと思うよ。あちら側《がわ》はうまい汁《しる》を吸《す》っているようだからな」

「まだ森の中にいるひとりを除《のぞ》いてはね」とウィル。

ホールトはうなずいた。「そうだ。やつを除いては。うれしいとはとても思えんがね。まあ今日の分としてはあれで幸運だったということにしよう」

翌朝起《よくあさお》こることから考えてみれば、この言葉は皮肉《ひにく》だった。

第四部

疑念《ぎねん》と現実

24

その日はごくふつうにはじまった。三人の旅人は早くに起きだした。馬に乗《の》りっぱなしの長い一日になるので、しっかり朝食をとり、それからキャンプをたたんで森の端《はし》にそった草地を西に向かって進んでいった。数キロ進んでから、ホールトが森を抜《ぬ》けていくせまい小道をみつけ、アベラールの頭を南に向かせるとその道をとって森に入っていった。

ウィルとホールトはあたりに密集《みっしゅう》しているかれた灰色《はいいろ》の木々の陰鬱《いんうつ》な感じになれてしまっていた。だが、ホラスは周囲《しゅうい》の様子に多少《たしょう》気圧《けお》されていた。ぼんやりとした枯れた木々の向こうを見ようと、絶《た》えず目を端から端へと走らせている。

「こんなところでどうやってだれかがいるってわかったんです?」ときいた。ふたりのレンジャーは彼《かれ》ににやっと笑《わら》いかけた。

「かんたんなことじゃなかったよ」とウィル。前日にも気づいたことだが、木々に色がないせいで遠近感がわからなくなるのだ。

「ひとり目のやつをやっつけてくれたなんて、ギランはよくやってくれたよ」とホールトがぼんやりいった。

ウィルはホールトの顔を見てかすかに顔をしかめた。「ギランですって?」

ホールトはなんだというふうにウィルを見た。「彼《かれ》が何だって?」ときょとんとした顔できいた。

「あなたがいったんですよ。『ひとり目のやつをやっつけてくれたなんて、ギランはよくやってくれた』って」とホラスが説明《せつめい》した。今度はホールトが顔をしかめる番だった。

「いや、いってない」そういってから、こうつけ加《くわ》えた。「そんなこといったか?」

ふたりの仲間《なかま》の顔の表情《ひょうじょう》から、彼がギランと口にしたことがわかった。ホールトは首を振《ふ》り、短い笑《わら》い声をあげた。

「ウィルというつもりだったんだ。悪かった、ウィル。いつもおまえたちふたりを混同《こんどう》してしまうってこと、知ってるだろ」

「いいですよ」とウィルはいったが、馬を進めながらも、心の中に心配が広がっていくのを感じていた。ホールトが自分とギランを混同《こんどう》したことなんて、これまでまったく知らなかった。ちらりとホラスのほうに目をやったが、この背《せ》の高い戦士《せんし》はホールトの説《せつ》明《めい》に納得《なっとく》しているようだったので、ウィルもこの件《けん》は忘《わす》れることにした。

森を通りぬけているあいだには、この件について話し合う機会《きかい》はほとんどなかった。ホールトが五メートル間隔《かんかく》の一列縦隊《いちれつじゅうたい》になって進むよう彼《かれ》らを配置《はいち》させたからだ。生き残《のこ》ったジェノベサ人がつぎなる罠《わな》をしかけようと心に決め、彼らがいま進んでいるこの道をみつけたときに備《そな》えてのことだった。今回はホラスに同情《どうじょう》してウィルがしんがりを務《つと》め、何者かが追ってこないか、定期的《ていきてき》に後ろをチェックした。

ついに溺《おぼ》れた森から抜《ぬ》けでたとき、三人全員がひそかに安堵《あんど》のため息をついた。前方には草地が広がり、森の端《はし》から延《の》びていた低《ひく》い尾根《おね》の上に立つと、蛇行《だこう》している川の堤《つつみ》が眼前に見えた。

「あの森を抜けられてうれしいよ」とホラスがいった。

ホールトは彼にほほえみかけた。「ああ。あのいまいましいジェノベサ人たちが我々《われわれ》になにかをしかけてくるかしれないと、どうしても考えてしまったよ」

ふたたびウィルは顔をしかめた。「ジェノベサ人たち？　何人いると思っているんですか?」

一瞬《いっしゅん》わけがわからないというふうにホールトはウィルの顔を見た。

「ふたりだろうが」そういってから、首をふった。「いや、もちろんひとりだ。おまえがやつらのうちのひとりを仕留《しと》めてくれた。そうだったな?」

「ぼくたちふたりで仕留めたんですよ」ウィルが思い出させると、ホールトは一瞬きょとんとしたが、それから思い出したというようにうなずいた。

「もちろんだ」ここで言葉を切ると、ホールトはふたたび顔をしかめてきいた。「ふたり、っていったか?」

「はい」とウィル。ホールトは短く笑《わら》うと、はっきりさせようとするように頭をふった。

「ぼんやりしていたみたいだな」とホールトは明るくいった。

今度はウィルが顔をしかめる番だった。なにかがひどくおかしい、と感じ始めていた。ホールトはふつうはこんなに人当たりがよくはない。それにぼんやりしていることなど絶対《ぜったい》になかった。彼《かれ》は恩師《おんし》を怒《おこ》らせたくなかったので、ためらいがちにきいてみた。

「ホールト、ほんとうにだいじょうぶですか?」

「もちろんだいじょうぶだとも」いつもの厳《きび》しい調子でホールトがいった。「さあ、その浅瀬《あさせ》をみつけようじゃないか」

　ホールトはこの件《けん》に関《かん》してはここまで、というように、踵《かかと》をアベラールにあてて、彼《かれ》らの先頭となって進んだ。馬を進めながら、彼がけがをした左腕《ひだりうで》をさわっているのにウィルは気づいた。

「腕《うで》、だいじょうぶですか？」と声をかけた。

　ホールトはすぐに腕をさわるのをやめた。「だいじょうぶだ」と短く答えたが、この件に関してこれ以上《いじょう》いうことを許《ゆる》さないという口調だった。彼の後ろで横ならびに馬を進めながら、ウィルとホラスはとまどったように顔を見合わせた。やがてホラスが肩《かた》をすくめた。ホールトの態度《たいど》やふるまいに困惑《こんわく》したのはこれが初《はじ》めてのことではなかったからだ。ホールトが急に不機嫌《ふきげん》になることにはなれていた。ウィルのほうはそうかんたんにはこのことをほうってはおけなかったが、ふくらんでくる心配についてホラスに話しかけるのをためらっていた。なにを心配しているのか、はっきりとは自分でもわからない、ということもあった。

　彼らは浅瀬にやってきた。川幅《かわはば》が広くなり、それまで速く流れていた水がいくらか速度をゆるめ、両側《りょうがわ》の堤《つつみ》のあいだのより広い空間に水をいきわたらせるため水位《すいい》も浅《あさ》くなっている場所だ。ホールトはアベラールのけづめの突起《とっき》が水につかるまで川を進んでいった。そして横に身を乗《の》り出すと、自分の下と前方に広がる澄《す》んだ水をじっと見つめた。

「見たところ底《そこ》は砂地《すなち》だ。深さもずっと浅《あさ》いままのようだ」そういって、アベラールをうながし、川の中央まで歩かせた。進むにしたがって、水はゆっくりと馬のひざの高さを越《こ》え、やがてそのままの深さがつづいた。

「こっちへ来い」ホールトがウィルとホラスに声をかけたので、ふたりは水しぶきをあげて彼《かれ》の後につづいた。ホールトのそばまで来ると、ふたりは速度を落とし、ホールトは底を注意深く調べながら前に進んでいった。ふたりはホールトを数歩先に行かせ、その後をついていった。川底にふいに深い穴《あな》がある場合にそなえて、ホールトとは距離《きょり》を保《たも》っていたのだ。だがそんなものはなく、中央を通りすぎると水位《すいい》はふたたび浅くなっていった。数分後、彼らは水をはねながら向こうの土手についた。

「さてさて。ここに見えるものは何だ?」とホールトがきいた。彼は川辺からおだやかにせりあがっている堤《つつみ》を指さしていた。地面はぬかるんでいて、つい最近《さいきん》人々が通った跡《あと》がついていた。土手からつづいている足跡《あしあと》がいくつもあった。

ウィルは馬から下《お》りるとひざをついて跡《あと》を調べた。見覚《みおぼ》えのある足跡がいくつもあり、彼《かれ》らが追いかけている者たちの大半はまだ徒歩《とほ》で進んでいるということがわかった。

「やつらです」といいながら、ホールトを見あげた。ホールトはうなずき、前方の地平線のほうに目をやった。

「やはり南を目指しているか?」

「やはり南を目指しています」

ホールトはしばらくその情報《じょうほう》について考えをめぐらせていたが、やがてあご鬚《ひげ》をなでた。「ここでキャンプをしたほうがいいかもしれんな」

ウィルははっとして彼を見た。聞きまちがえたかと思ったのだ。

「キャンプですって?」彼の声はかん高くなっていた。「ホールト、まだ昼にもなってないんですよ! まだ何時間も明るいんですよ!」

ホールトはいわれたことをゆっくりと考えているようだった。やがて、彼はうなずいた。

「そのとおりだ。では、前進しよう。先導《せんどう》してくれ」

ホールトが遠くにいってしまったような気がする。タグの鞍《くら》にとびのりながら、ウィルは思った。ホールトはまるで頭の中で情報《じょうほう》を確認《かくにん》しているかのように、ときどきうなずいた。そしてうなずきながら、なにやらぶつぶつひとりごとをいっていた。だが声が小さかったので、ウィルにはなにをいっているのか聞きとれなかった。ウィルがその日早くに感じた心配の細い糸は、いまでは幅《はば》の広いリボンのように広がっていた。恩師《おんし》にはぜったいにおかしなところがあった。長年一緒《いっしょ》にすごしてきたが、こんなホールトは見たことがなかった。こんな……と彼《かれ》はふさわしい言葉を探《さが》し、ようやくそれをみつけだした。切り離されている、だ。まわりの世界とこんなにも切り離されているホールトは見たことがなかった。

彼らは堤《つつみ》に並木《なみき》のように植えられていた木々を抜《ぬ》けでて、もっと開《ひら》けたところを進んでいた。ところどころに木々や丈《たけ》の低《ひく》い藪《やぶ》などがかたまって生えている草地だった。

国境《こっきょう》の地方に生える荒々《あらあら》しいヒースやハリエニシダを通りすぎると、地面はもっと青々としてやさしくなってきた。ウィルの目には、遠くに丘陵《きゅうりょう》地帯《ちたい》をしめすぼんやりとした線が見えた。そこに行くまでには、すくなくとも一日、場合によってはもっとかかるだろう、と彼は見積《みつ》もった。くっきりとした空気のせいで距離《きょり》を見あやまることがある。

「やつらはあの丘陵のほうを目指しているようですね」とウィルはいった。

「理《り》にかなっているな」とホールトが答えた。「あの丘陵《きゅうりょう》のあいだにはずっと洞窟《どうくつ》があると地図には書いてある。しかもアウトサイダーズは暗い場所にかくれるのが大好《だいす》きときている。さて、戦闘隊形《せんとうたいけい》をとろう」

ウィルはちらりとホールトを見たが、彼《かれ》のいったことは筋《すじ》が通っていた。ここの地方は広々《ひろびろ》としていて進むのは容易《ようい》だった。みんながかたまっていなければならない理由はなかった。戦闘隊形とは三十メートルほどの距離《きょり》をおきながら横一列に進んでいくことだ。こうすれば敵《てき》からすればねらうのがむずかしいし、必要《ひつよう》とあれば仲間《なかま》を援護《えんご》しに行くこともできる。

ウィルはタグを左側《ひだりがわ》に進め、ホラスは右側《みぎがわ》に行った。ホールトはまん中にとどまって、三人は長い横一列になって一時間ほど静《しず》かに進んでいった。やがてホールトが口笛《くちぶえ》を吹《ふ》いて握《にぎ》った拳《こぶし》を頭上高くにかかげた。「合流せよ」という合図だ。

ふたたびそばに集まる理由になるようなものはなにも見えなかったので、不思議《ふしぎ》に思いながらウィルはタグを走らせて草原をつっきり、ホールトが待っている場所に向かった。一瞬《いっしゅん》おくれてホラスも合流した。ウィルはホラスの合流を待ってからホールトに質《しつ》問《もん》した。

「何なんです?」

ホールトはすこし困惑したような顔をした。「何だ、てなにがだ?」

その答えにウィルの頭の中で以前にもまして警報ベルが大きく鳴りひびいた。彼《かれ》は慎《しん》重《ちょう》に辛《しん》抱《ぼう》強《づよ》く話した。

「ホールト、一時間ほど前に戦《せん》闘《とう》隊《たい》形《けい》を組ませましたよね。で、今度は合流せよ、と。なにがあって気が変《か》わったんですか？」

「ああ、そのことか！」ウィルの質《しつ》問《もん》の理由に気づいて、彼の顔にわかったという表《ひょう》情《じょう》が広がった。「ただ、しばらくまた集まって進んだほうがいいんじゃないかと思ったのだよ。ちょっと……さびしかったのかな」

「さびしかった？」そういったのはホラスだった。その声は信《しん》じられないというふうにきびしいものだった。「ホールト、いったいどう……」

ウィルがすばやくホラスに手で合図を送ったので、ホラスの言葉は立ちぎえになった。

ウィルはタグをアベラールのそばまで進め、ホールトのほうに身を乗《の》りだすと彼の顔と目をのぞきこんだ。顔がすこし青ざめているようだ、とウィルは思った。目ははっきりとは見えなかった。マントのフードの影《かげ》にかくれているからだ。

アベラールはその場で足踏《あしぶ》みをしてぴりぴりとした動きをした。胸《むね》の奥《おく》がごろごろ鳴っている。それがウィルとタグが近づいたせいでないことがウィルにはわかっていた。アベラールはふたりとは完全《かんぜん》にくつろげる仲《なか》だったからだ。アベラールもまた自分の主《あるじ》がどこかおかしいことを感じていて、そのために落ちつかないのだ、とウィルは気づいた。

「ホールト、ぼくの顔を見てください、お願《ねが》いですから。目を見せてください」とウィルはいった。

ホールトはウィルをにらみつけるとアベラールを数歩先にうながした。

「目だと？　目にどこも悪いところなどない！　わたしにそんなに近づくな！」アベラールがいやがっているじゃないか！」そういいながら、ホールトは無意識《むいしき》にけがをした腕《うで》をさすった。

「腕の様子はどうです？」たいして気にはしていないというふうに声を冷静《れいせい》に保《たも》ちながらウィルがきいた。

「だいじょうぶだ！」ホールトが腹立《はらだ》たしげにどなったので、アベラールがまた脚《あし》を神経質《しんけいしつ》そうに動かした。

「腕をさすっていたからきいただけですよ」なだめるような口調でウィルがいった。だがホールトの不機嫌《ふきげん》は最高潮《さいこうちょう》に達《たっ》していた。

「ああ、さすっていたよ。痛《いた》むからな。おまえだって石弓《いしゆみ》の矢《や》に射《い》られてみれば、どんなに痛いかわかるだろうよ！　一日じゅうここでだらだらおれの目や腕《うで》のことを話して、馬を心配させてすごすつもりか？　静《しず》かにしろ、アベラール！」とホールトがきつい声でいった。

ウィルはびっくりして口を開《あ》けた。ホールトと共《とも》にすごしてきた中で、これまで一度として彼《かれ》がアベラールに声を荒《あら》げるのを聞いたことがなかった。レンジャーは自分の馬にそういうことはしないものなのだ。

「ホールト」といいかけたが、ホールトがそれをさえぎった。

「我々《われわれ》がここで時間を無駄《むだ》にしているあいだに、ファレルとやつの手下たちはどんどん遠くに行ってしまうじゃないか！」

「ファレル？」今度はホラスが心配して口を開いた。「ホールト、ぼくたちが追っているのはテニソンですよ、ファレルじゃなくて。ファレルはセルジー村にいたアウトサイダーのリーダーですよ！」

そのとおりだった。ファレルはアウトサイダーの一団《いちだん》を率《ひき》いて、アラルエンの西海岸の人里はなれた小さな漁村を襲撃《しゅうげき》しようと試《こころ》みたのだった。この事件《じけん》があったから、ホールトはアウトサイダーズがヒベルニアで勢力《せいりょく》を拡大《かくだい》しようと計画していることを最《さい》初《しょ》に警戒《けいかい》したのだった。ホールトはホラスをにらみつけた。

「それくらいわかっている!」ときつい調子でいった。「わたしがそんなことも知らないと思っているのか? わたしの頭がおかしいとでも思っているのか?」

沈黙《ちんもく》が流れた。ウィルもホラスもつぎにどういっていいのかわからなかったのだ。ホールトは怒《いか》りに燃《も》えた目でふたりの顔を順《じゅん》に見ては、挑《いど》みかかった。

「ええ? どうなんだ?」とくり返した。それからふたりがなにもいわないので、彼《かれ》はアベラールの手綱《たづな》を乱暴《らんぼう》にふると、彼をゆる駆《か》けで進ませた。

西を目指して。

「ウィル、どうしちゃったんだ?」ホールトがまちがった方角に進んでいくのを見て、ホラスがきいた。

「わからないよ。でもすごく悪いことが起こってる、それだけはいえるよ」とウィル。彼はタグをうながしてアベラールの後を追い、恩師《おんし》に声をかけた。

「ホールト! もどってください!」

不安《ふあん》なままホラスも跡《あと》を追った。ホールトは馬上でふり返ってウィルに答えることはしなかった。が、彼《かれ》がこういってきたのが聞こえた。

「来る気なら、早く来い！　時間を無駄《むだ》にしている。だが、テムジャイもそれほど遠くまではいってないはずだ！」

「テムジャイ？」とホラスがウィルにいった。「テムジャイなら何千キロもはなれたところだよ！」

ウィルは悲しげに首をふると、タグをうながして速度をあげた。

「ホールトの頭の中ではそうじゃないんだよ」ときびしい声でいった。いまになってわかったのだ。なにかのせいでホールトは状況《じょうきょう》と時間の感覚《かんかく》をすべて失《うしな》ってしまっているのだと。彼には昔の敵《てき》と出来事が見えているのだ。数ヵ月前のことやそれより何年も前のことが、すべて頭の中でどうしようもなく入り混《ま》じっているのだった。

「ホールト！　待ってくださいよ！」とウィルは叫《さけ》んだ。

やがて突然《とつぜん》、彼はタグを全速力で走らせた。ホールトが両腕《りょううで》を上げ、不思議《ふしぎ》な叫び声をあげて地面に倒《たお》れおちたのだ。横ではアベラールがびっくり仰天《ぎょうてん》していた。

そしてホールトはその場に倒れたまま動かなかった。

ranger's apprentice 25

「ホールト！」

タグを全速力で走らせながら、ウィルののどから悲痛《ひつう》な叫《さけ》びがほとばしった。背《せ》の高い草《くさ》のあいだに横たわってじっと動かない人物に近づくと、ウィルは鞍《くら》からとびおりてホールトのそばにひざまずいた。アベラールが主人のそばでぴりぴりしながら足踏《あしぶ》みしていた。頭を垂《た》れ、なにか生きている証《あかし》を探《さが》しだそうとしているのか、鼻先でホールトを軽く突《つ》いたりしている。小柄《こがら》な馬は絶《た》えずいなないていたが、ウィルがこれまで聞いたことのないその声には心配でたまらないという気持ちがこめられていた。

「落ちついて、アベラール」とウィルは静《しず》かにいった。そして馬に向かって下がっているようにと手の甲《こう》ではらう仕草《しぐさ》をした。「下がっているんだ」

アベラールがここにいてもホールトのためにはならないし、足踏みをしたり鼻で突いたりしてもじゃまになるだけだった。しぶしぶながらアベラールは数歩下がった。いつもなら彼《かれ》はホールトにしか反応《はんのう》しないのだが、頭のいい彼には自分の主人がいまはなにもできないこと、そして主人のつぎに命令《めいれい》を下すのはウィルだとわかったのだ。ウィルの冷静《れいせい》な声に安心したのか、アベラールは人の気を散《ち》らすような小さないななきをつづけるのをやめ、静《しず》かに立っていた。だが、耳はぴんと立てており、目は決してホールトからはなれなかった。

ホールトはうつぶせに倒《たお》れていたが、ウィルがそっと仰向《あおむ》けにした。そして顔にかかっていたフードを払《はら》った。目は閉《と》じられていて顔は死人のようにまっ青だ。息をしているようには思えなかった。一瞬《いっしゅん》ウィルは全身に恐怖《きょうふ》が走るのを感じた。

ホールトが死んだ？　まさか！　そんなことありえない。ホールトのいない世界など想像《そうぞう》できなかった。

そのとき、じっとしていたホールトが身体をふるわせるようにしてため息をつき、ふたたび息をしはじめた。ウィルの身体じゅうに安堵《あんど》が広がった。ホラスもやってきて馬からとびおりると、倒れているホールトの反対側《はんたいがわ》にひざまずいた。心配でたまらないという顔をしている。

「まさか……」ホラスは言いよどんだ。

ウィルは首をふった。「生きてるよ。でも、意識《いしき》を失《うしな》っている」

ホールトがまた身体全体をふるわせるような、おののくような息をはいた。それから呼吸《こきゅう》がすこし安定した。だがあえぐような、ごく浅《あさ》い呼吸しかしていないようだった。だからときどき全身をふるわせるように大きな息を吐《は》くのだ、ということにウィルは気づいた。彼《かれ》の肺《はい》に余分《よぶん》に酸素《さんそ》を送りこむ必要《ひつよう》があったからだ。

ウィルはすばやく立ちあがるとマントをぬぎ、それを折《お》りたたんでまにあわせのクッションを作った。

「頭をあげてくれ」とホラスに頼《たの》んだ。ホラスはそっとホールトの頭を草地から持ちあげ、ウィルがたたんだマントをその下にすべりこませた。ホラスがホールトの頭をその上に乗《の》せた。ホラスはじっと動かないホールトの様子をうかがっていたが、彼の若《わか》い顔には無力感《むりょくかん》が浮《う》かんでいた。

「ウィル、どうしよう？　ホールトになにがあったんだ？」

ウィルは首をふった。それから前かがみになり、親指でホールトの片方《かたほう》のまぶたをそっとおしあげた。意識を失っているホールトからは何の反応《はんのう》もなかった。だが彼の目を調べながら、あたりは比較的明《ひかくてきあか》るいのに彼《かれ》の瞳孔《どうこう》が開《ひら》きっぱなしになっていることに気づいた。突然明《とつぜんあか》るい光にさらされたら瞳孔は自動的《じどうてき》に縮《ちぢ》まるものだ、ということをウィルは知っていた。見たところ、ホールトの身体は正常《せいじょう》な刺激《しげき》に反応《はんのう》していなかった。「どうなんだ？」とホラスがきいた。何にせよウィルがなにかしたということは、何らかの考えがあってのことなのだろう、と思ったのだ。ふたたびウィルは首をふり、「わからない」とつぶやいた。

彼はふたたびホールトの目を閉《と》じた。つぎにホールトののど元に指を一本あてて、そこにある大きな動脈《どうみゃく》が拍動《はくどう》しているか触《さわ》ってみた。浅《あさ》く、一定してはいなかったが、すくなくとも脈があることはあった。ウィルは腰《こし》をおろして、この状況《じょうきょう》について考えてみた。すべてのレンジャーは仲間《なかま》がけがをした場合に備《そな》えて基本的《きほんてき》な医学的治療《いがくてきちりょう》ができるような訓練《くんれん》は受けていた。だが、この状態《じょうたい》は包帯《ほうたい》を巻《ま》いたり傷《きず》をすこし縫《ぬ》ったりという範囲《はんい》を大きく超《こ》えている。これは彼の手に負えるような傷では……。

傷だ！　そう思った瞬間《しゅんかん》、彼はホールトが前腕《ぜんわん》のかすり傷のところを絶《た》えずなでたりさすったりしていたことを思い出した。ホールトの上着《うわぎ》のそでをつかむと、昨晩《さくばん》彼が縫い合わせたばかりの縫目《ぬいめ》に添《そ》ってそこを引きさき、そでを腕《うで》から垂《た》らすようにした。

包帯《ほうたい》はまだ元の場所にあった。出血が止まる前に血液《けつえき》が包帯の布《ぬの》にかすかに染《し》みでていた。ウィルは前かがみになり傷口《きずぐち》のあたりのにおいを軽くかいでみた。とたんに、あわてて顔をはなした。

「どうしたんだ?」とホラスがすかさずきいた。

「腕《うで》だよ。ひどいにおいがする。ここに問題があるのかもしれない」心の中でウィルは自分を叱責《しっせき》していた。このことにもっと早く気づくべきだったのだ。それから、自己批《じこひ》判《はん》のひとときをふり払《はら》った。傷はたいしたことのないものだと思われていた。その傷とホールトの最近《さいきん》の行動を結《むす》びつける理由なんてなかった。彼《かれ》は投げナイフを引きぬくと、その剃刀《かみそり》のようにするどい刃先《はさき》を包帯の端《はし》の下に入れた。アベラールが警告《けいこく》するようになった。

「だいじょうぶだよ、アベラール」ウィルは包帯から目を上げずにいった。「落ちつくんだ、アベラール。落ちついて」

タグが仲間《なかま》のそばによってきて、アベラールに鼻をすりよせ、彼をなぐさめ支《ささ》えた。そしてやさしくいなないた。まるでウィルは状況《じょうきょう》がよくわかっているから、とアベラールを安心させているようだった。自分もタグと同じくらい自信《じしん》が持てればいいのだけれど、とウィルは思った。

包帯《ほうたい》に切れ目を入れ、それをホールトの腕《うで》から外そうとした。切った部分はかんたんに外れたが、傷口《きずぐち》をおおっていた部分の包帯が傷にくっついてしまっているようだった。これに多少とまどった。まだ出血が続《つづ》き、それが乾《かわ》いてくっついているなど思っていなかったからだ。無理《むり》に包帯をはがすのはいやだった。そんなことをしたら、どの程度余《ていどよ》計《けい》に傷をあたえてしまうかわからなかった。

彼《かれ》はホラスに片手《かたて》を差《さ》しだした。

「水筒《すいとう》を持ってきてくれ」そういうと、ホラスはキッカーの鞍《くら》に結《むす》びつけてあった水筒をとりに走った。アベラールのほうがすぐそばにいたのだが、ぴりぴりしている彼のいまの状態《じょうたい》からすると、近づいたら彼がどう反応《はんのう》するかよくわからなかったからだ。ホラスが水筒をわたすと、ウィルは水を慎重《しんちょう》に包帯の上に注ぎはじめ、包帯をぬらして包帯と傷をくっつけているものをゆるめようとした。

一分ほどしてからウィルが包帯の端《はし》をやさしく引っぱるとすこしはがれた。ホールトが動いて小声でうめいた。アベラールがいなないた。

「心配しないで」とウィルがやさしくいった。「だいじょうぶだから」彼はこの言葉をホールトにいっているのかアベラールにいっているのかよくわからなかった。で、両方に話しかけているのだ、と思うことにした。ホラスはふたたびひざをついて、友人が傷《きず》のまわりのかさぶたのようになっているところから徐々《じょじょ》に包帯《ほうたい》をゆるめていくのを、目を丸くし、魅《み》せられたように見ていた。

包帯をぬらし、そっと傷からはがすのに数分かかったが、ついに包帯がとれ、彼《かれ》らは直面しなければならないものを見ることになった。

「なんてことだ」とホラスが静《しず》かにいった。声には恐怖《きょうふ》が表われていた。ウィルはのどの奥《おく》でわけのわからない音を出し、おそろしいことになっているホールトの腕《うで》から一瞬《いっしゅん》目をそらせた。

いまごろにはもう乾《かわ》いてかさぶたになっていると彼が予想していた傷そのものは、まだじくじくしていた。そして傷のまわりの肉は変色した不潔《ふけつ》な体液《たいえき》におおわれていた。先ほどウィルが気づいた腐《くさ》ったような臭《にお》いの原因《げんいん》がはっきりした。ふたりの若者《わかもの》は本能《ほんのう》的《てき》に後ずさりした。だが、おそらく最悪《さいあく》なのは腕のほかの部分の筋肉《きんにく》だった。腕はいつもの一・五倍くらいに腫《は》れ上がっていた。このところホールトがなでたりさすったりしていたのも無理《むり》はない、とウィルは思った。しかも腫れた前腕《ぜんわん》全体《ぜんたい》が変色していた。傷のまわりのべとべとした黄色い皮膚《ひふ》がやがて青黒い色に変《か》わっていき、ところどころどす黒い赤色の筋《すじ》になっていた。ウィルはホールトの腕《うで》にそっと指で触《ふ》れた。肌《はだ》は触《さわ》ると熱《あつ》かった。

「なんでこんなことになったんだ？　すぐに傷《きず》をきれいにして包帯《ほうたい》したというのに！」ホラスがショックを受けた低《ひく》い声でいった。ふたりともこの数年間一緒《いっしょ》に戦《たたか》い、さまざまな傷も共《とも》に経験《けいけん》してきた。だが、ふたりともこんなものは見たことがなかった。ここまでひどい感染《かんせん》は見たことがなかった。清潔《せいけつ》な傷口《きずぐち》がこんな短期間にこうなってしまうのは感染にちがいなかった。

きびしい顔でウィルは傷の様子を調べた。ホールトがいらいらと動き、うめき声をあげるともう一方の手でおそろしく変色した腕にさわろうとした。ウィルはそれをやさしく止め、ホールトの自由がきくほうの手をむりやり身体の横にもどした。

「石弓《いしゆみ》の矢《や》になにかがあったにちがいない」ウィルがようやくいうと、ホラスはわけがわからないというふうにウィルの顔を見た。

「なにかって？」

「毒《どく》だよ」とウィルがひとことでいった。無力感《むりょくかん》と不安《ふあん》がふたたび彼《かれ》の胸《むね》いっぱいに広がりだした。ここでなにをしたらいいのか、このひどい傷《きず》をどうやって手当すればいいのかまったくわからなかった。どうやって解毒《げどく》すればいいのかも皆目《かいもく》わからなかった。これが毒《どく》であることはほぼまちがいなかったからだ。やがて無力感《むりょくかん》がパニックにとってかわられていくのをウィルは感じた。ホールトが腕《うで》を失《うしな》うかもしれない。いや、もっと悪い場合、どこからも遠くはなれたここで死ぬかもしれない。そしてすべてはウィルのせいなのだ。ホールトが信頼《しんらい》していた弟子《でし》、あの有名なウィル・トリーティ、頭の回転のよさと断固《だんこ》たる行動でアラルエン王国じゅうにその名をはせているウィルが、なにをすべきか最初《さいしょ》に気づくことができなかったせいなのだ。ウィルは不安《ふあん》そうに手を伸《の》ばしてホールトの傷を負った腕に触《ふ》れたが、自分の手がふるえていることに気づいた。恐怖《きょうふ》とパニックと完全《かんぜん》な無能感《むのうかん》からくるふるえだった。

なにかをしなければならなかった。なにかを試《ため》さなければ。だが、なにを？　ふたたび彼《かれ》は当然《とうぜん》出てくる答えに直面した。なにをすべきかがわからないのだ。ホールトが死ぬかもしれないというのに、どうやって彼を助けたらいいのかがわからないのだ。

「それが何であるか、なにか思いあたることはあるのか？　毒のことだけど？」とホラスがきいた。彼のぞっとしたような目がホールトの腕に釘《くぎ》づけになっていた。ホラスは公明正大な戦《たたか》いで敵《てき》と向かい合ってきた戦士《せんし》だった。毒《どく》を使うというまさにその考えが彼《かれ》は大きらいだった。

「いや！　何の毒かまったくわからない！」ウィルはホラスに向かってどなった。「ぼくが毒のなにを知ってるというんだ？　ぼくはレンジャーなんだぞ、治療者《ちりょうしゃ》じゃなくて！」彼はパニックにのみこまれそうになり、目が涙《なみだ》でぼやけてきた。もう一度ホールトのほうに手を伸《の》ばしかけ、不安《ふあん》そうに途中《とちゅう》で動きを止めるとまた手をひっこめた。彼に触《さわ》って何になる？　腕《うで》をつっついて彼をのぞきこんで、何になる？　ホールトに必要《ひつよう》なのは手当と専門的《せんもんてき》な治療なのだ。

ウィルの声に突《つ》き動かされたのか、ホールトがわずかに寝返《ねがえ》りを打ち、なにやら聞きとれないことをつぶやいた。

「傷《きず》をきれいにすることはできるんじゃないか？」とホラスが助言した。これは筋《すじ》がとおっているように思えた。たしかに、染《し》み出てきている体液《たいえき》をきれいにぬぐえば、ホールトの気分もすこしはよくなるかもしれない。それにきれいな水をかければはれて熱《ねつ》をもち変色している筋肉《きんにく》も気持ちがよくなるかもしれなかった。

たいへんな努力《どりょく》をしてウィルは自制心《じせいしん》をとりもどした。ホラスが、ものごとの核心《かくしん》に切りこんできてくれたのだ。ほかのすべてが失敗《しっぱい》したときには、基本原則《きほんげんそく》までもどるのだ。傷《きず》の基本的《きほんてき》な治療《ちりょう》は、傷口《きずぐち》を清潔《せいけつ》に洗《あら》うことだった。できるかぎり多くのばい菌《きん》や毒《どく》を洗い流すのだ。ホールトのためにこれならできる、と彼《かれ》は思った。やるべきことがはっきり決まった今、自分につかみかかり、自分を消耗《しょうもう》させようとしていたパニックが消えていくのを感じた。ウィルは自分の手を突《つ》きだして見た。ふるえは止まっていた。

「ありがとう、ホラス。いい考えだ」ウィルは背《せ》の高い友を見あげて悲しげにほほえんだ。「火をおこしてくれるかな？　包帯《ほうたい》を消毒するのとホールトの腕《うで》をきれいに拭《ふ》くのに熱湯《ねっとう》がいるんだ」

ホラスはうなずいて立ちあがった。「ここにキャンプを設営《せつえい》したほうがいいかもしれないな。しばらくいることになるだろうから」

「そうだね」とウィルもいった。ホラスがその場をはなれて炉《ろ》を作るための石を集めはじめたとき、ウィルはべつの一対《つい》の目に見つめられていることに気づいた。目を上げるとアベラールだった。頭をわずかに右から左へと動かしている。ウィルが見るとひかえめにいななないた。

「心配しなくていいよ。だいじょうぶだから」とウィルはアベラールにいった。

その言葉にできるだけ確信《かくしん》がこもるよう努《つと》めた。そして自分でもこの言葉を信《しん》じられればいいのだけれど、と思った。

火をおこしお湯が沸騰《ふっとう》すると、ウィルはホールトの傷《きず》を清潔《せいけつ》にする作業にとりかかった。麻《あさ》の布《ぬの》を沸騰したお湯に浸《ひた》し、その後しばらく冷《さ》ましてから、その布で傷口《きずぐち》の周囲《しゅうい》の膿《うみ》やこびりついているものをぬぐった。できるだけそっと消毒し、徐々《じょじょ》に作業をつづけていくうちに、その甲斐《かい》あって傷口からふたたびきれいな血がにじみだしてきた。これはいい兆候《ちょうこう》かもしれない、と彼《かれ》は思った。新しい血液《けつえき》は傷口をきれいにする、というのをどこかで聞いたことがあったのを思い出した。すくなくとも新たに膿も変色も見られなかった。

わずかな出血が止まるまで、傷口を清潔な麻の布でやさしくおさえた。それからレンジャー全員が救急セットに入れている痛《いた》み止めの軟膏《なんこう》を塗《ぬ》った。これはすごくよく効《き》く薬だということは知っていたが、ウィルはこの薬を使うことにいつも多少の居心地《いごこち》の悪さを感じた。これは暖《あたた》め草《ぐさ》という薬草から作られたもので、かすかにツンとくるその香《かお》りが彼に不愉快《ふゆかい》な記憶《きおく》を呼びさますからだった。

傷が清潔になり、すくなくとも彼らが先に気づいたあの腐《くさ》ったようなにおいは弱まったようだった。これもいい兆候《ちょうこう》かもしれない、とウィルは思った。

彼《かれ》は傷口《きずぐち》にふたたび包帯《ほうたい》はしないことにした。包帯で巻《ま》いてしまうと毒《どく》を閉《と》じこめることになり、毒が増殖《ぞうしょく》するかもしれない、と思ったのだ。その代わりに麻《あさ》の布《ぬの》を熱湯《ねっとう》にひたして、すこし冷《さ》ましてからそれで傷口をおおった。もし必要《ひつよう》なら、後からその上をゆるめに包帯でおさえてもいいかもしれない。

ウィルはさらに布を冷《つめ》たい水にひたして、腫れた腕《うで》をおおった。さきほどさわってすごく熱《あつ》かったところだ。はれもすこしひいたような気がした。彼は冷たい布をホールトの腕にあてて肩《かた》をすくめた。

「いまのところこれぐらいしかできないよ、残念《ざんねん》だけど」といった。

「おまえはいろいろやってくれたよ」とホールトが答えた。その声は弱々《よわよわ》しかったが、目を開《あ》けており、頬《ほお》にもすこし血色がもどってきていた。それが傷口をきれいにした効《こう》果《か》なのか、暖《あたた》め草《ぐさ》の軟膏《なんこう》のせいなのか、それとも単《たん》に偶然《ぐうぜん》だったのかわからないが、とにかく彼は意識《いしき》をとりもどしたのだ。

今度ばかりはウィルは涙《なみだ》を止めることができず、目から涙が次々と頬を流れおちた。ホールトは生きている。よくなってきているようだった。

26

ホラスがキャンプを設営《せつえい》すると、彼《かれ》らは巻《ま》いてあったホールトの毛布《もうふ》をそこに広げ、ホールトをやさしく担《かつ》ぎあげてその上に寝《ね》かせた。

最初《さいしょ》ホールトは抵抗《ていこう》をしめし、彼らを手で払《はら》うと自分で立とうとした。だが体力がなく起き上がることさえできなかった。ふたたび身体を横たえたときにホールトの目に一瞬恐怖《いっしゅんきょうふ》が宿っていたのにウィルは気づいた。

「きみたちに運んでもらうほうがいいかもしれんな」そういわれたので、彼らはそのとおりにした。ホラスは彼らのテントのひとつを差《さ》しかけ型《がた》のシェルターのようにして、ホールトを太陽から守った。ウィルはあたりを見まわして空《そら》と天気の様子を調べた。

「今晩《こんばん》はこのまま雨はふらなさそうだな。ホールトを外に出しておこう。新鮮《しんせん》な空気が身体のためにはいいかもしれない」

それが推測《すいそく》でしかないことがウィルにはわかっていた。だがここ何時間かのあいだは、せま苦しい一人用のテントの中がホールトのための場所でないことはたしかだった。最《さい》初《しょ》と比《くら》べればずっとましにはなったけれど、傷《きず》のあたりからまだかすかに腐臭《ふしゅう》がしているることにウィルは気づいていた。もしホールトがテントの中に閉《と》じこめられたら、そのにおいで息ぐるしくなってしまうかもしれなかった。

彼《かれ》らがホールトを動かすとすぐに、彼はふたたび意識《いしき》を失《うしな》った。なにやらつぶやき、寝返《ねがえ》りを打って眠《ねむ》ってしまった。だがすくなくとも呼吸《こきゅう》はずっと規則正《きそくただ》しくなっているようだった。ウィルは彼のそばにしゃがみこんで、しっかりと見張《みは》っていた。

しばらくして、ホラスがウィルの肩《かた》に手をかけた。「しばらくおれが見ているよ。すこし休め」

だがウィルは首をふった。「だいじょうぶ。ぼくが見ている」

ホラスはうなずいた。友人の気持ちがよくわかった。「休みたくなったら知らせてくれよ」ウィルは返事の代わりにうなるような声を出したので、ホラスは手持ちの食糧《しょくりょう》からうすいスープを作りはじめた。ホールトがふたたび目をさましたときに、そのスープを飲ませようと思ったのだ。けがをした人にはスープがいいことを彼は知っていた。

スープがふつふつとしつづけるように火のわきのほうに寄《よ》せてから、今度は携行《けいこう》してい
る平らなパンと冷肉とピクルスでウィルと自分のためのかんたんな食事を作った。そし
てまだ座《すわ》ってじっと恩師《おんし》を見つめているウィルに、皿《さら》を持っていった。ウィルは皿を受
けとって目を上げた。
「ありがとう、ホラス」と短くいった。それからふたたび目をホールトのほうにもどし、
機械的に食事を口に運びはじめた。
日が沈《しず》むころ、ホールトがふたたび目を開《あ》けた。しばらくのあいだ彼《かれ》はあたりを見ま
わし、とまどっていた。なにがおこったのか、どうして自分がここに寝《ね》ていて、すぐそ
ばでマントにくるまってしゃがんでいるウィルがまどろんでいるのか思い出そうとした。
そしてゆるく包帯《ほうたい》が巻《ま》かれた腕《うで》にちらりと目をやった。はれて変色した皮膚《ひふ》が見え、そ
のあたりがどくどくと脈打《みゃくう》って熱《ねつ》を持っているのを感じた。自分の身に何が起こったの
か気づいたとき、彼は冷《つめ》たい手で心臓《しんぞう》をわしづかみにされたような気がした。
のどの奥《おく》で小さな音が出た。とたんにウィルの頭がぴくんと上がって目をさました。
「ホールト！」そういった声には安堵《あんど》の色がにじみ出ていた。ホールトは右手をすこし
動かして挨拶《あいさつ》した。すこし離《はな》れたところでアベラールの耳がぴくんと立ち、短くいなな

くと、仰向《あおむ》けに寝《ね》たままの主人のほうにすこし近づいてきた。この三時間のあいだ、この小柄《こがら》な馬は主人のそばを数メートル以上《いじょう》は離《はな》れなかったのだ。

ホールトはアベラールを見上げて弱々《よわよわ》しくほほえみかけた。

「やあ、アベラール。わたしのことを心配してくれていたんだな？」

アベラールは進んできて頭を前に差《さ》しだすと鼻先でホールトの頬《ほお》をなでた。ホールトはガリカ語でなにやら彼《かれ》に話しかけた。彼はアベラールとふたりだけで話すときにはよくガリカ語で話していたのだ。彼らの絆《きずな》の強さを物語るこのかんたんな交流を見ていて、ウィルの目にまた涙《なみだ》があふれてきた。だが今回は、安堵《あんど》の涙だった。

ついにホールトはけがをしていないほうの手で、アベラールをやさしく追いはらう仕《し》草《ぐさ》をした。

「いい子だな、もう行っていい。ちょっとウィルと話さなければならない」

アベラールは数歩下がった。だが耳はまだ立てたままで、ホールトのどんな動き、どんな物音も聞きのがさないように警戒《けいかい》をつづけていた。ウィルはにじり寄《よ》っていって、ホールトのけがをしていないほうの手を握《にぎ》った。握りかえされた力がおどろくほど弱かったので、ウィルはどきっとした。それからその気持ちをふり払《はら》った。ホールトは死にかけていたのだ。回復《かいふく》するまでに時間がかかるのはあたりまえだ。

「もう大丈夫《だいじょうぶ》ですよ」とウィルはいった。

ホールトはキャンプ場の様子をもっと見ようとしてあたりに目をやった。「ホラスはここにいるのか？」

ウィルは首をふった。「罠《わな》をしかけに行っています。近くに池があって、ホラスは夕《ゆう》暮《ぐ》れどきにカモがやってくると思っているんですよ。それで運試《うんだめ》しをするといって行きました。新鮮《しんせん》な食べ物が不足《ふそく》していますからね」ここまでいってから、彼《かれ》はホラスのことや食糧《しょくりょう》のことなどどうでもいい、と身ぶりでしめした。「そんなことより、ホールト、また目をさましてくれてほんとうによかった！　しばらくのあいだ、もうだめかと思っていたんですよ。でも、もう快方《かいほう》に向かっているからだいじょうぶ」

ホールトの目に一瞬《いっしゅん》不安《ふあん》が浮《う》かび、すぐにそれがかくされたのに気づいて、ウィルは突然《とつぜん》恐《おそ》ろしい疑念《ぎねん》に襲《おそ》われた。

「ホールト？　大丈夫ですよね？　もちろん、だいじょうぶに決まっている！　だって目をさましてしゃべっているんですから。すこし弱っているかもしれないけど、すぐに体力を回復して、あっという間に……」

ウィルは口をとざした。自分がべらべらとしゃべっていることは、自分の前で横になっている髭面《ひげづら》のレンジャーにではなく、自分を納得《なっとく》させるためにそうしていることに気づいたからだ。ふたりのあいだに長い沈黙《ちんもく》が流れた。

「教えてくれ」

ホールトはためらっていた。それから自分のけがをした腕《うで》に目をやった。そして大きく息を吸《す》い込《こ》むと、話しだした。

「矢《や》に毒《どく》が塗《ぬ》られていたことはわかっているな？」

ウィルは悲しそうにうなずいた。「そうだと思います。そのことにもっと早く思いいたるべきでした」

だがホールトはやさしく首をふった。「おまえがそんなことを思わなければならない理由などない。だが、わたしはすくなくとも考えておくべきだった。あのいまいましいジェノベサ人は毒のことを知りつくしている。石弓《いしゆみ》の矢に毒を塗ることなどやつらにとっては朝飯前だということに気づくべきだったのだ」

彼《かれ》はすこし間をおいた。「自分の頭がすこしおかしくなっていたのをぼんやりおぼえている。わたしはテムジャイが我々《われわれ》を追ってきていると思っていたのか？」

ウィルはうなずいた。「それでほんとに心配になったんです。その後あなたがまちがった方角に馬を走らせて、それから落馬したんです。ぼくが追いついたときには、意《い》識《しき》を失《うしな》っていました。最初《さいしょ》死んだのかと思いましたよ」

「息をしていなかったのか？」

「ええ。それから大きなため息のようなものをつき、ふたたび呼吸《こきゅう》をはじめたんです。そのときになって、あなたの腕《うで》を見ることを思いついたんです。そのとき初《はじ》めて、腕の傷《きず》があなたを一日じゅう苦しめていたことに気がついたんですよ」

ウィルは腕の状態《じょうたい》について手短に説明《せつめい》し、ホールトにうながされて、彼《かれ》がどのように対処《たいしょ》したかを話した。腕をふたたび消毒したこと、暖《あたた》め草《ぐさ》から作った軟膏《なんこう》を塗《ぬ》ったことを話すと、ホールトは考えこむようにうなずいた。

「そうか」とホールトは考え深げにいった。「それが毒《どく》の進行をすこしおくらせているのかもしれんな。暖め草には痛《いた》みをとる以外《いがい》にほかの効能《こうのう》もある。これをヘビにかまれたときの治療《ちりょう》に使った人がいると聞いたことがある。考えてみれば、今回の場合とかなり似《に》ているな」

「で、それは効《き》いたのですか？」とウィル。ホールトが答える前に間をおいたのが、彼には気がかりだった。

「ある程度《ていど》はな。暖《あたた》め草《ぐさ》は毒《どく》の進行を遅《おく》らせた。だがそれでも犠牲者《ぎせいしゃ》には治療《ちりょう》が必要《ひつよう》だった。この種《しゅ》の毒の場合、問題はなにが正しい治療法《ちりょうほう》なのかわからないということだ」

「でもホールト、よくなってきているじゃないですか！　今日の午後よりずっとよくなっていますよ！　回復《かいふく》してきているってわかりますよ……」

ホールトの手に腕《うで》をおさえられて、ウィルはしゃべるのをやめた。「この種の毒では、よくそうなるのだよ。犠牲者は回復したかのように見える。それからまたぶり返すのだ。そして毎回、意識《いしき》がもどった後に、前よりすこしずつ悪くなっていくのだ。そして徐々《じょじょ》に……」ここで言葉を切り、不安《ふあん》そうな仕草《しぐさ》をした。

ウィルは自分の前にある深くてまっ黒な穴《あな》を見つめているような気持ちになった。ホールトがいわんとすることがわかってくると、のどがぎゅっとしめつけられてうまくしゃべれなくなった。

「ホールト？」としぼりだすような声を出した。「つまりあなたは……？」

最後《さいご》までいえなかった。代わりにホールトがいった。

「死んでしまうのか、って？　残念《ざんねん》だがそういうことだろうな、ウィル。これからも何度もこういうふうに意識《いしき》をとりもどすだろう。それからまた意識をなくす。そのたびに、目を覚《さ》ますまでの時間がより長くなる。そして目を覚ますたびに、その前よりも体力が落ちていくのだ」

「でも、ホールト！」あふれてきた涙《なみだ》で目が見えなくなった。「あなたが死ぬはずがない！　死んではいけないんだ！　あなたがいなくなったらぼくはどうやって……？」突《とつ》然《ぜん》しゃべれなくなり、ひどいすすり泣《な》きのせいで苦しかった。顔は涙でぐちゃぐちゃだった。両ひざに身体をもたせかけるように前かがみになり、前後に身体をゆすりながらのどの奥《おく》からふりしぼるような声で号泣した。

「ウィル？」ホールトの声は弱く、悲しみにくれているウィルにまで届《とど》かなかった。ホールトは何度か深く息を吸《す》いこむと、力をかき集めた。

「ウィル！」

今度はいつもの威厳《いげん》のある大声で、ウィルの意識にも切りこんでいった。彼《かれ》は身体をゆするのをやめて顔を上げた。目をこすり、流れ出る鼻水をマントの端《はし》で拭《ふ》いた。ホールトはウィルにほほえみかけた。疲《つか》れた、すこしゆがんだ笑《え》みだった。

「約束《やくそく》する。死なないようにできるだけがんばってみる、と。だが、おまえはその覚悟《かくご》をしていなければならない。これからの十二時間が山場だろう。ひょっとしたら明日の朝にはもっと体力が回復《かいふく》しているかも知れんしな。毒《どく》に打ち勝つかもしれん。毒に対処《たいしょ》するのは科学万能《かがくばんのう》ではないのだ。人によって影響《えいきょう》のされ方がちがう。だが、とにかく毒と戦《たたか》うにはすべての体力が必要《ひつよう》だ。それにわたしのためにおまえにも強くなってもらわなければ困《こま》る」

まっ赤な目をして、自分をはじながらウィルはうなずいた。背筋《せすじ》をすっくと伸《の》ばした。めそめそ泣《な》いてもホールトを助ける何の役にも立たないのだ。

「すみません。もう二度とこんなふうにはなりません。なにかぼくにできることはありますか？」

ホールトは自分の傷《きず》ついた腕《うで》に目を落とした。「あと一時間ほどしたら包帯《ほうたい》を変《か》えてくれるか。それと軟膏《なんこう》もすこし。前に塗《ぬ》ってからどれくらい時間がたってる？」

ウィルはその質問《しつもん》について考えた。この軟膏はあまりしょっちゅう使ってはいけないことは知っていた。「四時間、いやたぶん五時間です」

ホールトはうなずいた。「よし。あと一時間待って、また塗ってくれ。この薬が効《き》くかどうかたしかではないが、試《ため》して悪いことはなかろう。いまは、もしあれば、すこし水をもらえるかな」

「もちろんです」とウィル。自分の水筒《すいとう》の栓《せん》を外して、水がゆっくり飲めるようにホールトの身体を起こした。ホールトは経験《けいけん》から水を一気にごくごく飲んではいけないことを知っていた。からからになっていた口とのどに水がしたたり落ちていって、ホールトはため息をついた。

「ああ、おいしい。みんな水のことを過小評価《かしょうひょうか》しすぎだな」

ウィルはちらりとキャンプのたき火のほうに目をやった。そこでは片隅《かたすみ》の熾火《おきび》の上にコーヒーポットが置《お》いてあった。

「よかったらコーヒーを持ってきますよ。それともスープにしますか?」ときいてみた。だが、ホールトは首をふると、ふたたび横になって鞍《くら》にもたれた。鞍はたたんだホールトのマントをクッション代《が》わりにあてて枕《まくら》の役目を果《は》たしていた。

「いやいや。水でいい。後ですこしスープをもらおうかな」これまでの会話で力を使い果たしたとでもいうように、疲《つか》れた声だった。目が細くなって閉《と》じられ、彼《かれ》がなにかいった。だがすごく小さな声だったので、ウィルはホールトの上にかがみこんでもう一度いってくれと頼《たの》んだ。

「ホラスはどこだ？」まだ目を閉《と》じたまま、ホールトはきいた。

「罠《わな》をしかけにいってます。さっき言っ……」

ウィルは「さっき言ったでしょ」というつもりだったのだが、彼《かれ》の心がふたたびさまよいはじめたことに気がついた。先ほどホールトが予言したとおりだ。正気の短い時間があり、それからふたたびゆっくりと意識《いしき》のない世界へと沈《しず》みこんでいくのだ。

「そう、そうだった。もちろん、さっきいってくれたよな。彼はいいやつだ。もちろん、ウィルもだ。ふたりともいいやつだ」

ウィルは黙《だま》っていた。ただホールトのいいほうの手をすこし強く握《にぎ》っていた。しゃべろうとしても、うまく声が出るか自信《じしん》がなかったのだ。

「彼をドゥパルニューと対決させるわけにはいかん。だれもがルールにのっとって戦《たたか》うと思っているからな、あのホラスは……」

ふたたびウィルはホールトの手を強く握った。彼がひとりではないことを知らせるために。触《ふ》れあっていることがさまよっているホールトの心に通じることをウィルは願《ねが》った。ドゥパルニューとは、何年も前にホールトとホラスを捕虜《ほりょ》にしたガリカの邪悪《じゃあく》な武《ぶ》将《しょう》だった。ふたりがウィルとエヴァンリンを捜《さが》して旅をしていたときのことだ。

毒《どく》がホールトの心をふたたびどこかに連《つ》れていき、彼《かれ》はもはや現在《げんざい》には住んでいないのだった。ホールトの言葉はつぶやきへと変《か》わっていき、やがて眠《ねむ》りに落ちていった。

ウィルは座《すわ》ってホールトの様子を見守っていた。呼吸《こきゅう》は深く安定していた。おそらく回復《かいふく》するだろう。おそらく一晩《ひとばん》ぐっすりねむればだいじょうぶかもしれない。あと一時間したら包帯《ほうたい》を替《か》えよう。暖《あたた》め草《ぐさ》の軟膏《なんこう》が奇跡的《きせきてき》に効《き》いてくれるだろう。朝になれば、ホールトは回復に向かっているはずだ。

暗くなってすぐにつがいのカモを持ってもどって来たホラスは、ウィルが師《し》のそばにしゃがみこんでいるのをみつけた。ウィルの顔が涙《なみだ》によごれ、目が赤くなっているのに気づいた彼は、そっとしておくことにしてたき火のほうに行った。ホラスはウィルにコーヒーと平らなパンをわたし、ホールトのために用意していた牛肉から作ったスープをすこしウィルに飲ませた。

平静《へいせい》をすこしとりもどしてから、ウィルは毒についてホールトから聞いたことや、今後どうなりそうかをホラスに話した。前向きな態度《たいど》でいようと決めたホラスは、ウィルが傷《きず》を消毒しふたたび包帯をしているあいだ、ホールトの様子を見ていた。

はいい「でも、よくなるかもしれない、ってホールトはいったんだろう？」とホラスはいった。

「そうだよ」といい、ウィルは傷《きず》にふたたび包帯《ほうたい》を当てた。傷はよくなっているようには思えなかった。が、ひどくなってもいなかった。「これからの十二時間が山だろう、って」

「いまは落ちついてねむっている」とホラス。「苦しそうに寝返《ねがえ》りをうったりしてないよ。よくなっているんだと思う。ホールトはきっとよくなると思う」

ウィルはあごをぎゅっと引きしめ、何度もうなずいた。それから力をこめていった。

「きみのいうとおりだよ。ホールトに必要《ひつよう》なのは一晩《ひとばん》ぐっすりねむることだけだ。朝になったらよくなっているよ」

ふたりは交代で夜通し臥《ふ》せっているホールトを見守った。彼《かれ》は苦しそうな様子も見せず静《しず》かにねむっていた。午前三時ごろ、ホールトは短時間目をさまし、そのとき見守っていたホラスと落ちついて明るくしゃべった。それからふたたびねむりに落ちた。ホールトは毒《どく》との戦《たたか》いに勝ちつつあるように思われた。

朝になったが、ふたりは彼を起こすことができなかった。

（第十二巻下につづく）

ジョン・フラナガン
John Flanagan

オーストラリアを代表する児童文学作家。テレビシリーズの脚本家として活躍中に、12歳の息子のために物語を書きはじめる。その作品をふくらませ、本シリーズの第一作目として刊行。シリーズを通してニューヨークタイムズベストセラーに60週以上ランクイン、子どもたち自身が選出する賞や国内外の賞・推薦を多数受賞、人気を不動のものとする。シドニー在住。
公式HP www.rangersapprentice.com.au

入江真佐子
Masako Irie

翻訳家。国際基督教大学卒業。児童書のほか、ノンフィクションの話題作を多く手がけるなど、幅広いジャンルで活躍中。翻訳作品に『ラモーゼ　プリンス・イン・エグザイル』上下巻（キャロル・ウィルキンソン作）『川の少年』（ティム・ボウラー作）『シーラという子』（トリイ・ヘイデン作）『わたしたちが孤児だったころ』（カズオ・イシグロ作）『ラッキーマン』『いつも上を向いて』（マイケル・J・フォックス著）など多数。東京都在住。

アラルエン戦記⑪
危難《きなん》　上
2018年4月30日　第1刷発行

作者　ジョン・フラナガン
訳者　入江真佐子

発行者　岩崎夏海　　編集　板谷ひさ子
発行所　株式会社岩崎書店
〒112-0005 東京都文京区水道1-9-2
電話 03(3812)9131［営業］
03(3813)5526［編集］
振替 00170-5-96822
印刷・製本　三美印刷株式会社

ISBN 978-4-265-05091-8　NDC930
336P 19cm×13cm

Published by IWASAKI Publishing Co., Ltd.
Printed in Japan

ご意見ご感想をお寄せください。
E-mail : hiroba@iwasakishoten.co.jp
岩崎書店HP : http://www.iwasakishoten.co.jp